AF402903

GEDANKENKUNST
VERLAG

Eine Reise in das magische Reich der Ideen und der grenzenlosen Vorstellungskraft

Professor Ration Rücke ist der Herr des Verstandes und wohnt in einem kleinen Büro auf der Geistigen Etage der Villa Ego. Seine Aufgabe ist es, Ordnung in die Gedanken zu bringen.
Eines Tages erscheint ein farbenfroher Fremder in seinem Büro, der sich als Künstler vom Dachboden bezeichnet. Er ist gekommen, um gemeinsam mit dem Professor eine Geschichte zu schreiben. Dazu muss der Professor jedoch sein Büro verlassen und sich in die Innenwelt begeben.
Der skeptische Professor willigt schließlich ein und begibt sich auf eine Reise an Orte, die er nie zuvor betreten hat. Schon bald erkennt er, dass diese Reise nicht nur ihn verändert, sondern auch die Welt um ihn herum. Doch will er das überhaupt?

Vom Dachboden kann man den Himmel besser sehen ist eine Einladung, den Professor auf seiner Reise zu begleiten. Schließen sich Verstand und Intuition gegenseitig aus – oder können sie vielleicht sogar in Freundschaft zusammenarbeiten?

Verena Wild ist freie Künstlerin und Autorin. Ihre Gemälde inspirieren Menschen auf der ganzen Welt dazu, in ihre eigenen Herzen zu schauen. Sie ist Autorin und Illustratorin des Orakelkarten-Sets „Oracle des animaux guérisseurs". **Vom Dachboden kann man den Himmel besser sehen** ist ihr erster Roman.

Verena Wild

Vom Dachboden
kann man den Himmel
besser sehen

Vollständige Taschenbuchausgabe
1. Auflage

Dieser Titel ist auch als E-Book erschienen

Die Deutsche Nationalbibliothek verzeichnet diese Publikation in der
Deutschen Nationalbibliografie; detaillierte bibliografische Daten sind im
Internet über dnb.dnb.de abrufbar.

© Gedankenkunst Verlag UG, Düsseldorf 2023
Grevenbroicher Weg 23, 40547 Düsseldorf
Text: © Verena Wild
Lektorat: Anja Koda
Illustrationen: © Verena Wild
Cover Design: © Ria Raven Coverdesign
Herstellung: BoD – Books on Demand, Norderstedt

ISBN 978-3-9824752-2-6
www.gedankenkunst-verlag.de

»Was vor uns liegt und was hinter uns liegt, ist nichts im Vergleich zu dem, was in uns liegt. Wenn wir das, was in uns liegt, nach außen in die Welt tragen, geschehen Wunder.«

- Henry David Thoreau

Das Innere eines Gesichtes, dessen Augen geschlossen sind.

Die Dunkelheit hinter den Augenlidern. Stille.

Das Lauschen auf diese Stille.

»Na, tut sich schon etwas? Es müsste doch bald irgendetwas passieren!«

»Pscht! Still jetzt!«

»Aber wieso? Warum soll ich still sein?«

»Dein Auftritt kommt doch erst später! Warte gefälligst, bis es soweit ist!«

Stimmen verhallten. Irgendwo im Nirgendwo.

An der Quelle der Inspiration, der Geburtsstätte aller Ideen, waren soeben ein paar Seifenblasen aus dem Wasserfall aufgestiegen. Keine richtigen Seifenblasen, sondern Träume – Traumblasen. Jede von ihnen barg in sich eine magische Welt, in der man versinken konnte. Bunte, fantastische Welten waren das. Doch die meisten von ihnen lebten nur einen kurzen Augenblick. Sie stiegen aus der sprudelnden Quelle auf und zerplatzten dann wieder.

Aber diesmal war es anders. Diesmal stieg eine Traumblase aus der Quelle, die größer war als alle anderen. Schwebend tanzte sie über dem Wasserfall wie ein Luftballon. Ihr Muster war ungewöhnlich. Die linke Seite war farblos und beinahe transparent, doch die rechte Seite schimmerte in allen Farben des Regenbogens. Immer höher stieg diese Blase in den Himmel empor, und langsam begannen sich in ihrem

Innern Konturen zu festigen. Erst unscharf, dann immer deutlicher, konnte man dort zwei Gestalten erkennen. Im linken, farblosen Teil der Blase lag ein hageres Männchen zusammengekauert wie ein Fötus und schnarchte leise. Es trug eine rechteckige Brille, und zwischen seinen Augenbrauen zeichnete sich eine markante Sorgenfalte ab, als würde es selbst im Schlaf sehr scharf nachdenken.

Im rechten, bunt-schimmernden Teil der Blase saß ebenfalls ein Männchen, aber dieses Männchen schlief nicht. Im Gegenteil, es war hellwach und blickte mit neugierigen Augen auf das Geschehen. Als würde es aus einem Fenster eine Welt voller Wunder betrachten.

»Ist es jetzt soweit? Wann passiert endlich was?«, piepste es mit erwartungsvoller Stimme.

»Still jetzt!«

»Wer spricht da?«

»ICH spreche da!«

»ICH? Wer ist dieses ICH?«

»Das weiß ich nicht … aber vielleicht könnt IHR mir ja helfen, es herauszufinden.«

Diese merkwürdige Unterhaltung weckte nun das Männchen in der linken Blasenhälfte aus seinem Tiefschlaf. Kaum war es erwacht, begann das andere Männchen schläfrig zu werden. Es wurde abweisend und nickte ein, während das graue Männchen sein Gesicht gegen den Rand der Traumblase drückte, um herauszufinden, wer da gesprochen hatte. Aber niemand war zu sehen. Das seltsame »Ich«, das nicht wusste, wer oder was es war, blieb für seine Augen unsichtbar.

»Was wollen Sie von mir?«, fragte das graue Männchen misstrauisch und rückte sich seine Brille zurecht.

»Ich will, dass wir gemeinsam eine Geschichte schreiben. Und dazu brauche ich deine Hilfe.«

»Eine Geschichte …?« Das graue Männchen blickte verunsichert drein. »Aber … über was?«

»Eine Geschichte über … die Innenwelt. Über das, was sich im Verborgenen abspielt. Was ist ein ›Ich‹ überhaupt? Dieses Ich … Es ist wie ein Haus. Nennen wir es die ›Villa Ego‹. Was steckt hinter der Fassade dieser Villa Ego?«

Das graue Männchen schaute verdattert drein. Die Stimme des Ichs redete unbeirrt weiter.

»So sei es. Es soll so sein, dass du eine Geschichte über die Villa des Ichs – meine Villa, die Villa Ego schreibst. Ich gewähre dir dazu Eintritt in die Geistige Etage ebendieser Villa. Solange du die Geschichte schreibst, sei dir gestattet, als Charakter darin zu wohnen.

Das graue Männchen schien einen Moment zu überlegen, bevor es erwiderte: »Das ist keine leichte Aufgabe! Eine Geschichte zu schreiben … das verlangt eine Menge klarer, sauber durchdachter Pläne!«

»Ich verlasse mich ganz auf dich! Tu einfach alles, was in deinen Kräften steht.«

Da klappte dem Männchen vor Schreck die Kinnlade herunter. Irritiert schüttelte es den Kopf.

»Moment, also noch mal von vorne, lassen Sie uns alles in Ruhe besprechen! Also … Sie wollen eine Geschichte von mir? Da brauche ich genauere Anweisungen! Wo soll diese Geschichte beginnen? Wer sind die Protagonisten und wie heißen sie? Und das Genre, welches Genre soll das hier eigentlich werden?«

Das graue Männchen redete erregt weiter, und man konnte gerade noch Worte wie »Spannungsbogen« und »Kapitelübersicht« aus seinem Monolog herausfiltern … Aber das unsichtbare Ich schien ihm nicht mehr richtig zuzuhören. Denn gerade war ein kleiner, grün glänzender Kolibri aufgetaucht, der jedes Wort und sogar jeden Gedanken verstummen ließ. Seine zarten, zierlichen Flügelchen bewegten sich so schnell, dass man sie kaum richtig sehen konnte. Gegenüber der riesigen Traumblase wirkte der Vogel winzig klein. Er schaffte es, direkt vor ihr in der Luft innezuhalten. Unentwegt mit den Flügeln schlagend, verharrte er auf der Stelle.

Der Kolibri beachtete das grau gekleidete Männchen in der linken Traumblasen-Hälfte gar nicht. Seine Aufmerksamkeit richtete sich ganz auf die rechte, buntschillernde Seite der Blase, auf das zweite Männchen, das sich nun langsam wieder zu regen begann.

»Jetzt ist deine Zeit gekommen, aufzuwachen«, zirpte der kleine Vogel. Unmittelbar darauf öffnete das bunte Männchen seine Augen.

Und mit einem einzigen Blick hatten sich die beiden Wesen mehr mitgeteilt, als jemals durch Worte hätte gesagt werden können. Ihr stummer Austausch sorgte dafür, dass die Geschichte ganz anders verlaufen würde als das unsichtbare Ego es sich vorgestellt hatte.

Mit einer flinken Bewegung seines langen, spitzen Schnabels, pickte der Kolibri gegen die Oberfläche der Traumblase. Mit einem spritzigen Knall zerbarst sie in tausend glitzernde Tropfen, die in alle Richtungen auseinanderstoben …

Das war der Moment, in dem die Idee dieser Geschichte sich selbstständig machte.

Ein leeres Blatt Papier. Eine unsichere Hand, die einen Stift umklammerte. Und ein Kopf, der vor lauter verrückten Ideen schwirrte, die alle darauf warteten, verwirklicht zu werden.

Doch anstatt zu schreiben, zögerte die Hand. Der zweifelnde Kopf hielt sie zurück. Innehalten. Nachdenken.

Der Gedanke war da. Greifbar nah. Aber die richtigen Worte fehlten, um ihn zu fassen. Der Gedanke tanzte wie eine Seifenblase in der Luft. Er schimmerte bunt in allen erdenklichen Farben. Aber kam man ihm zu nahe, verflüchtigte er sich wieder.

Vielleicht konnte man ja mit etwas Abstraktem beginnen.

Da, endlich, formte sich ein erster Satz:

Manchmal ist es seltsam, wenn Gedanken versuchen, Realität zu erschaffen.

Die frisch geschriebenen Worte erschienen auf dem Papier. Doch anstatt, dass ein weiterer Satz folgte, wurden die Worte energisch wieder durchgestrichen.

~~Manchmal ist es seltsam, wenn Gedanken versuchen, Realität zu erschaffen.~~

»Realität! Realität! Was ist schon Realität?! Ich krieg noch die Krise mit diesem sinnlosen Geschreibe! Ich gebe es auf, es führt doch zu nichts!«

Der Protagonist wollte gerade seinen Stift wütend beiseite schleudern, da wurde ihm bewusst, dass er seinen Namen vergessen hatte. Oder vielleicht hatte er niemals einen besessen. War er durch die vielen missglückten Schreibversuche etwa verrückt geworden, dass ihm etwas so Wesentliches abhandengekommen war? Er glaubte noch zu wissen, dass sein Name aus einer … nun ja, Aneinanderreihung von Buchstaben bestand. Immerhin. Aber bis er diese Buchstaben wiedergefunden, sie in ihrer richtigen Reihenfolge zusammengesetzt und – ach, egal!

Aus Nachsicht wollen wir seinen Namen erst einmal überspringen. Bis dahin musste er sich wohl oder übel mit der Bezeichnung »das Männchen« zufriedengeben.

»Ich geb's auf, schon wieder ein Fehlversuch. Dabei bin ich noch ganz am Anfang. Verdammt, noch nicht mal einen Anfang kriege ich zustande! Zum Teufel mit dieser Inspiration! Nie ist sie da, wenn man sie braucht!«

Einige Minuten lang fluchte unser Männchen so vor sich hin, während es in seinem Zimmer auf und ab ging. Der Raum war eng und stickig und beinahe völlig dunkel, denn es gab keine Fenster, die Licht hereingelassen hätten. Nur ein Reagenzglas an der Wand spendete ein wenig Helligkeit. Darin wurde eine Essenz mit leuchtender Flüssigkeit aufbewahrt: die Launen-Essenz. Diese Flüssigkeit zeigte immer das aktuelle Empfinden der Villa Ego an. Ihre Stimmungslage konnte man anhand der Farbe ablesen. Sie veränderte sich immerzu. Noch kurz zuvor war die Essenz in einem dunklen Rot aufgesprudelt. Jetzt blubberte sie in einem schleimigen Gelbgrün träge vor sich hin. Im matten Schein dieser Lichtquelle konnte man gerade noch die Unordnung in dem kleinen Raum erahnen, in dem sich unser Männchen aufhielt – Unmengen an riesigen Papierstapeln, Büchern

und vollgestopften Schubladen, die halb geöffnet aus ihren Schränken heraushingen.

Im Ganzen erinnerte der Ort an ein chaotisches Professorenzimmer. Und dieser Eindruck täuschte auch nicht. Bei unserem Männchen handelte es sich tatsächlich um einen penibel genauen, wenn auch etwas unorganisierten Professor. Er hatte zwar ein starkes Bedürfnis nach Ordnung, wurde aber regelmäßig vom Chaos übermannt. Sein System scheiterte daran, dass er zu viele Dinge auf zu wenig Raum unterzubringen versuchte. Manchmal machte ihm das schwer zu schaffen. Die Enge und das Chaos schlugen ihm aufs Gemüt.

»Das kommt davon, wenn man versucht, einen Anfang zu schreiben!«, grummelte er, während er einen Stapel Notizzettel auf den Boden warf. Doch dann hielt er ruckartig inne. Sein Blick war auf einen fremden Schatten gefallen. Dabei war sich der Professor sicher gewesen, allein zu sein. War er denn wirklich so unaufmerksam? Oder bildete er sich den Schatten nur ein? Schließlich konnte er in der Dunkelheit kaum etwas erkennen. Angestrengt versuchte er, seine Sinne zu schärfen.

Seine Augen huschten suchend umher. Und dann, zwischen seinen vollgestopften Regalen und Schränken, sah er ihn: einen unbekannten Fremden, der ganz ruhig und mit geschlossenen Augen dastand, so, als sei er in eine tiefe Trance versunken. Just in dem Moment, als der Blick des Professors sein Gesicht streifte, öffnete der Fremde die Augen. Sie waren groß und himmelblau. Und sie leuchteten mit solcher Kraft, dass sie wie Sterne den Raum erhellten. *Wie Sterne?* Der Professor schüttelte den Kopf über diesen kitschigen Gedanken. Die Situation war äußerst unromantisch, da war dieser Vergleich *wie Sterne* eher fehl am Platz – genau wie der Fremde selbst. Aber Sterne und Kitsch hin oder her … Es ließ sich nicht leugnen, wie hell diese Augen strahlten. Beinahe surreal, wie bei einem Phantom, und das ärgerte

den Professor, denn er glaubte nicht, dass es gut war, wenn Professoren Phantome sahen. Er brauchte keine zusätzlichen Sorgen, und am allerwenigsten solche, die seine geistige Zurechnungsfähigkeit betrafen. Irritiert zwickte er sich in die Handflächen, um zu überprüfen, ob er träumte. Aber nichts veränderte sich. Also, folgerte er, war der Fremdling keine seiner Kopfgeburten. Er war ein leibhaftiger – und ein leibhaftig ungebetener – Gast.

»Hallo!«, sagte der leibhaftig ungebetene Gast, ganz so, dachte der Professor, wie man einen alten Freund begrüßen würde, der einen zu Kaffee und Kuchen einlädt. Aber der Professor hatte weder Kaffee noch Kuchen für ihn, er hatte diesen Fremden ja keineswegs eingeladen, er kannte ihn schließlich überhaupt nicht.

»Ähm, guten … Tag auch«, erwiderte er verstockt und musste sich wirklich zusammennehmen. Seine Manieren verlangten von ihm, höflich zu bleiben, höflich und gleichmütig. Schließlich musste er als Herr dieses Zimmers Haltung bewahren. Aber wenn er ehrlich zu sich war, dann wollte er nichts lieber, als diesem Fremden eine hitzige Schimpftirade zu halten und ihn anzuschreien, was er sich denn einbildete, wer er sei, und wie er sich anmaßen konnte, ganz ohne Einladung hier aufzukreuzen.

Während der Professor die richtigen Worte suchte, um den Fremden so taktvoll wie möglich auf seine Unerwünschtheit hinzuweisen, huschte sein Blick flüchtig über den Fußboden. Dort breitete sich das Zettelchaos seines Wutausbruchs aus, die alten Notizzettel, beschrieben mit längst verworfenen Plänen, vergessenen Geschichtsentwürfen und noch mehr unverwirklichten Vorsätzen. Der Professor konnte sich nicht erklären, warum, aber der Anblick dieser Zettel machte ihn nun verlegen. Er fühlte sich, als hätte er damit dem Fremden Einblick in seine intimste Privatsphäre gegeben. Hastig kehrte er das Zettelchaos mit den Füßen beiseite und

wusste nicht, wo er hinsehen sollte. Überall, nur nicht in die stechend hellen Augen des ungebetenen Gastes, der ihn schalkhaft, ja, irgendwie sogar belustigt, anblickte.

Der Fremde schüttelte lachend den Kopf. Dann sagte er mit piepsender Stimme, die dem Professor irgendwie vertraut vorkam:

»Lassen Sie es gut sein, Herr Kollege! Nicht nötig, dass Sie für mich aufräumen.«

Kollege? Der Professor musterte den Fremden verwirrt. So hatte ihn noch nie vorher jemand genannt. War das etwa ein neues Modewort, mit dem man heutzutage einen Fremden ansprach? Währenddessen redete der ungebetene Gast in freundlichem Plauderton weiter.

»Ein bisschen Chaos ist eigentlich ganz gut für unsere Aufgabe – lassen Sie es also Chaos sein.«

Nun traute sich der Professor doch wieder, ihn anzusehen. Und er tat es mit ungläubigem, irritiertem Blick. Er wollte den Fremden fragen, was für eine hirnrissige Aufgabe das denn bitte schön sei, aber die Worte, die schließlich aus seinem Mund purzelten, waren nichts weiter als: *»Ein bisschen Chaos?«*

Surreal. Das alles war surreal. Der Professor konnte sich nicht erklären, wie der Fremde überhaupt hier hereingekommen war. In seinem Zimmer gab es schließlich nicht einmal eine Tür!

Und nun sagte der Fremde auch noch etwas, womit der Professor so gar nicht gerechnet hatte:

»Vielleicht hätten Sie beim Schreiben besser *mittendrin* angefangen. Dann wären Sie jetzt nicht von diesen Anfangsschwierigkeiten geplagt.«

Dieser Themenwechsel kam so unvermittelt, dass der Professor endgültig aus dem Konzept gebracht wurde.

»Bitte, was? Beim Schreiben? Ähm … nun, ja.« Sein letzter misslungener Schreibversuch lag zerknüllt auf dem Boden. Das schien bereits sehr lange her zu sein. Aber woher wusste der Fremde überhaupt davon? Hatte

er ihn etwa beim Schreiben beobachtet? Und was meinte er damit, *mittendrin anzufangen?* Der Professor versuchte, sich wieder zu sammeln.

»Ein Anfang ist immer noch ein Anfang, mein verehrter … äh … *Herr*«, sagte er. Es gelang ihm nicht ganz, den irritierten Unterton aus seiner Stimme zu bannen. »Eine Geschichte hat nun mal einen Anfang. Und wenn es keinen Anfang gibt, dann kann es auch nicht weitergehen.«

»Das sehe ich anders«, entgegnete der Fremde schlicht. »Wenn Sie dem Strom der Fantasie erst mal folgen, dann wird sich alles Weitere wie von selbst ergeben.«

»Ich fürchte, ich verstehe nicht ganz, was Sie meinen.«

»Ich meine«, sagte der Fremde, »die Geschichte hat an und für sich vielleicht einen Anfang. Aber das heißt nicht, dass dieser Anfang auch als erstes geschrieben werden muss. Eine Geschichte kann genauso gut in der Mitte beginnen. Oder sogar am Ende. Man schreibt, und während man schreibt, erschaffen sich Vergangenheit und Zukunft neu. Die Idee erinnert sich ihrer selbst. Verstehen Sie?«

»Ähm. Ich bin mir nicht sicher, ob das Ihr Ernst ist, oder ob Sie mich nur auf den Arm nehmen wollen. Andererseits klingen Sie so, als hielten Sie sich für einen Experten.«

»Oh nein, gewiss nicht! Ich bin kein Experte. Ich bin eher wie ein Kind, das gerne spielt«, sagte der Fremde. Dann legte er lächelnd den Kopf schief. »Und es ist meine Lebensaufgabe, mit Kreativität zu spielen – egal, in welcher Form.«

»Aha. Nun, wenn das so ist … Wer sind Sie denn überhaupt? Sie sind hier so plötzlich aufgetaucht, und nun diskutieren Sie mit mir über die Beschaffenheit von Geschichtsanfängen. Ich werde daraus nicht wirklich schlau. Also, raus mit der Sprache: Wer sind Sie?«

»Was genau meinen Sie, wenn Sie mir diese Frage stellen?«

Der Professor zuckte genervt mit den Schultern. »Was soll ich damit schon meinen! Wie ist Ihr Name? Woher kommen Sie? Was führt Sie hierher? Und wie kommen Sie überhaupt dazu, einfach so, ohne Termin in mein Arbeitszimmer zu platzen?«

»Oho, langsam! Das waren gleich mehrere Fragen auf einmal. Die erste, wie mein Name ist, kann ich Ihnen nicht sagen – noch nicht. Aber Sie werden es bestimmt noch herausfinden. Und was mich hierherführt … nun, das muss meine Intuition gewesen sein!«

»Gut, dann können Sie mir vielleicht erklären, warum diese Intuition nie da ist, wenn man sie braucht!«, schnappte unser Männchen verärgert.

»Wie soll die Intuition denn bei Ihnen zu Wort kommen, wenn Sie so damit beschäftigt sind, andere Pläne zu machen?«

»Äh, nun lenken Sie mal nicht vom Thema ab. Sie haben mir noch nicht erklärt, wo Sie herkommen. Sie können doch nicht plötzlich vom Himmel gefallen sein?!«

»Von so weit oben nun auch wieder nicht … diesmal nicht. Sehen Sie, eigentlich wohne ich nur ein Stockwerk über Ihnen. Wir sind, sozusagen, Nachbarn auf der Geistigen Etage der Villa Ego.«

»Nachbarn … Geistige Etage … Villa Ego«, wiederholte der Professor.

»Und hergekommen bin ich durch die Luke, die Ihr Büro mit dem Dachboden verbindet.« Das fremde Männchen deutete nach oben an die Zimmerdecke. Der Professor sah stirnrunzelnd auf eine kreisrunde Öffnung, die gerade groß genug war, dass ein Männchen wie er hindurchpasste.

»Fahren Sie fort!«, sagte er.

»Nun, ich wohne eben auf dem Dachboden der Villa Ego, oder besser gesagt, der Dachboden ist mein Kunstatelier. Einen festen Wohnsitz habe ich nicht, denn meistens bin ich auf Reisen.«

»Aha. Und was hat Sie dazu bewogen, ein Kunstatelier auf dem Dachboden zu betreiben?«

»Der Dachboden ist den Sternen am nächsten. Mir liegt viel daran, dem Himmel so nahe wie möglich zu sein.«

»Das klingt etwas abgehoben.«

»Schon möglich …«

Während unser Männchen mit dem Fremdling sprach, befiel ihn wieder das unangenehme Gefühl, dass es in seinem Zimmer zu dunkel war. Er brauchte mehr Licht.

»Keine Sorge, bestimmt wird Ihnen bald ein Licht aufgehen«, sagte der seltsame Nachbar unvermittelt. Da erstarrte unser Professor. Hatte der Fremde gerade seine Gedanken gelesen? Und nicht nur das – der Raum schien sogar auf seine Worte zu reagieren. Schlagartig erschien alles in einem anderen Licht. Der Professor konnte plötzlich jeden einzelnen Buchrücken in seinem Regal erkennen. Auch die Schubladen gewannen an Kontur und Farbe. Selbst die Launen-Essenz in dem seltsam geformten Reagenzglas leuchtete etwas heller – sie hatte auch ihre Farbe wieder geändert. Der giftige Grünstich war verschwunden. Das Gelb wirkte jetzt sonnig und sogar einladend. Der Professor staunte nicht schlecht. Während sich alle Gegenstände des Raumes festigten, begann auch die Gestalt seines Nachbarn an Farbe zu gewinnen. Neugierig und erwartungsvoll stand er vor ihm … Und der Professor wich ruckartig einen Schritt zurück.

»Wuah, Sie machen mir Angst! Sie sehen *verrückt* aus – oder besser, *absurd*!«

Noch nie hatte unser Professor ein so komisches Männchen gesehen. Ungläubig musterte er den Fremden von oben bis unten.

Seine strahlend weißen Krauslöckchen standen in alle Himmelsrichtungen ab, was ihm den Anschein verlieh,

unter Strom zu stehen – und zwar gewaltig! Ansonsten sah er aus, als sei er soeben aus einem Farbtopf geklettert, mit seinen bunt zusammengewürfelten Kleidern, die alle überhaupt nicht zusammenpassten. Sein Hemd war über und über mit Punkten und Kreisen verziert. Und auf seiner Latzhose tanzten Spiralen und Schlangenlinien wild durcheinander. Die hatte er vermutlich selbst darauf gemalt. Und als ob das alles nicht schon bunt genug gewesen wäre, strotzte sein Gewand von oben bis unten von Farbflecken. Für den Professor war der Fremde die Verkörperung des Chaos schlechthin.

»Habe ich Ihnen gerade tatsächlich Angst eingejagt?«, fragte sein Nachbar neugierig.

Der Professor lachte nervös.

»Das nicht, Sie machen auf mich nur einen ziemlich … äh … unkonventionellen Eindruck. Ich kann Sie nicht richtig ernst nehmen, wenn Sie in diesem Anzug hier aufkreuzen. Sie sehen aus wie ein Clown.«

»Ich bin Künstler. Vielleicht geht das in eine ähnliche Richtung«, lächelte der Fremde. »Aber das ist es nicht, was Ihnen Angst einjagt, oder? Denn DASS Sie Angst haben, spüre ich!«

»Nein, nein, keineswegs. Fangen Sie jetzt nicht auch noch an, mich zu nerven! Ich verstehe nur immer noch nicht, warum Sie hier sind. Was genau wollen Sie von mir?!«

Da trat der Künstler einen Schritt auf ihn zu und sagte mit ruhiger, aber entschlossener Stimme:

»Ich bin gekommen, um mit Ihnen gemeinsam eine Geschichte zu schreiben.«

Dem Professor klappte vor Schreck der Unterkiefer herunter.

»Was? Was soll das heißen?!«

»Ich komme, um Ihnen zu helfen. Damit wir die Geschichte der Villa Ego gemeinsam schreiben. *Unsere Geschichte.* Die Geschichte, für die Sie vorhin so verzweifelt nach einem Anfang gesucht haben.«

»Woher wissen Sie, dass ich versucht habe, eine Geschichte über die Villa Ego zu schreiben? Wie lange haben Sie mich heimlich aus dem Dunkeln beobachtet?!«

»Hier drinnen bleibt nichts lange ein Geheimnis. Dazu musste ich nicht mal Ihr Zimmer betreten. Ich habe Sie fluchen gehört, und dann bin ich zu Ihnen runtergekommen.«

»Aber das ist doch verrückt!«

»Ja, ausgezeichnet! Dann fangen wir also an?«

Der Professor griff sich an den schwirrenden Kopf. Seine Gedanken drehten sich im Kreis.

»Ich habe diese Aufgabe bereits für erfolglos erklärt …«, stammelte er. »Dieses Vorhaben wird niemals gelingen. Die Geschichte ist zum Scheitern verurteilt.«

Ein betretenes Schweigen breitete sich zwischen ihnen aus.

Bis der Künstler schließlich fragte: »Das hat Ihnen der Herr Zweifel gesagt, oder?« In seiner Stimme schwang beinahe so etwas wie Enttäuschung mit.

»Zweifel hin oder her …«, meinte der Professor ungeduldig, »Ich verlange, dass wir diesen Unsinn unverzüglich beenden, denn er ist es nicht wert, daran weiterzumachen. Nun sehen Sie bitte zu, dass Sie wieder verschwinden.«

Da blitzten die Augen seines Nachbarn rebellisch auf. Und er tippte sich an sein linkes Ohr, hinter das er lässig einen Pinsel geklemmt hatte.

»Wir sind bereits mitten in der Geschichte, Herr Professor. Und ich werde ganz gewiss nicht unverrichteter Dinge wieder verschwinden. Noch während wir beide hier miteinander reden, sind Kräfte im Gange, die diese Geschichte weiterspinnen. Es ist unmöglich, jetzt noch abzubrechen.«

»Aber das geht nicht«, rief der Professor. »Das ist absolut irrsinnig, hören Sie, ich *muss* diesen Unfug abbrechen! Jetzt sofort! Ich habe schon viel zu viel Zeit

damit verschwendet, Ihnen zuzuhören, und sollte mich nun wirklich wieder meiner Arbeit zuwenden.«

»Sie suchen nach Ausreden.«

»Ach, kommen Sie! Sie wissen es doch selbst – wir haben überhaupt keinen Plan für eine Geschichte!«

»Den brauchen wir auch nicht«, entgegnete sein Nachbar. »Ideen existieren nur im Hier und Jetzt, genau in diesem Moment. Verstehen Sie? Der Weg wird sich ergeben, während wir ihn gehen.«

»Aber was ist mit einem Konzept?!«, stieß der Professor hervor. »Wir *brauchen* doch ein vernünftiges Konzept für diese Geschichte! Eine Handlungskurve, einen Spannungsbogen … Wenigstens ein Inhaltsverzeichnis und eine Kapitelübersicht! Sonst verläuft unser Weg ins Nirgendwo. Außerdem …«, und diesmal holte er tief Luft, als wolle er ein schwerwiegendes Urteil verkünden: »Außerdem kennen wir noch nicht einmal unsere Namen!«

Mit diesem Argument hatte er seinen Nachbarn auf den Boden der Tatsachen zurückbringen wollen. Ihn entmutigen, zur Vernunft bringen, oder doch zumindest ein bisschen ernüchtern. Was er aber nicht erwartet hatte, war, dass sein Nachbar leise zu kichern anfing, um dann mit einem Zwinkern zu sagen: »Sie versuchen schon wieder, die Geschichte vorauszuplanen, *Ration Rücke*, und dabei stecken wir doch schon mittendrin!«

Für einen kurzen Moment entstand ein verwirrtes Schweigen zwischen den beiden.

»*Wie* haben Sie mich da eben genannt?«, fragte der Professor halblaut, während ihm Schweißperlen auf die Stirn traten.

»Ratio bedeutet Verstand. Sie sind Ration Rücke.«

»*Ration Rücke* …?« Unser Männchen formte den Namen langsam mit den Lippen, als müsse er noch lernen, ihn richtig auszusprechen. Wie die Worte einer fremden Sprache, die er nicht richtig verstand.

»Rücke …« Er schnaubte. »Der Name klingt absolut lächerlich. Wie sind Sie auf *den* nur gekommen?!«

»Er stand in unserer Geschichte geschrieben. Die Idee wollte es so.«

»Wie kann eine Idee etwas wollen?! Das klingt so, als glaubten sie, die Idee hätte ein Eigenleben!«

»Das hat sie auch, in der Tat.«

»Wissen Sie, ich glaube eher, Sie haben sich den Namen gerade selbst ausgedacht und wollen nun keine Verantwortung für Ihren … äh … etwas eigensinnigen Geschmack übernehmen«, sagte Ration Rücke. Aber da war es schon so weit. Der Name war unweigerlich ein Teil seiner Persönlichkeit geworden. Er seufzte ergeben.

»Was für eine Idee soll das überhaupt sein?«

»Eine Idee voller Potentiale. Noch steckt sie in ihren Kinderschuhen, das heißt, sie ist formbar und ihr stehen unendlich viele Richtungen offen.«

»Das bringt uns keinen Schritt weiter. Für mich hört sich das an wie ein Haufen leerer Worte. Rekapitulieren wir noch einmal. Sie sind also gekommen, um mit mir zusammen die Geschichte der Villa Ego zu schreiben. Na, gut. Aber wir scheinen ziemlich unterschiedliche Vorstellungen zu haben, wie man am besten an so eine Sache rangeht. Ohne ein Konzept arbeite ich nicht. Ich bin nicht der Typ, der einfach drauf losschreibt. Ich sehe nicht, wo eine Geschichte ohne Plan hinführen soll.«

»Vielleicht führt uns die Geschichte ja aus Ihrem Büro hinaus.«

»Bitte, was? Aber wozu sollte ich rausgehen? Ich mag es hier.« Während der Professor das sagte, fiel ein zerfleddertes Buch aus dem Regal hinter ihm und landete mit einem lauten *Klatsch* auf dem Boden.

Der Künstler zog skeptisch die Augenbrauen hoch, als wollte er fragen: *Tatsächlich?!*

Die Ohren des Professors verfärbten sich rosa. Er konnte seinem Nachbarn wohl nichts vormachen.

»Na gut … Ich gebe es ja zu. *Manchmal* fällt mir in meinem Zimmer die Decke auf den Kopf.« (Auch das war beschönigt. In Wahrheit fiel ihm die Decke *mehrmals täglich* auf den Kopf!) »Aber deswegen muss ich mein Büro doch nicht gleich verlassen. Ich habe hier Pflichten nachzugehen. Ich muss mich um wichtige Dinge kümmern. Gedanken ordnen. Sinneseindrücke filtern. Informationen strukturieren und in Schubladen einsortieren. Arbeit, verstehen Sie? Ich habe gar keine Zeit, um nach draußen zu gehen. Außerdem weiß ich nicht, was mich dort erwarten würde.«

Der Nachbar sah ihn daraufhin nur scharf an. Dann nahm er plötzlich seinen Pinsel vom Ohr. Der Pinsel entglitt seiner Hand und begann, unbekümmert durch die Luft zu tanzen. Er schwebte wie von Geisterhand …

»Was soll denn das, hören Sie auf damit!«, rief der Professor und schaute erschrocken drein. Das ging nun wirklich nicht mehr mit rechten Dingen zu!

»Kümmern Sie sich nicht darum. Mein Pinsel macht gerne mal, was er will.«

»Aber ein Pinsel kann sich nicht selbstständig machen – er kann sich nicht ohne die Hand bewegen, die ihn führt! Und genauso wenig ist es möglich, eine Geschichte zu schreiben, ohne zu wissen, was passieren soll!«

»Herr Professor, genau hier, vor Ihren Augen, habe ich Ihnen gerade das Gegenteil bewiesen. Sind Sie blind, oder wollen Sie einfach nicht sehen, was Sie nicht verstehen können?«, erwiderte der Künstler. »Sie sehen doch, dass der Pinsel meine Hand verlassen hat!«

»Warten Sie nur, bis er anfängt, Ihnen auf der Nase herumzutanzen! Ich würde meinem Pinsel niemals das Ruder überlassen, wenn ich denn einen hätte. Aber zum Glück habe ich keinen und brauche mir darüber keine Gedanken zu machen. Ich habe ohnehin genug zu tun. Also lassen Sie mich bitte mit Ihren Spielchen in Ruhe!«

Eine Welle von Zorn durchflutete den Professor. Ungehalten schüttelte er den Kopf über diesen, wie er fand, unverschämten, wenn nicht sogar wahnsinnigen Pinselclown, der am helllichten Tag nichts Besseres zu tun hatte, als ihn in seinem Büro mit fliegenden Pinseln zu belästigen. Und dann war er obendrein auch noch sein Nachbar. So nah wohnten sie beieinander, und doch klaffte ein so tiefer Abgrund zwischen ihnen. Der Abgrund von Unverständnis. Die beiden Männchen waren Verkörperungen zweier gegensätzlicher Kräfte. Verstand gegen Intuition. Geplante, organisierte Struktur gegen spontane, schöpferische Kreativität. Zwei Gegenspieler, die sich nicht einigen konnten.

»Es muss nicht so sein«, sagte der Künstler ganz leise. Er unterbrach damit den negativen Gedankenstrom des Professors.

»Wie bitte?«

»Es muss nicht so sein, dass wir gegeneinander arbeiten, konkurrieren, oder was auch immer Sie meinen. Wir können auch *zusammenarbeiten*. Wir können ein *Team* bilden. Eine Einheit, die stärker ist als einer von uns allein je sein könnte. Das meine ich.«

»Aber wie soll das gehen?«

»Im Moment ist diese Geschichte nur ein Traum. Aber Sie und ich, wir können es schaffen, ihn zu verwirklichen. Gemeinsam können wir eine Brücke zwischen Traum und Wirklichkeit bauen.«

»Aber ich trenne Fantasie und Realität doch nicht umsonst voneinander!«

»Herr Rücke! Mit den Mauern, die Sie bauen, schaffen Sie sich nur Ihr eigenes Gefängnis!«

Der Professor sah ihn wütend an. »Gefängnis?! Ich versuche doch nur, Ordnung von Chaos zu trennen, ist das denn zu viel verlangt?! Sie sehen doch selbst, wie mir in meinem Büro alles über den Kopf wächst, wenn ich das Chaos walten lasse.«

»Chaos ist oft der Schlüssel zur Kreativität, Herr Rücke.«

»Der Schlüssel zur Kreativität? Pah! Im Chaos gehen alle Schlüssel verloren!«

»Man kann keine neuen Sterne erschaffen, wenn man nicht wenigstens ein bisschen Chaos in sich trägt!«

»Nun zitieren Sie mir nicht auch noch Franz Kafka! Oder war es Nietzsche? Ach, egal! Es ist ja doch nicht von Belang.«

»Ich habe auch noch ein anderes Zitat für Sie. Diesmal von Albert Einstein: Das Genie hält keine Ordnung – es beherrscht das Chaos.«

»Das haben Sie sich ja schön zurechtgelegt.« Der Professor fasste sich müde an die Stirn. »Chaos hin oder her – ich bin weder dazu fähig, Ordnung zu halten, noch versteckt sich hinter mir ein großartiges Genie … Herr Zweifel sagt oft, ich sei ein hoffnungsloser Fall.«

»Das macht nichts, Herr Rücke. Vielleicht wird eine Zeit kommen, in der Sie sich mit dem Chaos anfreunden werden. Man braucht dafür kein Genie zu sein. Mein Rat für Sie: Arbeiten Sie nicht immer nach Vorgaben. *Ver-rücken* Sie ein bisschen – erlauben Sie sich, von den gewohnten Wegen abzuweichen. Sie könnten dadurch so viel Neues lernen!«

Der Professor rieb sich nachdenklich die Stirn. Er mochte saubere, klar umrissene Pläne nun mal. Planung verlieh ihm das Gefühl, oder doch zumindest die Illusion von Sicherheit. Planung war unentbehrlich, damit alles recht funktionierte.

Oder etwa nicht?

»Vertrauen Sie mir!«, sagte der Künstler sanft. »Vertrauen Sie der Intuition und lassen Sie sich dieses eine Mal von ihr führen.«

»Führen? Oder Ent-führen? Was heißt schon Vertrauen?«

»Sich zu *trauen*, Dinge zuzulassen, ohne alles kontrollieren zu wollen. Überlassen Sie die Geschichte ein bisschen mehr sich selbst.«

Der Professor stöhnte auf. »Wozu haben wir das alles überhaupt angefangen?!«

»Ich glaube, um unsere Villa besser kennenzulernen.«

»Die Villa ist nur ein Haus, und wir leben darin. Ich wüsste nicht, was es da noch zu lernen gibt – Wissen kommt schließlich von außen herein.«

»Oh, wenn Sie wüssten! Dieses Haus ist groß, viel größer, als es den Anschein hat. Sie glauben, Sie kennen die Villa bereits, aber Sie kennen nur einen kleinen Teil davon – Ihre eigenen vier Wände. Aber jede Villa birgt in sich ein ganzes Universum voller magischer Welten. Die Möglichkeiten sind schier unerschöpflich. Sie werden es sehen, wenn Sie sich auf Entdeckungsreise begeben! Wollen Sie dem wirklich nicht nachgehen?«

Der Professor zögerte und konnte sich nicht entschließen, was er denken, glauben oder vielleicht sogar hoffen sollte. Er fühlte sich überrumpelt und ausgelaugt durch die vielen neuen Denkanstöße. Doch er konnte nicht ganz leugnen, dass sich eine leise, aber kitzelnde Neugier in ihm regte. Schließlich murmelte er:

»Hören Sie … Es ist spät und ich bin müde. Ich sehe, dass es um das Energielevel der Villa Ego schon herzlich schlecht steht.«

»Obwohl doch gerade jetzt der Himmel voller Ideen ist …?« Versonnen schaute der Künstler an die Zimmerdecke. Aber Ration Rücke ging nicht weiter darauf ein. Er musste in Ruhe nachdenken und diesen Sonderling möglichst schnell loswerden – bevor der ihn noch mehr durcheinanderbrachte.

»Ich breche den Gedankengang jetzt ab, Herr, äh, Nachbar. Über die Geschichte können wir uns ein andermal unterhalten. Bitte, lassen Sie mich für heute

Abend in Frieden. Kommen Sie morgen früh wieder – zu einer Besprechung um sechs Uhr, hier in meinem Büro.«

Das klang so förmlich, dass er sich irgendwie albern vorkam. Aber er meinte es ernst. Er würde den Wecker sogar früher stellen, um noch vor seinen Alltagspflichten auf den Nachbarn zurückzukommen. Hoffentlich mit einem klareren Kopf. »Ich denke, wir hören voneinander«, murmelte er, »Bis morgen früh um sechs. Und seien Sie pünktlich!«

»Auf Wieder-Sehen, Herr Professor!«

Der Künstler winkte ihm überschwänglich mit seinem Pinsel zu, aber er ging noch nicht fort. Eine Weile stand er in Ration Rückes Arbeitszimmer und begutachtete einige Zettel, die dort auf dem Schreibtisch lagen. Dann fing er an, kleine Papierflieger daraus zu basteln …

»Auf Wiedersehen, sagte ich! Machen wir hier einen Abschnitt!«

Als der Professor endlich wieder allein war, tanzten die Gedanken noch lange wild in seinem Zimmer umher. Sie alle hatten die Form von kleinen Papierzetteln, auf denen verschiedene Dinge geschrieben standen. Der Professor versuchte, die Zettel zur Ruhe zu bringen. Wenn er sich anstrengte, konnte er Gedanken gezielt in eine Richtung lenken oder sogar zum Schweigen bringen. Aber heute wollte ihm das einfach nicht gelingen. Denn gerade waren auch die Gefühle beträchtlich in Aufruhr, und das sorgte in seinem Zimmer für Gedankenchaos. Es gab viele unkontrollierbare Kräfte, gegen die er sich nicht wehren konnte. Die Gefühle standen ganz oben auf der Liste aller Unberechenbarkeiten. Sie waren nur schwer zum Schweigen zu bringen und wirkten sich fatal auf die Beschaffenheit der Gedanken aus. Ob er irgendwann lernen würde, Herr über die Gefühle zu werden? Wenn er nur sein Kontrollzentrum genügend ausweitete …

Und, wenn es soweit war, würde er dann vielleicht auch den seltsamen Künstler kontrollieren können? Mit dieser Frage wiegte sich der Professor langsam in den Schlaf, bis er alle wirren Gefühle und Gedanken um sich herum vergaß.

Kapitel 2
Der Innere Schweinehund

Sechs Uhr morgens, äußere Zeitrechnung. Der Professor war noch nicht ganz zu sich gekommen, als die ersten Töne der Außenwelt durch das Sinnesfenster *Audio* hineinpolterten. So wie ein paar unangenehme Gäste – unsanft, aufdringlich und rücksichtslos.

In der Villa Ego gab es fünf verschiedene Arten von Sinnesfenstern, und durch jedes drang ein Teil der äußeren Wirklichkeit in das Innere. Die Fenster befanden sich nicht direkt in Ration Rückes Büro, aber er bekam die wichtigsten Informationen durch die Gedanken-Post zugestellt. Das bedeutete, dass immer wieder neue Zettel mit Sinneseindrücken bei ihm im Zimmer eintrafen, die er auswerten und sortieren musste.

Welche Arten von Fenstern gab es?

Da war zum einen das Fenster *Audio*, das auf Geräusche spezialisiert war. Dann das Fenster *Odor*, das alle Gerüche aus der Umgebung auffing, und das Geschmacksfenster *Gusteau*, durch das Zettel mit unterschiedlichen Geschmäcken hereinflatterten. Das Fenster *Sensor* war für den Tastsinn zuständig; es informierte ihn über Strukturen und Temperaturen, um die Beschaffenheit von Gegenständen zu beschreiben. Natürlich durfte man auch das Fenster *Visus* nicht vergessen, das den Professor mit Bildern von draußen versorgte – es erfasste alle Formen, Farben und Bewegungsabläufe der äußeren Welt. Alle Sinnesfenster waren für den Professor unentbehrliche Informationsquellen.

Das Audio-Fenster war jedoch gerade zu einer richtigen Störquelle geworden. Hartnäckig schickte es dem Professor einen Hagel an Zetteln, die alle einen dröhnenden Lärm verbreiteten.

»Verdammtes Fenster Audio! Wieso kann man der Villa nicht einfach die Ohren verstopfen?!«, knurrte Ration Rücke gereizt.

Es war das Dröhnen des Weckers, das von den Zetteln registriert worden war und den Professor unsanft aus dem Schlaf gerissen hatte. Das Bewusstsein wurde mächtig durcheinandergewirbelt. Oder besser: in den Wachzustand zurückbefördert.

Ration Rücke hatte nicht viel geschlafen. Seine innere Unruhe hatte ihn mehrmals aus unschönen Träumen hochfahren lassen. Träume von wild gewordenen Zetteln, die ihn attackierten, und von einem übergroßen Pinsel, der ihn durch ein Labyrinth jagte. Dann war er wieder wachgelegen und hatte an den Künstler, dessen plötzliches Auftauchen und seinen merkwürdigen Vorschlag gedacht. Er hatte den Professor dazu aufgerufen, sein Büro zu verlassen, um die Villa Ego außerhalb seiner vertrauten vier Wände zu erkunden. Ein verrückter Gedanke! Der Professor war noch zu keinem endgültigen Urteil darüber gekommen. Nicht zuletzt, weil Herr Zweifel sich lautstark zu Wort gemeldet hatte.

Herr Zweifel war ebenfalls ein Bewohner der Villa Ego. Aber der Professor hatte ihn nie von Angesicht zu Angesicht gesehen. Herr Zweifel meldete sich nur über ein ganz spezielles Telefon, das Zweifeltelefon, und immer brachte er schlechte Neuigkeiten mit – Bedenken, Mahnungen, oft auch einfach nur Beleidigungen, die er Ration Rücke an den Kopf warf. Seine Reden drehten sich um alles, was innerhalb und außerhalb der Villa Ego vorging. Oft verbündete er sich mit dem Inneren Kritiker, der ebenso im Verborgenen hauste wie Herr Zweifel

selbst, und der nicht weniger gemein und schlechtgelaunt war. Vielleicht waren die beiden so etwas wie Geschwister.

Leider ließ sich dieses Zweifeltelefon nicht abstellen, und falls doch, dann hatte der Professor den Ausschaltknopf noch nicht gefunden. Er konnte sich zwar dazu entschließen, wegzuhören, doch Herr Zweifel war in der Lage, Gefühle geschickt zu beeinflussen. Und diese sorgten wiederum dafür, dass der Professor Zettel mit schlechten Gedanken zugestellt bekam. Leider hatte er dem Herrn Zweifel und dem Inneren Kritiker große Macht über sich eingeräumt. Ihre Stimmen waren klar und autoritär, und hallten oft lautstark durch das ganze Haus – so laut, dass es das Zweifeltelefon komplett überflüssig machte. Und der Professor nahm ihre harschen Worte sehr ernst.

Gestern Nacht, als er im Halbschlaf an den Künstler gedacht hatte, war Herr Zweifel besonders aufgeregt gewesen. Herr Zweifel schlief nie, und falls doch, dann meistens tagsüber. In der Nacht schien er hingegen zu seiner Höchstform aufzulaufen. Gestern hatte er dem Professor einen besonders langen, hitzigen Vortrag gehalten. Darüber, wie er sich überhaupt auf ein Gespräch mit diesem Sonderling hatte einlassen können! Das ganze Geschwafel über Intuition und Kreativität …! Wieso hatte er ihn nicht einfach rausgeworfen? Und jetzt hatte er sogar noch einen Termin mit diesem Pinselclown ausgemacht, um über ein irrsinniges Geschichtsprojekt zu diskutieren – noch dazu um sechs Uhr in der Frühe?! Dafür gab es für Herrn Zweifel nur eine Erklärung – der Professor musste schlichtweg wahnsinnig geworden sein.

Stöhnend rieb sich Ration Rücke die verschlafenen Augen und kam in die Gegenwart zurück. Der Blick auf einen Zettel des Visus-Fensters zeigte ihm die äußere Uhr. Es war nun fünf nach sechs. Gerade hätte er vieles dafür gegeben, den lästigen Wecker einfach abzustellen und in einen traumlosen Schlaf zurückzugleiten.

Aber er wollte sich zumindest noch kurz mit dem Nachbarn unterhalten, bevor die Villa Ego zu einer Vorlesung musste. Diese fand in einer Bildungseinrichtung in der äußeren Welt statt, wo er, der Professor, besonders viel Material bekam, das er anschließend in seine Schubladen stopfen konnte.

»Okay, reiß dich zusammen, du musst aufstehen«, murmelte er zu sich selbst. Er musste die Villa Ego zu neuem Antrieb bewegen. Dafür musste er wieder zurück an das Steuerruder der Villa – das war eine Art Rad wie bei einem Schiff, mit dem man den Willen in eine bestimmte Richtung lenkte. Der derzeitige Vorsatz war: aufstehen.

Aber vor dem Steuerrad lag dick und breit der Innere Schweinehund. Er hatte sich zu seiner vollen Größe ausgestreckt, und als Ration Rücke sich näherte, fletschte er wütend die Zähne.

»Oh, nun mach aber, dass du wegkommst! Das hilft nichts, wir haben eine Verabredung! Wir müssen die Villa bewegen, ob du nun willst oder nicht«, rief Ration Rücke gereizt. Aber er war noch zu müde, um dem Tier wirklich etwas entgegenzusetzen.

»Husch, husch, weg von dem Rad, zieh Leine!«

»Leine?! Ich bin gar nicht angeleint.«, sagte das sture Tier und gähnte herzhaft. Es rührte sich nicht einen Millimeter.

Ration Rücke seufzte resigniert. Wenn man so früh am Morgen von seinem Inneren Schweinehund im Eifer gebremst wurde, war der Tag eigentlich schon gelaufen.

»Dämlicher Sauköter!«

Doch Fluchen war bei dem Inneren Schweinehund wirkungslos. Da war nichts zu machen. Außer vielleicht, ein bisschen mehr von ihm zu berichten.

Der Innere Schweinehund …

Jeder Mensch hat ab und an mit ihm zu kämpfen: Er ist ein starrsinniges Tier, das immer wieder hartnäckig

versucht, unsere besten Vorsätze zu untergraben. Der Innere Schweinehund hat nie die Absicht, etwas Bestimmtes zu tun. Ihm geht es eher darum, bestimmte Dinge nicht zu tun.

Ration Rücke hätte lieber einen Wachhund gehabt, anstelle dieses Schweinehunds, der den Willen schwächte und seine besten Pläne vereiteln konnte. Der Schweinehund stellte sich dann einfach knurrend vor das Steuerrad des Willens – er legte sich wie ein Fußabstreifer davor. Jedenfalls tat er alles, damit Ration Rücke das Ruder nicht in die Hand nehmen konnte. Immer lag der Hund im Weg.

Ration Rücke konnte sich nicht entscheiden, welches Schimpfwort am besten zu dem Tier passte. Ob er nun besser »Du Hund!« oder »Du Schwein!« rufen sollte. Der Schweinehund hatte ja mit beiden eine gewisse Ähnlichkeit.

»Die Villa Ego will einfach nicht aufstehen!«

Nervös erkundigte sich der Professor ein weiteres Mal nach der äußeren Uhr. Es war nun bereits zehn nach sechs. Er würde sich zu seinem Treffen mit dem Künstler verspäten.

»Okay, nun aber auf! Wo bleibt denn die Motivation?«

Wie lange konnte man Zeit damit verplempern, über eine Sache nachzudenken, statt sie in die Tat umzusetzen …? So lange, bis es mehr als vier Seiten eines lächerlichen Buches ausfüllte?

»Jetzt ist ein für alle Mal Schluss damit!«

Etliche Minuten später saß der Professor endlich vor seinem Schreibtisch, mit Stift und Papier bewaffnet und schaute erwartungsvoll auf die Luke an seiner Zimmerdecke. Sie war der Durchgangspunkt, der den Dachboden mit seinem Büro verband. Das hatte ihm der Künstler gestern gesagt. Aber die Luke war geschlossen und der Künstler war nirgends zu sehen.

Auch er musste sich an diesem Morgen verspätet haben. Ob auch er von dem Inneren Schweinehund aufgehalten wurde?

Die äußere Uhr zeigte inzwischen viertel nach sechs. Ungeduldig schaute der Professor nach oben.

»Wäre er pünktlich gekommen, so hätte er die Viertelstunde auf mich gewartet. Aber dass er nicht da ist, bedeutet, dass er noch später dran ist als ich – und das ist nicht gut. Ich hasse Unpünktlichkeit! Wenn er sich nicht beeilt, bleibt uns gar keine Zeit mehr für eine Besprechung!«

Mit zunehmendem Groll schaute der Professor nach oben an die Zimmerdecke, über der das Kunstatelier liegen musste.

»Was er da oben nur treibt«, schoss es ihm durch den Kopf, »Weiß der Geier! Wahrscheinlich liegt er auf dem Dachboden in einer Ecke und schnarcht vor sich hin!«

Und wenn er nun gar nicht zu Hause war? Was, wenn er sich einfach aus dem Staub gemacht hatte? Vielleicht war ihm das alles gar nicht wichtig genug.

Die Uhr tickte derweil unentwegt weiter, völlig unberührt von Ration Rückes Ungeduld.

»Zeitverschwendung! Ich hasse Zeitverschwendung! Jede Minute will effektiv genutzt werden!«, schoss es ihm durch den Kopf. Und dann begann sich ein weiterer Gedanke in ihm zu regen. »Wozu wollte ich ihn überhaupt wiedersehen? Was erhoffe ich mir eigentlich davon?«

Er wusste darauf keine klare Antwort. Und die wohlbekannte Stimme des Herrn Zweifels drang an sein Ohr:

Was machst du noch hier? Warum bist du nicht bei der Arbeit? Hast du am frühen Morgen nichts Besseres zu tun, als einem komischen Clown hinterherzujagen? Siehst du, er ist nicht gekommen. Er hat dich die ganze Zeit schon zum Narren gehalten und seine Spielchen mit dir getrieben.

Der Professor schrumpfte bei diesen Worten förmlich zusammen. Er fühlte sich wie ein Kind, das bei etwas Verbotenem ertappt und jetzt dafür gescholten wurde. Das Schlimmste war, dass der Herr Zweifel vermutlich recht hatte.

Ihr Nachbar hat Sie hinters Licht geführt, und nun stehen Sie wie ein Trottel vor der verschlossenen Luke und warten auf ihn.

»HERR NACHBAR!«, schrie der Professor mit hochrotem Kopf, dann sackte er erschöpft auf seinem Schreibtisch zusammen. Einen Augenblick später fing er leise zu schnarchen an.

Nach einer unbestimmten Zeit wurde der Professor durch ein lautes Rascheln geweckt. Es klang, als würde jemand hastig Papier durchwühlen und dabei Dinge zu Boden werfen …

»Was geht hier vor?!«

Mit einem Mal war der Professor wieder hellwach. Seine Alarmglocken läuteten. Ruckartig drehte er sich um, und da sah er ihn endlich. Der Künstler trat hinter einem der vollgestopften Regale hervor und lächelte ihn mit seinen himmelblauen Augen an.

»Guten Morgen«, sagte er und machte eine kindische Verbeugung vor ihm.

»Was … was machen Sie da hinter meinen Regalen? Sie bringen doch nicht wieder etwas durcheinander? Wie lange sind Sie schon hier?!«

»Ich weiß nicht genau. Eine kleine Weile vielleicht. Ich dachte, ich lasse Sie besser schlafen und vergnüge mich mit Ihren Papieren. Sie haben ein ja ein unerschöpfliches Sammelsurium an Krimskrams hier.«

»Sie können doch nicht einfach in meinen Regalen herumwühlen! Ist Ihnen eigentlich bewusst, dass Sie damit mein ganzes System ruinieren?!«

»Ich muss zugeben, dass ich nicht alles an seinen Platz zurückgelegt habe.«

»Na wunderbar …«

»Ihr System ist ziemlich kompliziert, Herr Rücke. Ich verstehe nicht viel von Fächern und Schubläden.«

»Natürlich nicht. Und ich darf das Chaos hinterher aufräumen.«

»Das dürfen Sie. Aber noch besser wäre es, Sie ließen es erst mal so liegen.«

Ration Rücke sank seufzend in seinen Schreibtischstuhl zurück.

»Warum sind Sie nicht früher gekommen?«, grummelte er. »Ich habe auf Sie gewartet, und als Sie nicht kamen, muss ich wohl eingeschlafen sein.«

Der Künstler lächelte entschuldigend.

»Ich hatte gedacht, ich lasse Sie erst ihr Gespräch mit Herrn Zweifel zu Ende führen, bevor wir zu unserer Geschichte zurückkommen.«

Ration Rücke schaute missmutig drein.

»Glauben Sie denn, ich hatte Lust darauf, mich früh am Morgen schon mit diesem Widerling zu unterhalten?!«

»Ich dachte, Sie geben sehr viel auf das, was er sagt? Schließlich saugen Sie fast jedes Wort von ihm auf wie ein trockener Schwamm das Wasser!«

Mit einem Schwung setzte sich der Künstler mitten auf Rückes Schreibtisch. Dabei stieß er einen wackeligen Stapel Bücher um, die auf den Boden fielen und dort eine Staubwolke aufwirbelten.

»Passen Sie doch auf!«

Doch der Nachbar warf den Büchern nur einen unbekümmerten Blick zu, als ob sie ihn nicht im Geringsten interessierten.

»Sie waren früh hier«, bemerkte er dann.

»Ja! Im Gegensatz zu Ihnen habe ich versucht, mich an die verabredete Zeit zu halten«, schnaubte der Professor wütend. »Wir hatten doch schließlich sechs Uhr vereinbart! Sechs, nicht sieben, hören Sie? Sie können

doch Zahlen lesen, oder nicht? Zumindest die Zahlen von eins bis zwölf?!«

»Ich richte mich nicht nach der äußeren Uhr, Herr Rücke. Das sollten wir besser gleich vorab klären. Ich komme und gehe, wenn *meine innere Uhr* es will. Ich lasse mich nicht von Ihnen in einen Terminkalender quetschen. Nun bin ich da, und Sie auch. Dann ist doch alles gut.«

Der Künstler blickte nun ebenfalls auf den Zettel des Visus-Fensters, der die äußere Uhr zeigte.

Dann lachte er. »Ist es nicht lustig, wie sich diese tickenden Zeiger unablässig im Kreis drehen und uns vorgaukeln, die Zeit liefe immer gleich schnell ab?!« Er konnte sich kaum mehr halten vor Lachen. »Immerzu drehen sie sich, fort und fort und fort, und nie werden sie von etwas abgelenkt. Ein Wunder der Natur, diese Mechanik!«

Der Professor hatte keinen blassen Schimmer, was daran so lustig sein sollte. Er fand seinen Nachbarn egoistisch – sich nur nach seiner eigenen Zeit zu richten und andere unnötig warten zu lassen. Wie sollte man da miteinander übereinkommen?

Aber schließlich gab er sich mit der Erklärung zufrieden, dass der Künstler nicht ganz normal war – und dass es bei ihm nicht richtig tickte. Mit diesem exzentrischen Männchen zusammen eine Geschichte zu schreiben … Worauf würde Ration Rücke sich da nur einlassen? Hatte der Herr Zweifel nicht recht, wenn er ihm die Sache ausreden wollte? Noch hatte der Professor sich ja nicht entschieden … Aber hatte er denn überhaupt eine Wahl?

Der Professor hatte nun mal den klaren Auftrag von der Villa Ego bekommen, diese Geschichte zu schreiben, egal, mit welchen Mitteln! Viele Male hatte er schon versucht, einen Anfang zu schreiben – und war kläglich daran gescheitert. Immer wieder hatte er seine Entwürfe zerrissen und sich gefragt, wozu er sich

eigentlich noch die Mühe machte. Und ein Konzept hatte er auch noch nicht entwickelt. Wer konnte ihm da noch helfen? Der kleine Mann im Keller konnte ihm jedenfalls nicht helfen. Der war nur für den Spaß und das leibliche Wohlbefinden der Villa Ego zuständig. Und der Herr Zweifel oder der miesgelaunte Innere Kritiker? Die waren nicht gerade die beste Unterstützung, um etwas Neues zu schaffen. Sie waren kaum hilfreicher als der Innere Schweinehund.

Sein komischer Nachbar jedoch, der Pinselclown mit dem beklecksten Kittel und der Stromfrisur, schien weit und breit das einzige Männchen in der Villa Ego zu sein, das zu einer Zusammenarbeit bereit war. Nicht nur das, der Nachbar hatte ihm seine Hilfe sogar offen angeboten. Und er kannte sich – so behauptete er – mit Kreativität aus. Und er war – nach seinen eigenen Worten zu schließen – ein Künstler. Dann sollte er gefälligst seine Fähigkeiten unter Beweis stellen!

Deshalb stellte Ration Rücke nun dem Künstler die, wie er fand, entscheidende Frage.

»Haben Sie irgendwelche Ideen?«

Gespannt wartete er auf eine Antwort. Doch der Nachbar blickte ihn nur mit verdutzter Miene an, als habe er gerade etwas Dummes gesagt.

»Entschuldigen Sie, aber wie meinen Sie das?«, fragte er.

»Ganz wie ich sage!« In dem Professor brodelte wieder die Ungeduld. »Für eine Geschichte braucht man Ideen – und als Künstler sind Sie doch wohl dafür zuständig?! Ich möchte doch meinen, dass Sie zumindest ein BISSCHEN darüber nachgedacht haben, nachdem Sie mir gestern Ihren Vorschlag unterbreitet haben! Also, was ist nun?!«

Der Nachbar musterte ihn mit einem rebellischen Funkeln in den Augen.

»Glauben Sie denn, dass ich Ihnen die Ideen aus einer Wundertüte hervorzaubere?«

»Nun, ich habe zumindest gehofft, dass Sie ein bisschen produktiver wären!«, fauchte der Professor, während er die Arme verschränkte.

»Ich bin nicht der Weihnachtsmann, Herr Rücke. Ich habe keinen Sack, aus dem ich Ideen herausziehe wie bei einer Weihnachtsbescherung. Alles, was ich Ihnen raten kann, ist, dem Weg zu vertrauen. Alles wird sich ergeben, wenn Sie nur den ersten Schritt machen. Versuchen Sie nicht, alles zu kontrollieren.«

»Also im Klartext heißt das, Sie wollen, dass ich mich ins Ungewisse stürze, weil Sie selbst keine Ideen für diese Geschichte haben?!«

»Ideen sind nichts, was man besitzen kann, Herr Professor. Ideen sind frei wie die Wolken am Himmel. Das versuchte ich Ihnen schon gestern zu erklären.« Dem Künstler war durchaus klar, dass er den Professor an die Grenzen seiner Geduld brachte.

Im Keller der Villa Ego grummelte währenddessen vernehmlich der kleine Mann.

»Ich hab' Hunger!«, schrie er und läutete wie wild an einer Glocke, um auf sich aufmerksam zu machen. Müde und schlechtgelaunt war er obendrein. Die Wände von Ration Rückes Zimmer vibrierten von seinem Geschrei. Doch der Professor versuchte stur, ihn zu ignorieren.

»Bitte versuchen Sie nicht, mich über die Beschaffenheit von Ideen zu belehren, Herr Nachbar!«, rief er an den Künstler gewandt. »Dazu haben wir nun wirklich keine Zeit mehr. In fünf Minuten muss die Villa Ego weg, damit sie pünktlich zu einer Vorlesung kommt.«

»Nun, Sie müssen selbst entscheiden, was Ihnen wichtiger ist.«

»Nicht zu fassen! Ich kann nicht leugnen, dass ich enttäuscht von Ihnen bin. Heute Morgen habe ich mit Mühe und Not den Inneren Schweinehund aus dem Weg geschafft, um mit Ihnen über die Geschichte zu reden. Und nun erklären Sie mir, dass Sie überhaupt keine Ideen

haben! Wie sollen wir denn je etwas zusammen schreiben, wenn wir nicht mal ein Fünkchen Ahnung haben, was in dieser Geschichte passieren soll!«

»Ein Fünkchen? Mein lieber Herr Rücke, hier ist kein Fünkchen, hier ist ein ganzes Feuerwerk an unverwirklichten Ideen! Aber um dem nachzugehen, müssen Sie schon mit mir auf den Dachboden kommen.«

»Auf den Dachboden?!«

»Ja, auf den Dachboden, in mein Atelier. Ein hübscher Ort, wo sich die Kreativität frei entfaltet.«

»Ihr Dachboden ist aber nicht meine Sache. Ich wäre dort oben völlig fehl am Platz, glauben Sie mir. Was dort geschieht, geht mich nun wirklich nichts an.«

»Meinen Sie?«

»Und ob ich das meine.«

»Dann sind Sie nicht nur ein Kunstbanause, sondern obendrein ein Angsthase!«

Nun konnte auch Ration Rücke nicht mehr an sich halten.

»Sie Dummkopf! Das hat doch mit Angst nichts zu tun! Warum sammeln Sie die Ideen vom Dachboden nicht einfach auf und bringen diese zu mir herunter?«

»Damit Sie die Ideen in Ihre Schubladen stopfen?! So wie die leblosen Informationen einer Vorlesung, die man auswendig lernt und dann nach Belieben aus den Gedächtnisschubladen zieht?!«

»Das wäre jedenfalls einfacher«, murmelte der Professor. Er warf einen flüchtigen Blick auf einen seiner Schränke. Darin befanden sich seine Gedächtnisschubladen für alles Wissen, das er über Jahre hinweg gesammelt hatte. Nützliches und unnützes Wissen. Leider funktionierte dieses System nicht ganz einwandfrei. Das Problem war die große Menge an Informationen. Und die Herausforderung, dafür ein sinnvolles Ordnungssystem zu entwerfen. Oft wurde der Inhalt in den Schubladen unübersichtlich, und vereinzelte

Fakten wirbelten durcheinander und vermischten sich, bis ihr Inhalt nicht mehr stimmte. Andere Zettel verschwanden in den tiefsten Tiefen der Schubladen und wurden dann unauffindbar.

»Ideen sind keine toten Zettel, Herr Professor. Ideen sind etwas Lebendiges. Sie wachsen und entwickeln sich. Es wird Zeit, dass Sie das lernen. Ideen haben ein Eigenleben, so wie Sie und ich.«

Der Professor wollte etwas erwidern, doch ein weiterer Blick auf die Uhr genügte, um ihrer Unterhaltung ein Ende zu setzen.

»Verdammt, es ist schon fast halb acht! Wird Zeit, dass die Villa sich aufmacht, sonst …«

»Ich weiß, ich weiß … Gehen Sie in die Vorlesung der äußeren Welt und füllen Sie Ihre Schubladen mit nutzlosem Wissen – na los, beeilen Sie sich!«

»Wir sprechen uns noch!«

Das war ein weiteres Mal, dass der Professor eine Unterhaltung abbrach und damit ein Kapitel beendete.

Kapitel 3
Kopftheater

Innen und außen liegen zwei unterschiedliche Welten. Beide beeinflussen einander. Sie prägen und formen einander.

Außen ist die, die jedermann kennt und die jedermann auf seine Weise wahrnimmt. Wir beobachten und beurteilen die äußere Welt, wir gestalten und verändern sie.

Aber hinter der Fassade spielt sich etwas Magisches ab. Etwas Unsichtbares, Verborgenes. Es ist das Innenleben, das neben dem Außenleben unseren Alltag bestimmt. Jeder erlebt seine eigene, innere Wirklichkeit, mit seinen persönlichen Dramen aus Gedanken, Gefühlen und unsichtbaren Kämpfen. Blicken wir hinter den Schleier der Persönlichkeit, wie sie uns von außen erscheint.
Wie viel wissen wir wirklich von dieser Welt?

Herr Professor, Sie verlieren sich schon wieder in abstrakten Gedanken. Konzentrieren Sie sich auf die Vorlesung!

»Verdammt! Gewiss doch!«

Ration Rücke war gerade wieder abgeschweift. Nicht zum ersten Mal in dieser Stunde. Gerade hatte ihn der Innere Kritiker zum wiederholten Mal dazu ermahnt, gefälligst aufmerksamer zu sein.

43

Die Villa Ego war inzwischen in der äußeren Bildungsstätte, wo die erwartete Vorlesung stattfand. Der Inhalt drehte sich um …

Hören Sie doch auf, so weltfremd daherzureden, Sie bekommen ja überhaupt nicht mit, was der Dozent da vorne erzählt!

»Entschuldigung.«

Ration Rücke musste sich eingestehen, dass er nicht die leiseste Ahnung hatte, um was es in dieser Vorlesung ging. Er hätte sich zufällig in diesen Saal hineinverirrt haben können. Er fühlte sich fremd und alles Gesagte ließ ihn völlig unberührt.

Passen Sie auf, Herr Rücke!

»Verzeihung, bitte …«

Leider hatte die Villa gerade eine ziemlich lange Leitung. Die Konzentrationsfäden, die sich wie lange Schnüre über Rückes Zimmerdecke zogen, hatten einen drastischen Durchhänger und hingen schlaff herunter – kein Wunder, bei diesem Wetter. Obwohl … Ob es wirklich am Wetter lag …?

Herr Rücke, da draußen spielt die Musik!

»Eigenartig«, dachte Ration Rücke versonnen.

Musik spielte da draußen jedenfalls nicht. Es war ein zutiefst langweiliger Vortrag, den man am ehesten noch als monotonen Singsang bezeichnen konnte. Ration Rücke hatte es aufgegeben, den Inhalt aus den Worten zu filtern. Was durch das rechte Fenster Audio hereinkam, ging nahtlos durch das linke Fenster Audio wieder heraus, ohne eine Spur zu hinterlassen. Die eingeschleppten Informationen schienen nicht einmal für das Kurzzeitgedächtnis von Belang zu sein.

Dies war eine recht typische Vorlesungssituation.

Fenster Audio auf Durchzug geschaltet. Zustand: schläfrig. Anmerkung: Der kleine Mann lässt vermelden, dass der Spaßfaktor bereits drastisch in den Keller gesunken ist.

»Verdammt, was mache ich hier eigentlich …?!«, fragte sich der Professor und blickte ungeduldig auf die

tickende Uhr des Hörsaals – die Visus-Fenster waren wie automatisch auf diese Uhr fokussiert, weil die Villa Ego das Ende dieser Stunde herbeisehnte.

Ration Rücke begann sich wieder mit sich selbst zu beschäftigen, mit sinnlosen Grübeleien über seinen Nachbarn und ihre verworrene Geschichte.

In dem Roman der Villa Ego geht es darum, wie ein Professor vor lauter Denken verrückt wird, krakelte er auf einem Notizzettel nieder. *Und zwar aus Langeweile. Was ist Langeweile? Eine Zeitspanne voller langer Weilen, in denen man nicht lange weilen mag.*

»Diese Wortspiele sind so sinnlos wie die ganze Situation«, murmelte er dann, zerknüllte den Zettel und warf ihn achtlos über seine Schulter.

Wieso konnten die Zeiger der äußeren Uhr sich nicht schneller bewegen?
Einwurf: Der kleine Mann beschwert sich über zunehmende Müdigkeit.

»Der kleine Mann, der kleine Mann! Ich krieg noch die Krise mit dem!«, fuhr der Professor gereizt auf. »Immer glaubt er, seine eigenen Bedürfnisse oben anstellen zu müssen. Ich habe ihn satt. Als ob ich Spaß daran hätte, in einer Vorlesung zu sitzen und mich mit trockener Theorie herumzuschlagen! Ich würde auch lieber etwas anderes machen. Aber bleibt mir denn eine Wahl? Es geht ja nicht nur um die Langeweile … Im Großen und Ganzen gesehen, geht es um einen Abschluss! Ein Zertifikat! Und dann? Alles Weitere. So sind nun mal die Regeln der äußeren Welt, und ich muss mich danach richten, um nicht den Anschluss zu verlieren …«

»Oho! Das scheint ja richtig Spaß zu machen!«
Mit einem Mal erklang eine amüsierte Stimme, die Ration Rücke allmählich vertraut wurde.

»Na, so was! Der Künstler höchstpersönlich. Das hat mir jetzt gerade noch gefehlt …«

»Es ist mir eine Ehre, Sie hier wiederzusehen!«, sagte der Künstler, und hob das zerknüllte Papier mit Notizen des Professors vom Boden auf.

»Langeweile?«, fragte er dann mit einem verschmitzten Lächeln.

»Ich sagte Ihnen doch, dass ich Sie nach der Vorlesung aufsuche!«, zischte der Professor ungehalten. »Aber doch nicht mitten in der Unterrichtsstunde!«

»Sie scheinen mit Ihren Gedanken ohnehin nicht bei der Sache zu sein.«

Der Professor murmelte etwas Unverständliches. Wieso konnte der Künstler ihn nur so leicht durchschauen?!

»Die Lage ist wegen dem enorm gesunkenen Spaßpegel etwas angespannt«, sagte er dann in sachlich nüchternem Tonfall.

»Und, haben Sie eine Möglichkeit gefunden, ihn zu heben?«

»Noch nicht. Aber nun machen Sie bitte, dass Sie wegkommen! Ich bin gerade wirklich nicht für Ihre Späße aufgelegt!«

»Dass Sie nicht gut drauf sind, ist schwer zu übersehen«, sagte der Künstler, doch sein Lächeln verlor er darüber nicht. »Schauen Sie sich die Villa Ego einmal von außen an – betätigen Sie die Visus-Fenster!«

Er wies mit ausgestreckten Armen nach draußen. Ein Zettel flatterte durch das Visus-Fenster hinein, von einem Gesicht, das sich in einer Fensterscheibe spiegelte. »Da – sehen Sie ihr Gesicht? Die trüben, schläfrigen Augen und die Sorgenfalten? Kommt Ihnen das bekannt vor? Wie innen, so außen.«

Ration Rücke verwarf einen weiteren Versuch, sich auf die Vorlesung zurückzubesinnen. Er hatte einfach den Faden verloren – und würde ihn auch nicht so schnell wieder finden.

»Apropos Faden«, murmelte er und trommelte energisch mit den Fingern auf seinen Schreibtisch. »Ich

glaube, das ist es, was unserer Geschichte fehlt, Herr Nachbar – ein roter Faden.«

»Tatsächlich?«

Der Künstler schien an dieser Idee sichtlich interessiert – aber gleichsam belustigt, denn er kicherte und verdrehte seltsam die Augen.

»Was soll daran nun wieder komisch sein! Ein roter Faden wäre doch das Naheliegendste auf der Welt! Wir können schließlich nicht ewig ohne Sinn und Richtung schreiben, das habe ich Ihnen schon mehrmals gesagt.«

»Daran kann ich mich nicht mehr erinnern.«

»Sehen Sie?! Natürlich nicht! Aber wenn wir einen roten Faden hätten, dann wüssten Sie ganz genau, welche Dinge wir bereits besprochen haben und welche nicht. Und Sie wüssten auch, welche Ereignisse als nächstes anstehen.«

»Das wäre aber ziemlich langweilig. Also, wenn ich Sie wäre, würde ich ganz einfach den Weg nach oben wagen – auf meinen Dachboden. Ich habe Sie ja bereits eingeladen. Oder sind Sie immer noch nicht neugierig, wo das hinführen könnte?«

Herr Rücke, da draußen spielt die Musik, rief die schneidende Stimme des Inneren Kritikers.

»Von wegen!«, entgegnete der Künstler lachend. »Machen Sie sich nichts vor, Herr Professor! Die Musik spielt schon lange nicht mehr dort draußen. Sie spielt *innen*, auf der *Bühne der Aufmerksamkeit*, die sich kein bisschen um die Vorlesung schert.«

»Eine … eine Bühne?!«

Der Professor drehte sich nervös um die eigene Achse. Nicht mit den äußeren Visus-Fenstern, sondern mit nach innen gerichtetem Blick schaute er jetzt durch die Gegend. Dann klappte ihm vor Erstaunen der Unterkiefer herunter. Die Kulisse um ihn herum hatte sich innerhalb eines Augenschlags komplett verändert. Was ging da vor? Das konnte doch nicht mit rechten Dingen zugehen!

Er stand jetzt in einem riesigen Theatersaal, im Mittelpunkt einer imposanten Bühne. Ungläubig rückte er sich seine Brille zurecht. Die Kulisse war sehr schlicht gehalten, es gab keine Requisiten, bis auf eine einzelne Schaukel, die von der Decke herabhing – das Ende ihrer Stränge war nicht in Sicht. Es musste sehr weit oben sein. Der Künstler ging wie selbstverständlich auf die Schaukel zu und schwang sich hinauf. Während er da vergnügt vor sich hinschaukelte, richtete sich grelles Scheinwerferlicht auf die beiden Männchen.

»Willkommen auf der Bühne der Aufmerksamkeit, Herr Professor!«, sagte der Künstler. »Im Moment fällt das Licht auf Sie und mich – das heißt, wir beide stehen jetzt im Mittelpunkt der Aufmerksamkeit.«

»Ist Ihnen bewusst, dass wir uns gerade völlig von der äußeren Welt abgewandt haben? Das könnte fatale Folgen haben! Eigentlich sollte doch die Vorlesung hier im Rampenlicht der Aufmerksamkeit stehen – warum ist *sie* nicht auf der Bühne der Aufmerksamkeit?!«

»Damit langweilen wir nur das Publikum.«

»Welches Publikum soll das sein?!«

Der Professor schaute sich beunruhigt in dem großen Saal um. Die Stühle in den Reihen des Publikums waren ausnahmslos leer. Trotzdem wurde der Professor das beklemmende Gefühl nicht los, aus dem Dunkeln heraus beobachtet zu werden.

»Das Publikum hält sich verborgen«, flüsterte der Künstler.

»Mir wäre es lieber, wenn es keines gäbe …«, murmelte der Professor. »Ich bin nervös. Das kam alles so unvorbereitet! Ich habe nicht geplant, hier mit Ihnen im Rampenlicht zu stehen. Wir haben schließlich kein Stück einstudiert … Ich weiß nicht einmal meinen Text! Ich HABE überhaupt keinen Text! Ich fühle mich ziemlich ausgeliefert.«

»Entspannen Sie sich, wir improvisieren doch nur!«

Der Künstler lachte auf seiner Schaukel.

»Wo kommt diese Bühne überhaupt her«, fragte Rücke scharf. »Ich habe sie noch nie zuvor gesehen. Wer hat sie gebaut?«

»Das war ich.«

»Moment mal … Sie?«

»Die Bühne ist ein Fantasiekonstrukt. Ich habe sie mit meiner Vorstellungskraft ins Leben gerufen, damit wir uns nicht immer in Ihrem kümmerlichen Büro unterhalten müssen … Wenn Sie schon nicht zu mir auf den Dachboden kommen wollen.«

»Sie halten mein Büro also für kümmerlich.«

»Na ja, Ihr Büro ist ziemlich klein. Es bleibt nur wenig Platz für freie Gedanken.«

Der Professor stand wie versteinert da und schaute peinlich berührt drein, während der Künstler weiter hin und her schaukelte. Ein-, zwei-, drei-, viermal vor und zurück. Dann sprang er mit einem Satz von der Schaukel herunter und kam genau vor dem Professor zum Stehen.

»Können Sie tanzen, Herr Rücke?«, fragte er unvermittelt.

»Tanzen, wozu?! Wozu brauche ich das?«

»Sie stellen die falschen Fragen«, entgegnete der Künstler langsam. »Sie fragen immer nach dem Wozu.«

Schweigend sahen die beiden einander an.

»Wieso kommen Sie mir immer nur mit Dingen, die ich nicht gebrauchen kann?!«, platzte es aus dem Professor heraus.

»Brauchen? Warum beurteilen Sie alles nach seiner Nützlichkeit? Poesie ist auch nicht nützlich. Aber was wäre denn eine Welt ohne Poesie?«

»Darum geht es nicht. Es geht darum, dass Sie mich gerade gefragt haben, ob ich tanzen kann. Was soll diese Frage? Wollen Sie mich vor einem unsichtbaren Publikum lächerlich machen?«

»Keineswegs!« Der Künstler sah den Professor so durchdringend an, dass dieser den Blick abwenden musste.

»Sie haben schon lange nicht mehr gespielt, nicht wahr?«

»Ich habe keine Zeit dafür. Spielen ist etwas für Kinder.«

»Spielen bedeutet, spontan zu sein. Sie haben anscheinend vergessen, wie man spielt.«

Der Professor verdrehte die Augen und ging nicht weiter darauf ein.

»Mir scheint, eine unserer größten Aufgaben wird es sein, das Innere Kind aufzusuchen«, sagte der Künstler. »Das Innere Kind wohnt im Herzenstempel … Ich hoffe, Sie haben es noch nicht vergessen.«

»*Die Villa Ego ist kein Kind mehr* – für sie hat längst der Ernst des Lebens angefangen, so dumm das auch klingen mag!«, fauchte Ration Rücke. »Aber ein so begnadeter Kindskopf wie Sie will das vermutlich nicht wahrhaben.«

»Sie sind wirklich komisch!«

»Komisch?!«, versetzte Ration Rücke gereizt. »ICH bin KOMISCH?!«

»Ja! Und wie!«

»Was verstehen SIE denn bitte unter komisch?!«

»Dass Sie so *streng* sind! So ernst und ganz ohne jeden Funken Freude! Das ist Ihr Problem!«

»*Sie* sind mein Problem!«

»Sie schaffen sich Ihre Probleme selbst.«

»Ja, mag sein – aber nicht Sie! Sie habe ich ganz gewiss nicht erschaffen.«

»Aber zum Problem gemacht haben Sie mich trotzdem.«

Der Künstler lächelte in sich hinein.

»Manchmal ist ein Problem auch eine Chance«, sagte er dann unvermittelt.

Ration Rückes Nasenflügel bebten angespannt. »Und was für eine Chance habe ich darauf, dass Sie verschwinden?!«

»Keine gute. Ich komme und gehe, wann ich will.«

»Aber muss es denn gerade in einer Vorlesung sein?!«

Ration Rücke rieb sich müde die Stirn. Seine Nerven waren überstrapaziert.

»Hören Sie, ich muss hier raus. Ich kann dieses Kopftheater nicht länger verantworten. Wenn ich die Gedanken nicht bald wieder unter Kontrolle habe, wird das ein böses Nachspiel haben … Der Innere Kritiker! Er ist bestimmt jetzt schon furchtbar wütend auf mich, weil die Villa Ego ihre Zeit vertrödelt«

»Trödeln? Die Zeit geht erheblich schneller vorbei, seit wir …«

»Genug! Hören Sie, Sie … *Künstler* … Ich muss diese Bühne sofort verlassen. Und die Aufmerksamkeit auf etwas anderes lenken – äh – ich meine natürlich zurück auf die Vorlesung. Verdammt, wie geht das?!«

»Verstellen Sie doch einfach die Scheinwerfer. Nur zu. Holen Sie die Vorlesung auf die Bühne. Lassen Sie sie tanzen. Ach … Ich glaube wirklich nicht, dass sie tanzen kann.«

»Das ist für meine Zwecke äußerst irrelevant.«

Doch zur großen Überraschung des Professors kam die Vorlesung zu einem unerwartet schnellen Ende. Mit dem sehnlich erwarteten Glockenschlag endete plötzlich die äußere Folter und Ration Rücke wurde aus seiner Knechtschaft erlöst.

Dann befand er sich wieder in seinem altvertrauten Arbeitszimmer. Die Bühne der Aufmerksamkeit hatte sich aufgelöst, als sei sie nur ein sehr lebendiger Traum gewesen – ein Tagtraum, wohlgemerkt.

Diese selbsterschaffene Bühne der Aufmerksamkeit gab dem Professor neuen Stoff zum Nachdenken.

Ihm war deutlich bewusst, dass er während der Unterhaltung mit seinem Nachbarn die Zeit vergessen hatte. Sogar die drückende Langeweile war verschwunden. Das Gejammer von dem kleinen Mann im Keller war

verstummt. Kein Klagen mehr über einen niedrigen Spaßlevel, sogar die Müdigkeit war verflogen.

»Anscheinend war die komische Bühne doch zu etwas gut …«, überlegte er. »Dieses Kopftheater hat die Villa auf andere Gedanken gebracht. Vielleicht wusste der Künstler doch, was er da tat … er hat den neuen Raum einfach so ins Bewusstsein gerufen, als sei es das einfachste auf der Welt!«

Jetzt, wo er darüber nachdachte, konnte der Professor nicht einmal mit Sicherheit sagen, ob die Bühne tatsächlich neu war. Er hatte sie zwar nie zuvor gesehen, doch er wurde das eigenartige Gefühl nicht los, dass sie schon vorher existiert hatte. Er hatte ihr nur nie Beachtung geschenkt. Es war wie mit einer verschlossenen Tür, für die man erst den richtigen Schlüssel brauchte. Erst dann konnte man herausfinden, was sich dahinter verbarg. Nun, wenn das so war, dann besaß der Künstler jedenfalls den Schlüssel dazu. Der Professor fragte sich, über welche Schlüssel er sonst noch verfügen mochte …

Ihn befiel die leise Ahnung von einer seltsamen, verborgenen Kraft, die die Grenzen seines Verstandes überschritt. Und er wollte mehr darüber herausfinden. Ob er auf dem Dachboden des Künstlers neue Antworten bekommen würde? Der Professor konnte nicht leugnen, dass er nun doch ziemlich neugierig geworden war.

Kapitel 4
Überlegungen und Entscheidungen

Nachdem Ration Rücke die Villa Ego wieder sicher nach Hause zurückbefördert hatte, machte er sich sofort daran, seine Überlegungen niederzuschreiben.

Der Künstler und ich schreiben an der Geschichte der Villa Ego. Noch fehlen mir die passenden Worte, um zu erklären, was das bedeutet. Die Villa ist kein richtiges Haus, wie man doch fälschlicherweise annehmen könnte. Viel eher ist sie ein lebender Organismus, ein kleines Universum, das aus vielen verschiedenen Etagen und Räumen besteht. Die Villa lebt in der äußeren Welt, der Welt der Materie, die jedem Leser und Nicht-Leser dieser Geschichte bekannt ist. Alle Menschen teilen diese äußere Wirklichkeit miteinander, aber jeder nimmt sie auf seine eigene Weise wahr. Hier kommt schließlich die innere Welt ins Spiel.

An dieser Stelle zögerte er, dann machte er einen Absatz.

Haben wir innere Sinne?
Haben Gefühle und Gedanken eine Farbe, eine Melodie oder einen Geschmack?

Kurz hielt er über diesen Fragen inne. Dann schrieb er weiter:

Ich bin Teil der inneren Welt. Als Professor, ein Diener des Verstandes. Aber dass ich in der inneren Welt wohne, macht mich deshalb nicht weniger real. Ich kann meine eigene Existenz

nicht anzweifeln, ohne alles andere ebenfalls anzuzweifeln. Ich denke, also bin ich, wie der Philosoph Descartes so schön sagte. Punkt.

Zurzeit wohne ich in der Geistigen Etage der Villa Ego. Ich kenne nur diese eine Villa, und in eine andere vermag ich nicht hineinzusehen. Ich kann höchstens ahnen, was sich in anderen inneren Welten abspielt. Ich bleibe also vorerst bei meiner eigenen, um über etwas zu reden, über das ich Bescheid weiß. Zumindest ein bisschen.

Ich weiß zum Beispiel, dass ich nicht allein bin. Über mir, auf dem Dachboden, wohnt ein Sonderling, der sich auch als »Künstler« bezeichnet. In meinen Augen ist er ein exzentrischer Clown. Er hält nichts von Plänen und Strukturen und verhält sich wie ein kleines Kind, das nach seinen eigenen Regeln spielt. Noch will er mir seinen Namen nicht preisgeben. Aber seit einer Weile taucht er wiederholt in meinem Arbeitszimmer auf und will mich nicht mehr in Ruhe lassen. Immer wieder sagt er mir, dass er mich gerne mit auf den Dachboden nehmen möchte, wo er sein Kunstatelier hat – ich war nie dort oben. Er sagt, ich solle endlich über meinen Horizont hinauswachsen. Etwas anderes als mein kleines Studierzimmer kennenlernen. Wozu? Ich weiß es nicht.

Ration Rücke ließ seinen Stift sinken und starrte einen Augenblick verloren in die Ferne. Dann kritzelte er energisch weiter.

Was verbirgt sich außerhalb meines Zimmers?

Er wollte es nun herausfinden. Ja, er wollte herausfinden, was außerhalb seiner vertrauten vier Wände existierte – Zweifel hin oder her! Nun, da er diesen Entschluss gefasst hatte, musste er schnell handeln. Er durfte keinen Augenblick länger warten, sonst würde der Herr Zweifel doch noch versuchen, ihn von seinem Vorhaben abzuhalten.

»Nur noch ein paar letzte Reisevorbereitungen!«, murmelte er zu sich selbst und sah sich suchend um. Ob ihm aus seinem Zimmer noch irgendetwas für die Reise von Nutzen sein konnte? Wahllos öffnete der Professor einen seiner vielen Schränke. Er wusste gar nicht mehr, was er darin aufbewahrte. Dann stieß er einen Überraschungslaut aus – der Schrank schien nur ein reiner Geschirrschrank zu sein. Dabei konnte er sich nicht erinnern, je einen besessen zu haben. Mehrere Schüsseln, Teller und Tassen waren achtlos übereinandergestapelt. Die Türme schwankten bedrohlich hin und her, wenn der Professor sie nur schief ansah. Beim genaueren Betrachten stellte er fest, dass in einer der Schüsseln ein Sprung war. Für seine Reise war sie jedenfalls nicht zu gebrauchen.

»Kaputt, dabei habe ich sie nie zuvor benutzt. Ich habe hier noch nicht mal die Gelegenheit zum Kochen … außer vor Wut vielleicht! So eine dumme Idee. Ob der Künstler mir wohl einen Streich gespielt und die Sachen heimlich untergejubelt hat? Ja, so muss es gewesen sein. Er hat den alten Krimskrams in meine Schränke gestopft, als ich nicht da war. Ich selbst hätte das niemals so bescheuert gestapelt!«

Der Professor wollte gerade die Schranktür wieder schließen; da stieß er versehentlich an eine Tasse, die etwas umständlich auf einem Teller platziert war. Ehe er es sich richtig versah, fiel sie herunter und zersprang mit einem lauten Klirren am Boden.

»So ein Mist!« Erschrocken machte er einen Satz rückwärts.

War er jetzt schon zu einem Tollpatsch geworden? Seufzend wollte er sich bücken, um die Scherben aufzukehren, da fiel ihm ein kleiner, unscheinbarer Zettel in die Augen, der wohl in der Tasse gesteckt haben musste. Der Professor hob ihn auf und

musterte ihn. Es war eine Nachricht, und sie war an
ihn adressiert!

An den Professor Ration Rücke,

stand da in geschwungenen Lettern auf dem oberen
Rand des Zettels.

Nun hatte der Professor keine Zweifel mehr daran, wer
ihm diese Nachricht zugestellt hatte. Es konnte sich nur
um den Künstler handeln – wer sonst hätte ihm einen
Brief mit Buntstiften geschrieben und ihn an einer so
absurden Stelle abgelegt?!

»Eine komische Art der Postzustellung – als wäre
die zerbrochene Tasse ein Briefkasten!«, murmelte der
Professor, wurde aber sogleich aufgeregt, als er das Papier
entfaltete und zu lesen begann:

»Lieber Herr Kollege,

*Herzlichen Glückwunsch! Wenn Sie diesen Brief hier in den
Händen halten, dann haben Sie bereits nicht mehr alle Tassen
im Schrank. Und das ist gut, sehr gut sogar! Ich sagte Ihnen ja
bereits, dass Sie ein wenig ver-rücken sollten – das heißt, von dem
Gewohnten abrücken. Norm ist immer relativ, und ich bin dazu
da, Ihre Normen ordentlich durcheinanderzubringen. Sind Sie
dafür bereit?*

*Jetzt, wo Sie diesen Brief in den Händen halten, müssen Sie
bereits auf dem Weg zu mir sein. Und das bedeutet, dass es an
der Zeit ist, ein neues Kapitel zu beginnen. Bald schon werden Sie
sehen, wie sich die Villa Ego von innen heraus verändern wird. Der
Wandel wird auch vor ihrem Büro nicht haltmachen. Möglicherweise
werden Sie sogar sich selbst kaum noch wiedererkennen.*

*Auf Ihrer Reise werden Sie viele neue Wege entdecken, von
denen Sie vorher nicht einmal zu träumen gewagt hätten. Sie werden
natürlich auch auf einige Herausforderungen stoßen, denn kein*

Weg führt immer geradeaus … Aber das ist kein Grund zur Sorge! Egal, was kommt, ich werde Ihnen Gesellschaft leisten, denn es gibt nichts Wichtigeres, als einen verlässlichen Freund an der Seite zu haben. Ich freue mich darauf, Sie auf Ihrer Reise nach Innen begleiten zu können. Lassen Sie uns gemeinsam herausfinden, wo der Weg uns hinführen wird.

Auf ein sehr baldiges Wiedersehen!

Ihr Kollege und Künstler

Dicabolo

»Di-ca-bo-lo …?«, murmelte der Professor und versuchte den Namen zu buchstabieren. »Dicabolo … Na bitte, da haben wir es ja. Jetzt hat dieser Pinselclown also doch sein Geheimnis gelüftet. Hmm … Es spricht ja nicht viel gegen künstlerische Freiheit, aber … *Wer zum Teufel hat sich diesen bescheuerten Namen ausgedacht?!*«

Da kam schon Dicabolo höchstpersönlich durch die Luke zu ihm heruntergesprungen.

»Zur Stelle, Herr Professor! Den Namen hab' ich mir selbst ausgedacht. Ich finde, er klingt ganz gut.«

Überschwänglich klatschte Dicabolo in die Hände. Seine Augen wirkten noch eine Spur größer als sonst. »Wie ich sehe, haben Sie meinen Brief also erhalten.«

»Das habe ich, in der Tat … Was wollten Sie mir damit eigentlich sagen? Dass ich nicht mehr alle Tassen im Schrank habe?! Vielen Dank auch!«

»Ich bereite Sie damit auf den Dachboden vor«, entgegnete der Künstler freundlich. »Es ist fast soweit. Sehr bald schon werde ich Sie mit auf den Traumpfad nehmen.«

»Auf den was?!«

»Den Traumpfad. Lassen Sie mich das erklären. Wir werden wahrscheinlich nicht den direkten Weg über die Luke zu mir auf den Dachboden nehmen können, weil Sie zwischen Traum und Wirklichkeit eine Barriere aufgebaut haben. Die Barriere liegt in Ihnen selbst, deshalb werden Sie die Luke nicht durchschreiten

können … noch nicht. Darum werde ich Sie über einen Umweg nach oben führen – und das ist eben der Traumpfad.«

Ration Rücke seufzte niedergeschlagen. »Ein Traumpfad … *Wachen Sie auf!* Hören Sie, wenn ich die Villa erkunden soll, dann werde ich das mit wachem Verstand tun – klar, strukturiert und wissenschaftlich korrekt! Ich habe sachliche Forschungsinteressen. Und Träume sind für mich nicht von Belang.«

Der Professor erinnerte sich ohnehin nur selten an Träume der Villa Ego. Vielleicht, weil er ihre Botschaften nicht entschlüsseln konnte. Er hatte schon mit dem Wachbewusstsein genug zu tun. Sich mit zwei Ebenen gleichzeitig herumzuschlagen, hätte ihn vermutlich überfordert.

»Treffen Sie jetzt noch kein Urteil«, beschwichtigte ihn Dicabolo. »Alles wird genau so geschehen, wie Sie es brauchen.«

»Mag sein, aber ich würde mich trotzdem um einiges sicherer und wohler fühlen, wenn unser Weg einen roten Faden hätte. Etwas, an dem wir uns orientieren können, sodass wir nicht völlig ohne Plan losmarschieren.«

Dicabolo kratzte sich nachdenklich am Kinn.

»Nun, wenn ich Sie von dieser Idee nicht abbringen kann, überlege ich mir etwas für Sie«, sagte er.

»Sie entwerfen also doch ein Konzept für mich?«

Dicabolos Augen funkelten verdächtig.

»Nicht direkt«, gab er offen zu. »Ich sagte Ihnen bereits, dass ich nicht nach Konzepten arbeite. Aber Ihren roten Faden sollen Sie trotzdem haben.«

Dicabolo zog seinen Pinsel hinter dem Ohr hervor. Ration Rücke durchzuckte ein sanftes Kribbeln, als der Künstler ihm damit über die Hand strich und einen unsichtbaren Bogen in die Luft malte.

Benommen blinzelte der Professor auf seine Finger hinab. In seiner Hand hielt er nun eine lange, geflochtene Schnur aus rotem Garn.

»Nun …? «, lächelte der Künstler zufrieden und klatschte erneut in die Hände.

»Sie wollen mich wohl auf den Arm nehmen? Das kann doch nicht wahr sein!«

»Dass ich rote Fäden in die Luft malen kann, meinen Sie?«, fragte Dicabolo mit Unschuldsmiene. »Doch, ich fürchte, das kann ich, Herr Kollege.«

»Sie und Ihre Spielereien! Das ist doch Unsinn …«

»Aber, Herr Kollege, der Faden ist doch zweifellos rot, oder etwa nicht?«

»Ich SEHE, dass das ein roter Faden ist!«, fauchte Ration Rücke gereizt, »Aber …«

»Der Faden ist doch tadellos.«

»Aber er ist …« Ration Rücke rang verzweifelt nach Worten, »… *wertlos*«, stammelte er. »Ist das wirklich alles, was Sie mir zu bieten haben?«

Der Künstler nahm ihn nicht ernst. Er dachte auch gar nicht daran, dem Professor Rechenschaft abzulegen. Stattdessen sagte er: »Ich glaube, Sie sollten sich ein wenig ausruhen.«

»Ich soll … was?«

»Sie haben schon richtig verstanden. Ich glaube, Sie sollten einmal in Ruhe über den Tag schlafen.«

»Dicabolo, in der äußeren Welt ist nicht einmal der Abend angebrochen! Wie sollte ich da auf die Idee kommen, mich hinzulegen?!«

»Manchmal bestimmt nicht die äußere Uhr, wann wir müde sind.«

»Aber das war doch gar nicht geplant! Ach, was rede ich mit Ihnen überhaupt über Pläne? Sie verstehen ja ohnehin nichts davon.«

»Aber jetzt *habe* ich einen Plan, Herr Kollege. Und nun schlafen Sie, schlafen Sie nur! Sie werden schon sehen, warum.«

Der Professor wollte ihm widersprechen, doch da breitete sich bereits eine schwere Müdigkeit in ihm aus.

Sie überwältigte sogar sein Misstrauen und verdrängte seine Sorge, dass der Künstler etwas ausheckte, das ihm wohlmöglich nicht gefiel. Sollte er doch! Ihm war jetzt alles egal.

Und er dachte längst nicht mehr an den mysteriösen Traumpfad, von dem Dicabolo erzählt hatte, und unter dem er sich absolut nichts vorstellen konnte.

Der Künstler jedoch war ihm bereits einen Schritt voraus. Indem er den Professor zum Schlafen aufgefordert hatte, sorgte er dafür, dass die Geschichte ihn nun auf ebendiesen Pfad führen sollte.

Kapitel 6
Der Traumpfad

Auf der Bühne der Aufmerksamkeit war die Traumzeit hereingebrochen. Nur ein paar schwach flimmernde Kerzen erhellten die Dunkelheit. Ihre kleinen Flämmchen wiegten sich sanft hin und her und warfen seltsame Schatten auf die Empore. Diese Schatten schienen ihr Eigenleben zu führen. Sie tanzten im Kreis und bildeten immer wieder neue Formen, so, als würden sie ihr eigenes Schattentheater aufführen.

Ration Rücke lag zusammengekauert im hinteren Teil der Bühne und wusste nicht mehr, wie er dort hingekommen war. Aber er wollte das Schauspiel unauffällig verfolgen. Immerhin war er hier hinten vor allen Augen verborgen. Er hatte keinen Erwartungsdruck. Kein fremdes Publikum, das ihn dazu zwang, ein Stück zu improvisieren … Dann hielt er verdattert inne. Träumte oder wachte er?

So, wie nicht jeder träumt der schläft, schläft nicht jeder der träumt, hallte eine Stimme über die Bühne. Sie klang ein wenig nach Dicabolo, aber der Künstler war nirgends zu sehen. Der Professor atmete tief und langsam ein und aus, während er die Worte zu verstehen versuchte.

»Ich dachte, ich schlafe … Aber auf einmal fühle ich mich ungewöhnlich wach. Eigenartig. Ich werde das alles weiter beobachten müssen. Mal sehen, was als nächstes passiert.« Er musste wachsam bleiben. Immer wachsam.

Und während er das dachte, blitzte plötzlich das grelle Licht eines Scheinwerfers auf. Die Bühnenmitte wurde

63

erhellt. Dort baumelte jetzt ein roter Faden von der Decke herab – nein, nicht von der Decke. Es gab überhaupt keine. Der Fadenanfang verlor sich irgendwo im weiten Himmel über den Wolken. Und das Scheinwerferlicht? Er konnte sich keinen Reim darauf machen, wo das Licht herkam, wo doch die Bühne unter freiem Himmel war. Das grelle Rot stach dem Professor in die Augen und blendete ihn. Er war betört wie eine Biene, die eine besonders seltene Blume gefunden hatte. Und nicht nur das – der Faden schien ihn förmlich dazu aufzufordern, näherzukommen. *Und an ihm nach oben zu klettern.* In die ungeahnten Höhen hinauf … Aber das war natürlich Unsinn.

Da wehte die Stimme des Künstlers aus den Wolken zu ihm herab:

»Ihr Gefühl täuscht Sie nicht, Ration Rücke. Klettern Sie an dem roten Faden hinauf! Sie dachten, er sei wertlos? Nun, vielleicht beweist er Ihnen gleich das Gegenteil. Kommen Sie! Ich möchte Ihnen hier oben etwas zeigen!«

Ration Rücke horchte auf.

»Dicabolo, Sie sind ja hier – aber wo sind Sie genau? Ich kann Sie nicht sehen!«

»Oben! Hier oben bin ich! Klettern Sie an dem Faden nach oben, dann werden Sie mich schon finden!«

»Moment … Hatten Sie mir nicht eben noch gesagt, dass ich mich schlafen legen sollte?!«

»Nur, um Sie in den Traumzustand zu befördern.«

»Also träume ich tatsächlich! Aber wie kommt es dann, dass wir diese Unterhaltung führen können, wenn ich doch gar nicht mehr bei Bewusstsein bin?«

»Das Bewusstsein hat viele Ebenen. Man könnte sagen, wir haben nun eine andere Etage betreten.«

»Oh … Das UNTER-Bewusstsein!«

»Im Traum spielt es eigentlich keine Rolle mehr, ob wir oben oder unten sind. Sie können hier und jetzt

das Gefühl haben, mit beiden Beinen fest auf dem Boden zu stehen. Doch schon im nächsten Moment könnte vor Ihren Füßen ein Abgrund aufreißen und Sie verschlingen.«

»Ähm, aber wir sollten doch nicht gleich mit dem Schlimmsten rechnen … hoffe ich!«

»Sie haben recht. Ich wollte Ihnen auch keine Angst einjagen. Aber ich bitte Sie, sich zu beeilen und die Gelegenheit beim Schopf zu packen. Nutzen Sie den Faden jetzt, solange er noch da ist!«

Dieser Künstler! Nicht mal im Traum konnte er ihn in Frieden lassen. Wenn er ihn sogar im Traumzustand um den Schlaf brachte, wie sollte er da jemals wieder zur Ruhe kommen?!

»Also gut …«

Ration Rücke blickte stirnrunzelnd auf die leuchtend rote Schnur, die immer noch vom Himmel herabbaumelte.

Dann gab er sich einen Stoß und schob seine Zweifel beiseite – vorläufig, jedenfalls. Er hatte keine Ahnung, was ihn dort oben erwarten würde … Aber, verdammt noch mal, schließlich war das alles nur ein irrsinniger Traum. Was hatte er da schon zu verlieren?

Mit langsamen, bedächtigen Schritten näherte sich der Professor dem Faden im Zentrum der Bühne. Und ehe er es sich versah, stand er bereits mitten im Scheinwerferlicht und begann, an der roten Schnur nach oben zu klettern …

Ach, wie sehr wünschte er sich in diesem Moment eine Leiter herbei. Irgendetwas, das ihm sicheren Halt und festen Boden unter den Füßen gegeben hätte! Es stellte sich als mühsam und kräftezehrend heraus, diesen Faden hochzuklettern.

Immer mit der Ruhe … Immer mit der Ruhe, Ration Rücke. Du bist doch kein alter Mann, also reiß dich gefälligst zusammen!

Der Professor versuchte, sich selbst Mut zuzureden. Der Faden war schließlich nur ein Symbol, das ihn von A nach B befördern sollte. Dann musste er auch dort oben ankommen!

Während sich dieser Gedanke in ihm formte, änderte sich schlagartig sein Empfinden. Auf einmal erschien ihm das Klettern wie ein Kinderspiel. Er glaubte sogar, von einer unsichtbaren Hand hinaufgetragen zu werden. Dann realisierte er plötzlich, dass er fiel – aber nicht nach unten, wie die physikalischen Gesetze es vorschrieben, sondern nach oben – mitten in die Wolken hinein. Noch immer hielt er den dünnen, roten Faden fest mit den Händen umklammert, während er mit zunehmender Geschwindigkeit fiel und fiel … Er wusste nur eines: Er durfte diesen Faden jetzt auf keinen Fall loslassen.

Alles geschah wie von einer rätselhaften Kraft angetrieben. Himmel wurde zu Erde. Unten wurde zu Oben. Er flog, und er fiel … von der Bühne? Vom Himmel? Er wusste es nicht. Ein unsanfter Aufprall. Und dann spürte er endlich wieder festen Boden unter den Füßen. Dunkelheit hüllte ihn ein, und einen Moment blieb er beinahe besinnungslos liegen. Dann spürte er Gras unter seinen Händen. Und als er endlich die Augen öffnete, fand er sich auf einer großen, weiten Wiese wieder, irgendwo in einer völlig unberührten Landschaft. Hügel aus Gras erstreckten sich bis zum Horizont und erzeugten ein Gefühl von Weite. In hellem Mondlicht wiegten sich die Gräser sanft hin und her.

»Ich … bin … angekommen!«, stammelte Ration Rücke, als er sich endlich aufgerappelt hatte.

Irgendetwas hier oben war grundlegend anders. Er konnte schlecht sagen, was es war, aber er fühlte sich leicht, fast schwerelos. Jedes Gewicht schien von ihm abgefallen zu sein.

Ein Gefühl des Triumphs pulsierte durch seine Adern. Er spürte eine bisher ungeahnte Freiheit in dieser Traumwelt.

Prüfend drehte er sich nach allen Richtungen um. Zu seiner linken klaffte ein Abgrund. Dort schien die Landschaft einfach ins Bodenlose abzufallen. Da erinnerte er sich an Dicabolos Worte. *Sie können hier und jetzt das Gefühl haben, mit beiden Beinen fest auf dem Boden zu stehen. Doch schon im nächsten Moment könnte vor Ihren Füßen ein Abgrund aufreißen und Sie verschlingen ...* Das wollte er um jeden Preis vermeiden. Trotzdem wagte er sich, von Neugier getrieben, einen Schritt näher an den Abgrund heran. Er blickte nach unten, und was er da sah, verschlug ihm wieder einmal die Sprache. Anstatt tiefer Dunkelheit sah er einen glitzernden Haufen Sterne. Er konnte sogar eine riesige blaue Erde sehen, die sich dort um sich selbst drehte. Alles wirkte durch und durch surreal.

Während er wie gebannt in den Abgrund blickte, kam Dicabolo auf ihn zugeschritten. Das Sternenlicht tauchte seine Gestalt in einen merkwürdig flimmernden Schein.

»Von oben sehen die Dinge ganz anders aus, nicht wahr?«, fragte er.

Ration Rücke drehte sich um und musterte ihn. Er konnte nicht widersprechen. Der Anblick des endlosen Sternenhimmels faszinierte ihn. Obwohl er sich vorgenommen hatte, objektiv zu bleiben. Die Dinge sachlich zu analysieren. Sich nicht so leicht beeindrucken zu lassen ... Das alles hatte er inzwischen vergessen.

»Wundervoll – voller Wunder«, sage er. »Nun, mein lieber Freund, (diese Anrede wäre ihm für den Künstler früher nicht mal im Traum eingefallen!) Es ist soweit – ich habe tatsächlich mein Büro verlassen. Ich bin sozusagen ent-rückt. Nicht ver-rückt. Sondern ent-rückt. Verstehen Sie?«

Der Künstler wiegte zustimmend den Kopf hin und her. »Ich bin froh, dass Sie angekommen sind.«

»Und warum genau haben Sie mich hierhergeführt?«, fragte der Professor.

»Ich dachte, das inspiriert Sie vielleicht.«

Dicabolo deutete auf das endlose Meer aus Sternen. Und auf den wolkenlosen Himmel über ihnen. Auch der Himmel war jetzt voller Sterne.

»Ideen sind wie Sterne am Himmel«, sagte er dann. »Alles ist voller Möglichkeiten. Unsere Geschichte ist wie einer dieser Sterne. Noch ist sie ein Traum in der Ferne, ein kleiner Punkt in diesem gigantischen Sternenmeer. Aber wenn wir unseren Kurs nach ihr ausrichten, werden wir sie eines Tages greifbar machen.«

Ration Rücke runzelte die Stirn.

»Die Sterne sind irrsinnig weit weg. Nicht einmal mit Lichtgeschwindigkeit könnten wir sie erreichen, geschweige denn, sie greifbar machen.«

»Nur mit Fantasie, Herr Kollege. Fantasie reist noch schneller als das Licht es jemals können wird.«

Der Künstler legte eine Pause ein, ehe er ergänzte:

»Fantasie ist der Schlüssel zu unserem Vorgehen. Die Fantasie führt uns schließlich überall hin.«

»Warum mussten Sie mich erst in den Traumzustand bringen, um mir das zu sagen?«, fragte Ration Rücke.

»Weil Sie in Ihrem Büro mit anderen Dingen beschäftigt sind. Dort sind Sie an Ihren Schreibtisch gefesselt. Aber hier oben können Sie unbeschwert sein. Deshalb war es wichtig, dass Sie über den Traumpfad hierherkommen.«

»Sagen Sie, Herr Kollege, was genau ist denn dieser Traumpfad?«

»Der Ort, an dem sich die Welten schneiden.«

»Welche Welten?«

»Traum und Wirklichkeit. Wir sind Mittler und Botschafter zwischen diesen beiden Welten. Traumtänzer, Traumwandler. Und gemeinsam werden wir es schaffen, durch unsere Geschichte eine Brücke zu bauen.«

Ration Rücke konnte den Sinn dieser Worte nicht richtig verstehen. In seinem Kopf hatte sich ein dicker Nebel ausgebreitet. Gleichzeitig begann die Landschaft vor seinen Augen zu verschwimmen.

»Dicabolo, ich weiß nicht, wie mir geschieht. Alles wird unscharf, ich kann Sie nicht mehr klar sehen …« Angestrengt fasste sich der Professor an seinen schwirrenden Kopf, der sich anfühlte, als könnte er jeden Augenblick platzen. Der Künstler trat einen Schritt näher an ihn heran.

»Herr Kollege, machen Sie sich keine Sorgen. Das ist ganz normal. Ihr Verstand ist verwirrt, weil Sie es nicht gewohnt sind, während der Traumzeit wach zu sein. Wahrscheinlich werden Sie das meiste von dieser Unterhaltung wieder vergessen. Am Anfang ist es nicht leicht, sich an Träume zu erinnern … Umso wichtiger, dass Sie es üben.«

Der Professor sah den Künstler fragend an, doch da verdunkelte sich die Welt vor seinen Augen. Und er fühlte sich, als würde er in ein bodenloses Loch fallen. *Als würde vor seinen Füßen ein Abgrund aufreißen und ihn verschlingen …*

Kapitel 7
Der Dachboden und die Ideenkiste

»Es wird Zeit«, flüsterte dem Professor eine Stimme ins Ohr, »dass Sie zu sich kommen, Herr Rücke«

»Dicabolo, sind Sie das? Wo sind Sie?«

Der Professor suchte mit seinen Augen vergeblich nach einem Fixpunkt, aber seine Sicht verlor sich in einem verwirrenden Strudel aus Farben. Ihm war ziemlich mulmig zumute.

Wie konnte Dicabolo ihm das antun, ständig die Perspektive zu wechseln?!

»Können wir denn nicht einfach an einem Ort bleiben?!«, stöhnte er und rieb sich die lange Nase. »Immer diese Wechsel der Schauplätze, dieses ständige Hin und Her – Räume, die aus dem Nichts entstehen und sich dann sogar noch verformen! Andere Stockwerke! Das ist doch zutiefst verwirrend!«

»Schauen Sie sich lieber um, dann gewöhnen sich Ihre Augen auch an die neue Perspektive.«

Ganz allmählich begann es dem Professor vor den Augen zu dämmern. Wabernde Umrisse verfestigten sich zu einem neuen Raum … oder … befand er sich tatsächlich in einem Raum?

»Wo bin ich?«, japste er.

»Haben Sie keine Idee?«

»Auf …«, der Professor kniff müde die Augen zusammen, »… doch nicht etwa auf Ihrem Dachboden?«

»Erraten!«

»Aber wie kommen wir plötzlich hierher?!«

»Im Traum springt man öfter von Ort zu Ort. Das ist ganz normal.«

»Ich träume also immer noch?!«

»Denken Sie nicht so viel darüber nach. Schauen Sie sich lieber in Ruhe um.«

Zuerst sah Ration Rücke sehr viele Pinsel. Sie steckten in Gläsern und Töpfen, sie lagen auf dem Boden und den Tischen herum und tanzten wie wild durch die Gegend. Ja, sie tanzten tatsächlich.

Dicabolo malte gerade ein paar geschwungene Buchstaben in die Luft, oder besser gesagt, der Pinsel tat die Arbeit von selbst. Dicabolos Hand berührte ihn nur sanft mit den Fingerspitzen.

Buchstaben formten Worte und Worte formten Sätze:

Willkommen auf dem Dachboden,
Dem Raum der grenzenlosen Möglichkeiten.

Tanzend schwebten die Worte im Raum umher, und Ration Rücke schaute ihnen entgeistert hinterher.

Dann blickte er hilfesuchend nach oben und stutzte auf. Er hatte damit gerechnet, eine Zimmerdecke zu sehen. Stattdessen blickte er in einen strahlend blauen Himmel.

»Haben Sie etwa keine Zimmerdecke?«, fragte er verwundert.

»Nein, der Dachboden hat keine Zimmerdecke.«

»Aber … Ein Raum ohne Dach? Was machen Sie, wenn es mal regnet?!«

Wie, um seine Worte zu untermalen, zog plötzlich eine graue Wolke am Himmel auf und kam direkt über dem Kopf des Professors zum Halt. Dort regnete sie sich wie selbstverständlich auf Rückes Kopf aus, um sich anschließend wieder in Luft aufzulösen.

»Hey! Das ist unfair! Das machen Sie doch nur, um mich zu ärgern!«

»Nein, das kommt davon, dass Sie sich so viele Sorgen machen.«

»Was Sie nicht sagen!«

»Fühlen Sie sich einfach wie zu Hause, mein Freund. Gewöhnen Sie sich an das Ungewöhnliche!«

»Zu Hause würde sich keine schwarze Wolke auf meinen Kopf ausregnen.«

»Nein, Sie haben recht … dort werden Sie höchstens von Papierzetteln attackiert.«

»Ähm, ja, nun ja. Dann werde ich diesmal darüber hinwegsehen.«

Der Professor sah sich weiter aufmerksam um.

Niemals zuvor war er an einem so seltsamen Ort gewesen. Er wirkte wie ein übergroßes Traumkonstrukt – ein Luftschloss, sozusagen. Der Dachboden ließ sich schwer als Raum bezeichnen – es gab schließlich nicht einmal klar umrissene Wände. Viel eher wirkte er wie eine große Aussichtsplattform, die unter freiem Himmel gebaut war. Und auf der, völlig deplatziert, einige Möbel herumstanden. Schränke mit Schubladen gab es hier oben keine. Dafür aber eine riesige Staffelei mit einer Leinwand, die so groß war, dass sie einen ganzen Kinobildschirm hätte ausfüllen können. Noch war sie strahlend weiß. So, wie ein unbeschriebenes Blatt Papier, das verheißungsvoll darauf wartete, mit Farben gefüllt zu werden.

Wenn man genauer hinsah, leuchteten alle Gegenstände, ja, selbst der Boden und die Leinwand, kaum sichtbar in Regenbogenfarben.

Der Professor konnte nicht umhin, sich die Brille zu putzen. Aber das klarte seine Sicht nicht weiter auf. Im Gegenteil: Erst zu spät merkte er, dass sein Brillenputztuch mit Farbe bekleckst war, und dass er sich nun die Gläser damit einrieb. Das trübte seine Sicht natürlich noch mehr. Seufzend nahm er die Brille ab.

Neben der riesigen Staffelei fielen dem Professor allerhand weitere Künstlerutensilien auf. Eine riesige

Farbpalette bildete den Höhepunkt des bunten Chaos. Und wie alles andere auf dem Dachboden, bewegte sich die Palette frei im Raum umher – zusammen mit diversen Federkielen, Bleistiften, Ölkreidestücken und Farbtuben.

Besonders wurde seine Aufmerksamkeit von einem Farbtopf angezogen, der neben der Staffelei zum Stehen gekommen war.

»Meine Güte, da drin sprudelt es ja wie in einem Kochtopf!«, rief er aus und steckte seine lange Nase hinein. Ein Fehler, wie sich herausstellte. Denn der Topf war Ration Rücke nicht wohl gesonnen und entleerte mit einem gewaltigen ›Blubb‹ seinen Inhalt. Der Professor wurde von einem riesigen Schwall leuchtend bunter Farbe mitten ins Gesicht getroffen. Prustend wich er zurück, von oben bis unten vor Farbe triefend.

»Herrlich bunt sehen Sie aus, Herr Kollege! Die Farben stehen Ihnen fabelhaft!«

Dicabolo lachte laut und glucksend, bis ihm die Tränen kamen.

»Sie sollten Ihre Werkzeuge besser in den Griff bekommen«, hustete Ration Rücke und spuckte dabei Farbe. Da wurde Dicabolo schlagartig wieder ernst.

»Ich *bin* ein Werkzeug«, sagte er leise.

»Wenn ich nur wüsste, von wem«, murmelte der Professor.

»Das weiß ich nicht.«

»Dann würde ich mir mal darüber Gedanken machen, wenn ich Sie wäre!«

Dicabolo zögerte kurz, ehe er erwiderte:

»Mir reicht die stille Gewissheit, dass es ein großes Geheimnis gibt, das mir diese Ideen schenkt. Die ganzen Vögel, Schmetterlinge und Sterne. Sie alle kommen als Geschenke vom Ideenhimmel. Sie stammen nicht von mir selbst; ich bekomme sie nur zugesandt und hole sie zu uns herunter. Das ist alles. Verstehen Sie?«

»Nein!«

Ration Rücke sah den Künstler verständnislos an. Dicabolo gab also offen zu, ein Werkzeug unbestimmbarer Kräfte zu sein, die nicht einmal er selbst erklären konnte. Das klang nach kompletter Fremdbestimmung, und das war dem Professor entschieden suspekt. Es bedeutete Kontrollverlust. Er seufzte.

Vor einer Ewigkeit, so schien es, hatte er noch die leise Hoffnung gehabt, auf diesem Dachboden Antworten auf ein paar seiner dringlichen Fragen zu finden. Insbesondere, was diese Geschichte betraf, die sie schreiben sollten. Doch stattdessen fühlte er sich nun verwirrter denn je, nicht schlauer, sondern dümmer als zuvor. Sogar von Dicabolos Pinseln und Farbtöpfen wurde er zum Narren gehalten. Was sollte er hier oben noch weiter tun? Was hatte ihm dieser nervenaufreibende Ausflug über den verworrenen Traumpfad gebracht?

Er fühlte sich wie ein unbeholfener Tourist, der auf dem Dachboden gestrandet war.

»Ich möchte Ihnen gern etwas zeigen«, sagte Dicabolo unvermittelt. »Hier. Ich habe eine ganz besondere Kiste für Sie. Ich bin mir sicher, sie wird Ihnen gefallen.« Der Künstler wuselte wie ein aufgeregtes Kind durch den Raum, der eigentlich keiner war. Er schlängelte sich mühelos an allen Gegenständen vorbei, die verstreut auf dem Boden herumlagen, ohne auch nur einmal zu stolpern. Da überkam den Professor leichte Eifersucht.

Dicabolo blieb vor einer Kiste stehen, die über und über mit bunten Papierschnipseln beklebt war. Mit einem triumphierenden Blick präsentierte er sie dem Professor. »Hier! Sehen Sie!«

Ration Rücke besah sich die Kiste mit kritisch prüfenden Augen. Unter den bunten Schnipseln bestand sie aus altem, etwas brüchig gewordenem Holz. Sie war alt und verströmte einen starken Geruch nach Wald.

»Eine Kiste, die …?«, Der Professor musterte den Künstler voller Skepsis und wartete auf eine Erklärung.

»Diese Kiste ist eine Ideenkiste. In ihr sprudelt es nur so vor Ideen. Und da dachte ich mir, wo Sie mich doch neulich nach Ideen gefragt haben, dass Sie einmal hineingreifen. Mal sehen, was Sie dabei herausziehen!«

Wie auf Kommando öffnete sich der Deckel der Kiste und offenbarte ihr Inneres – doch es befand sich nichts darin. Ration Rücke sah den Künstler abschätzend an.

»Soweit ich das beurteilen kann, ist diese Kiste leer«, entgegnete er nüchtern. »Was soll ich da bitte schön noch herausziehen?«

»Die Ideen werden kommen, sobald Sie hineingreifen. Es ist schließlich eine Zauberkiste«, sagte der Künstler strahlend.

»Wenn wir daraus ein Manuskript hervorzaubern könnten, wäre das eine nützliche Sache«, murmelte der Professor.

»Ein weißes Kaninchen wäre allerdings lustiger.«

»Finden Sie.«

Eine kurze Pause entstand, in der der Künstler sich verstohlen die Finger massierte und der Professor sich seufzend durch sein schütteres Haar strich, das nun ebenfalls voller Farbspuren war. Alles an ihm war mit Farbe besprenkelt.

»Wollen Sie etwa, dass ich Ihnen beweise, was diese Kiste alles kann?«, fragte Dicabolo herausfordernd.

»Also, meinetwegen.«

Dicabolo hielt kurz inne, als habe er gerade einen Einfall. Mit leuchtenden Augen sagte er: »Steigen Sie bitte hinein!«

»Wie bitte?!«

»Ja!«

»Was *passiert* mit mir, wenn ich in diese Kiste …?!«

Doch der Professor hatte seine Frage noch nicht zu Ende gesprochen, als Dicabolos Pinsel um die Ecke gefegt kam. Wie ein wütender Staubwedel schwang er durch die Luft und versetzte Ration Rücke einen mächtigen Schlag auf den Hinterkopf.

»Zum Teufel?!!« Mit einem Ruck stolperte er vornüber in die Kiste hinein. Dann wurde ihm schwarz vor Augen.

Zwischenspiel

Während der Professor in der Kiste das Bewusstsein verlor, kam ein kleiner Kolibri auf den Dachboden geflogen. Er steuerte auf Dicabolo zu, und dieser winkte ihn lächelnd herbei. So, als habe er ihn bereits erwartet. Ohne dass der Professor von alledem etwas mitbekam, ereignete sich folgende Unterhaltung.

»Er verhält sich sehr unbeholfen, dieser Professor. Wie ein unsicheres Kind, dem man das Laufen noch beibringen muss …«
Das waren die Worte des Kolibris.
Dicabolo antwortete:
»Das ist normal, für den Anfang jedenfalls. Es ist sehr schwer für die Ratio, das Laufen zu lernen – vor allem in einer so ungewohnten Umgebung, die auf Luftschlössern gebaut ist. Bisher kannte er ja nur sein kleines Arbeitszimmer.«
»Er gibt sich aber nur wenig Mühe, mehr zu erfahren. Er ist sehr stur und mag keine Dinge, die er nicht kennt.«
»Er hat schon vor langer Zeit verlernt, wie es ist, ein Kind zu sein. Deshalb sind seiner Neugierde Grenzen gesetzt.«
»Glaubst du denn wirklich, dass dieser Professor die ganze Mühe wert ist? Dass er dein Vorhaben jemals verstehen wird?«
»Vorhaben …?« Der Künstler zögerte bedächtig. »Er ist die Mühe wert. Ich bin mir ganz sicher.«
»Warum?«
Keine Antwort.
Nur ein Gedanke.
Der Kolibri flog auf der Stelle und wartete.
Dicabolo seufzte: »Vielleicht …«, sagte er, »… vielleicht, weil mir diese unglückliche, wie wild schuftende Ratio tatsächlich leidtut.«
Wieder machte er eine Pause, ehe er fortfuhr:
»Ich weiß nicht, wie, und ich weiß nicht, warum, aber ich weiß, dass ich dem Professor helfen muss.«

**Kapitel 8
Der Schreibfluss
und die zwei Ströme**

»Pinsel … attackieren … So ein Blödsinn, pah! Dicabolo …
der Kunstbanause … Alles Unsinn … Dicabolo?!«

Der Schlag auf den Hinterkopf hatte den Professor
ziemlich k.o. gehauen. Alles um ihn herum war in
Dunkelheit gehüllt. Er fühlte sich wie benebelt und …
»AU« Als er sich aufrichten wollte, durchzuckte ihn ein
heftiger Schmerz an seiner Schädeldecke. Er war gegen
etwas Hartes gestoßen. *Verdammt!* Er steckte also immer
noch im Innern dieser komischen Kiste – der »Ideenkiste«
auf Dicabolos Dachboden. Sie war leer – bis auf ihn
selbst.

Beinahe wäre der Professor ein zweites Mal
ohnmächtig geworden.

»Ich hätte es wissen müssen …«

Ration Rücke rieb sich den brummenden Schädel.
Alles um ihn herum schien zu wackeln. Wie ein
schwankendes Schiff auf dem Ozean. Und dank seiner
Kopfschmerzen fühlte er sich tatsächlich seekrank. Was
hatte er auch erwartet. Vielleicht, dass er wieder in seinem
Büro aufwachen und sich alles als ein einziger Alptraum
herausstellen würde? Das wäre ihm gerade recht gewesen.
Aber dafür fühlte es sich zu real an.

»Also schön … also schön. Spielen wir das Spielchen
doch einmal mit. Der Kunstbanause will mich
anscheinend in seiner Kiste gefangen halten. So viel zu
seiner Gesellschaft. Pah! Die Flausen werde ich ihm schon
noch austreiben. Ich werde jetzt alle meine Geisteskraft

aufbringen, um aus dieser Kiste herauszuklettern. Und dann werde ich ihn zur Rechenschaft ziehen!«

Der Professor rappelte sich vorsichtig auf – immer noch fluchend – und stieß mit den Händen den hölzernen Kistendeckel auf. Dieser leistete kaum Widerstand und …

Was zum Geier war das?

Der Professor wollte geradewegs aus der Kiste steigen, aber etwas hielt ihn zurück. Und zwar eine Flutwelle, die weder aus Luft noch Wasser bestand. Nicht flüssig, nicht fest. Ihre Konsistenz war unbeschreiblich.

Der Professor rang theatralisch die Hände. »Ein Fluss! Er hat mich in einen Fluss geworfen! Samt dieser lächerlichen Kiste! Aber der Fluss besteht nicht einmal aus Wasser, sondern aus … ich-weiß-nicht-was?«

Ration Rücke ließ sich auf seinen Allerwertesten plumpsen und schipperte auf der Kiste den Fluss entlang. Er konnte sie nicht steuern. Sie war wie ein Boot, das außer Kontrolle geraten war.

»Dieser wahnsinnige Pinselclown«, murmelte er immer wieder. »Dieser verdammte …«

»Ahaaa, wie ich sehe, haben Sie den Deckel geöffnet?«

Ein weißer Vogel näherte sich dem seltsamen Fluss. Kreisend flog er um die Kiste herum.

»Wer ist das?!«

»Hatte ich Ihnen noch nicht gesagt, dass ich Flügel habe?«

»Nein … Bitte nicht … Dicabolo, lassen Sie es nicht noch irrsinniger werden. Bitte … Tun Sie mir das nicht an.«

»Sie haben immer noch nicht verstanden, wie leicht sich Dinge verändern können?«

Der Vogel stieß einen keckernden Schrei aus und landete vor dem Professor auf dem Kistenrand. Dann verwandelte er sich in den Künstler zurück. Der Schnabel verformte sich zu seiner Nase, die Ohren wuchsen aus beiden Seiten heraus, und seine Augen wurden wieder

groß und himmelblau. Lässig schnippte er sich die letzten Federn von den Kleidern und setzte sich neben den Professor auf das schaukelnde Kistenboot.

Ration Rücke sah ihn vorwurfsvoll an.

»Ich wünsche eine Erklärung!«

»Wir befinden uns nun auf dem Fluss der Gedanken«, erklärte der Künstler.

»Dem Gedankenfluss?«

»Ja. Und gerade sind wir in eine ziemlich starke Strömung hineingeraten.«

»In der Tat. Man muss schon sehr aufpassen, dass dieses wacklige Boot nicht umkippt. Sie – äh – ich meine, Ihre Kiste, ist vielleicht nicht ganz dicht.«

»Zur Not werden wir durch den Gedankenfluss schwimmen.«

»Das möchte ich lieber vermeiden.«

Der Professor lehnte sich vorsichtig über den Kistenrand. »So sieht das also aus«, bemerkte er nüchtern. »Ein Fluss. Aber nicht aus Wasser, sondern aus einem Stoff, dessen Konsistenz mir völlig unbekannt ist. Sie sagen, es handelt sich dabei um Gedanken … Nun gut. Der Gedankenstrom hat uns also aus Ihrem Atelier hinausgetragen. Hinein in eine unbekannte Landschaft. Ich frage mich nur, wo wir jetzt sind?«

»An einem Punkt, an dem die Fantasie beginnt und der Verstand aufhört.«

»*Ich bin der Herr des Verstandes!* Wie kann ich also durch diese Landschaft fahren, ohne mich aufzulösen?! Wollen Sie mich umbringen?«

»Das fiele mir nicht im Traum ein.«

»Was soll ich dann hier?!«

»Die Mauer überschreiten, die Sie um den freien Geist gebaut haben.«

»Welche Mauer denn bitte?!«

»Die Mauer aus alten Denkmustern und Vorurteilen. Lassen Sie sie los.«

»Herr Kollege, ich befinde mich mitten in einer wackeligen Kiste auf einem unberechenbaren Gedankenfluss. Ich habe nichts mehr, *nichts Vertrautes* jedenfalls, an dem ich mich festhalten könnte!«

»Das weiß ich. Deshalb hat der Pinsel Sie auch bewusstlos geschlagen. Um Sie genau hierherzuführen.«

»Ha! Sie geben also offen zu, dass Sie mich schamlos entführt haben!«

»Ich möchte klarstellen, dass ich nur die allerbesten Absichten hatte.«

»Aber wieso dann diesen unnötigen Aufwand betreiben? Noch dazu mit Gewalt? Hatten Sie mir nicht gesagt, dass wir zusammen die Geschichte der Villa Ego schreiben?«

»Genau das tun wir. Dafür sind wir ja hier.«

»Sie haben mich auf den Dachboden eingeladen, um Ideen zu sammeln – als Freund! Ein schöner Freund sind Sie! Jemanden k.o. zu hauen, um ihn dann in einen Fluss zu werfen!«

Dicabolo senkte den Kopf.

»Es war der Pinsel. Ich habe doch nur meinem Pinsel vertraut.«

»Sehen Sie? Das haben Sie jetzt davon, dass Sie Ihre Werkzeuge nicht im Griff haben!«

»Der Pinsel ist mir immer einen Schritt voraus, Herr Professor. Ich kann nichts dagegen tun! Ich habe keine Erklärung dafür, aber er weiß, was er tut, bevor ich es weiß.«

»Ist das etwa Ihre Art, sich zu entschuldigen?!«

Der Professor schnaubte missbilligend.

»Nun gut, es tut mir leid. Sind Sie jetzt zufrieden?«

»Das kommt darauf an, wie ergiebig diese Reise am Ende ist.« Ohne dass die beiden es gemerkt hatten, war die Kiste in eine reißende Strömung geraten, und der angeregte Gedankenfluss sorgte dafür, dass die beiden Männchen immer schneller darauf entlangfuhren. Ration

Rücke musste sich krampfhaft am Kistenrand festhalten, um nicht das Gleichgewicht zu verlieren.

»Ich möchte aussteigen!«, sagte er mit gedämpfter Stimme. »Gibt es einen Weg, wie wir diese Kiste zum Halt bringen können?«

»Ich glaube, es gibt einen Weg.«

Dicabolo griff in seine linke Hosentasche, kramte darin, und zog schließlich das Ende des roten Fadens daraus hervor. Feierlich überreichte er es dem Professor. Dabei lächelte er sein zuversichtliches, breites Künstlerlächeln. Ration Rücke sah ihn fragend an. »Sie wollen, dass ich mich am roten Faden entlangseile?«

»Werfen Sie ihn in den Strom hinaus – ich bin sicher, er wird uns genau dort hinführen, wo wir hinmüssen.«

Der Professor schluckte ein paarmal, bevor er den roten Faden wie ein Lasso Richtung Ufer zuwarf. Das Fadenende hielt er weiter fest in der Hand.

»Haben wir etwas getroffen?«, fragte er dann aufgeregt. Der Faden hatte sich in einigen Schilfgräsern verfangen. Der Professor zog die Kiste darauf zu, bis sie – endlich – das Ufer erreichten.

»Zeit, dass wir aussteigen«, sagte Dicabolo.

Das ließ sich der Professor nicht zweimal sagen. Mit wackeligen Beinen und einem seltsamen Gefühl im Magen verließ er die Ideenkiste. Der rote Faden hatte sie aus dem Gedankenstrom an ein sicheres Ufer geführt.

Die beiden Männchen ließen sich erschöpft auf einer üppigen, grünen Wiese nieder. Ration Rücke fühlte sich immer noch seekrank von der aufwirbelnden Bootsfahrt. In ihm kämpften die unterschiedlichsten Gefühle um die Vorherrschaft. Von Ärger, Zweifeln und Angst bis hin zu verstohlener Neugier war alles dabei – vielleicht sogar ein Hauch von Sehnsucht nach etwas, das er sich selbst nicht eingestehen wollte. Trotz aller Müdigkeit wollte er

die Augen nicht schließen. Er wollte sich umschauen und neu orientieren.

Eine idyllische Landschaft voller Pflanzen in allen Größen und Formen breitete sich vor ihm aus. Alles war farbenfroh und voller Leben. Man hörte die unterschiedlichsten Vogelstimmen aus dem Gestrüpp. Und das laute Zirpen von Zikaden, vermischt mit dem munteren Gequake von Fröschen. In Rückes Kopf hatte sich derweil ein merkwürdiges Summen ausgebreitet. Es hinderte ihn daran, einen klaren Gedanken zu fassen.

»Sehen Sie sich alles in Ruhe an«, sagte Dicabolo. »Wir haben es nicht eilig.«

»Aber ich bin etwas unruhig, Dicabolo. Ich bin es nicht gewohnt, mich zurückzulehnen und nichts zu tun.«

»Ich verstehe. Nun, wenn Sie wollen, dann lassen Sie uns eben ein Stück gehen. Dann kann ich Ihnen die Landschaft zeigen.«

»Waren Sie schon einmal hier?«

»Viele, viele Male, Herr Kollege. Aber das heißt nicht, dass ich mich hier auskenne. Denn jedes Mal, wenn ich herkomme, sieht die Landschaft anders aus. Ich habe diese Gegend schon als trockene, karge Steinwüste erlebt. Ich habe auch schon Stürme und Orkane über das Land fegen sehen … Die geistige Landschaft verändert sich immerzu. Aber heute ist sie sehr schön. Heute ist das Flussufer voller Blumen. Das Herz scheint einen neuen Frühling zu begrüßen.«

»Die Blumen sind mir auch schon aufgefallen«, sagte der Professor, um wenigstens etwas darauf zu erwidern. »Jede von ihnen ist ein bisschen anders, keine gleicht der anderen.«

»Was, wenn ich Ihnen sage, dass jede dieser Blumen eine neue Idee ist?«, fragte Dicabolo.

»Wie kann es an einem Ort so viele Ideen auf einmal geben?«

»Sie alle strömen aus dem Herzen heraus, Herr Kollege. Das Herz ist eine fruchtbare Gegend voller verrückter Träume.«

»Fruchtbar für neue Ideen, meinen Sie?«

»Genau. Wir sind der *Quelle der Inspiration* schon sehr nahegekommen. Sie wird Ihnen gefallen. Aber zuerst möchte ich Ihnen den *Fluss der Wörter* zeigen.«

»Den *Fluss der Wörter?*«

»Manche nennen ihn auch den Schreibfluss. Er heißt so, weil er aus nichts anderem als Buchstaben besteht. Aus ihm schöpfen wir die Worte für neue Geschichten, Gedichte und Lieder. Ob Sie nun eine Rede halten oder ein Buch schreiben wollen, ist ganz egal ... Für alles können Sie die Worte aus diesem Fluss angeln.«

Ration Rücke horchte auf.

»Das will ich sehen!«, sagte er bestimmt. Bisher hatte er den Schreibfluss immer als etwas Symbolisches betrachtet. Aber er hatte ihn sich nie bildlich vorgestellt.

»Kommen Sie. Gehen wir ein bisschen weiter.« Dicabolo winkte Rücke, sich zu bewegen, und gemeinsam folgten sie dem Gedankenstrom bis zu einer Gabelung, wo der Fluss in ein anderes Gewässer überging.

»Schauen Sie nach unten.«

Der Professor blickte in den glitzernden Strom hinab, auf dessen Oberfläche sich die Sonne spiegelte.

»Da schwimmt etwas!«, sagte er.

»Und können Sie erkennen, was das ist?«

Ration Rücke tauchte seine Nase fast hinein in die Substanz, die weder aus Luft noch Wasser bestand. Und er stellte fest: »Da schwimmen Buchstaben! Und ... warten Sie ... ich kann sogar ein Gedicht im Wasser erkennen!«

»Sehr gut«, sagte Dicabolo zufrieden, »Lesen Sie es mir vor!«

Ration Rücke räusperte sich, dann las er:

Für einen Moment wirkten die Buchstaben wie glitzernde Tautropfen. Sie schimmerten wie Perlen auf der Wasseroberfläche. Doch je länger der Professor sie beobachtete, desto wilder begannen die Buchstaben vor seinen Augen zu tanzen. Dann jagten sie in alle Richtungen auseinander. Das Gedicht hatte sich wieder aufgelöst. Der Künstler seufzte. »Faszinierend, nicht wahr?«

Der Professor konnte nicht umhin, über den Inhalt der Zeilen nachzugrübeln.

»*Zwei Ströme, die ineinanderfließen und gemeinsam den Fluss der Wörter umschließen* …«

Fragend blickte er zu Dicabolo.

»Unser Schreibfluss verbindet zwei Ströme miteinander …«, flüsterte dieser. »Einer davon ist der Gedankenstrom, auf dem wir hierhergekommen sind. Aber es gibt noch einen anderen Fluss, nämlich den Fluss der Gefühle. Er fließt ebenfalls in den Schreibfluss hinein.«

»Der Fluss der *Gefühle* …?«

Der Professor hielt einen Augenblick inne.

Die Gefühlswelt. Da war sie wieder. Näher als je zuvor. Die Welt, die ihm so fremd und suspekt war, weil er sie weder steuern noch kontrollieren konnte. Gedanken waren anders; mit denen war er vertraut. Er hatte schließlich tagtäglich mit ihnen zu tun, meistens in Form von irgendwelchen Zetteln.

Dicabolo unterbrach seine Überlegungen:

»Der Schreibfluss lebt von beiden, Gedanken und Gefühlen. Der Fluss der Gedanken verleiht den Worten ihren Sinn. Und durch den Fluss der Gefühle werden sie schließlich lebendig.«

Der Professor nickte langsam. Es sah so aus, als habe er eine Schnittstelle gefunden, die Gedanken und Gefühle miteinander verband. In Wahrheit schienen sie weniger voneinander getrennt zu sein, als er dachte. Die beiden Ströme gingen im Fluss der Wörter nahtlos ineinander über, bedingten sich sogar gegenseitig. Aber …

»Wo haben diese Flüsse ihren Ursprung?«, wollte der Professor wissen.

»Der Gedankenstrom kommt aus der Geistigen Etage, wo sich Ihr Büro und mein Dachboden befinden. Der Fluss der Gefühle fließt aus dem Tempel des Herzens heraus. Und dort, wo sich die beiden Ströme am Schreibfluss treffen … dort liegt die Quelle der Inspiration. Die Quelle, an der neue Ideen geboren werden. Hier fließen Herz und Verstand zu einer Einheit zusammen.«

»Faszinierend«, sagte der Professor.

»Ja, nicht wahr?«

Dicabolo griff nach ein paar Buchstaben, die gerade unbeschwert durch den Schreibfluss getanzt waren, und warf sie Richtung Himmel. Dort flatterten sie wie lebendige, bunte Vögel durch die Luft und formten gemeinsam die Worte »*Frei wie der Wind*«.

Erst da sah Ration Rücke, dass den Buchstaben winzige Flügelchen aus dem Schriftkörper wuchsen.

»Worte sind eine wundervolle Art, sich auszudrücken«, sagte der Künstler. »Wenn Worte frei sind, dann lassen sie sich leicht zu den wundervollsten Geschichten formen. Die Quelle der Inspiration verleiht ihnen Flügel. Aber manchmal wird der Lauf der beiden Flüsse gestört, sodass Gedanken und Gefühle Schwierigkeiten haben,

zueinander zu finden. Dann wollen auch die Worte nicht richtig zueinanderpassen … Und bleiben nichts als tote, leblose Buchstaben.«

»Oh. Das kenne ich nur zu gut. Dieses Dilemma nenne ich dann eine Schreibblockade.«

»Sehen Sie, dann war es doch eine gute Idee, hierherzukommen. Die Quelle der Inspiration ist ein magischer Ort. Wenn Herz und Verstand zusammenfinden, dann passieren wunderbare Dinge.«

Bei diesen Worten begannen die Augen des Künstlers heller aufzuleuchten.

»Hier sind wir auch schon! Wir sind bei der Quelle der Inspiration angekommen.«

Kapitel 9
Die Quelle der Inspiration

Kaum hatte Dicabolo zu Ende gesprochen, breitete sich ein wabernder Nebel um die beiden Männchen aus.

Ration Rücke versuchte angestrengt, in dem aufsteigenden Dunst etwas zu erkennen. Alles, was dann geschah, kam ihm wie ein weiterer verschwommener Traum vor.

Plötzlich blubberten aus dem Schreibfluss Hunderte, wenn nicht sogar Tausende von Seifenblasen auf. Hoch stiegen sie in die Lüfte empor, in schillernden Regenbogenfarben leuchtend, umschwirrt von Vögeln und Schmetterlingen. Sie tanzten rechts und links an den beiden Männchen vorbei oder vor ihren Nasen herum. Der Professor begann hektisch mit den Armen zu fuchteln, um die Sicht wieder freizubekommen.

»Was ist passiert?«, fragte er verwirrt. »Was machen all diese Seifenblasen hier?«

»Das sind keine gewöhnlichen Seifenblasen, das sind Träume!«, rief Dicabolo und begann wie ein begeistertes Kind auf und ab zu hüpfen. »Oh, ich LIEBE diese Dinger! Sind sie nicht fantastisch?? Schauen Sie! Schauen Sie nur genauer hin! Jede von ihnen birgt in sich eine eigene kleine Welt!«

»Eine Welt …? Jede von ihnen? Das ist ja … Oh! Ich muss aufpassen, mir wird ganz schwindlig vor den Augen!«

Der Professor konnte kaum noch etwas erkennen. Hunderte Bilder blitzten gleichzeitig vor seinen Augen

auf. Reizüberflutung. In jeder Seifenblase sah er eine andere Landschaft. Fremd, unberührt, und bunt – jede auf ihre eigene Art. Nur eines hatten sie gemeinsam. Sie wirkten dreidimensional, als könne man direkt in sie hineinspazieren. Ein unerklärlicher Sog ging von den Traumblasen aus. Der Professor fürchtete, sich in dem Anblick zu verlieren, wenn er sie noch länger betrachtete.

»Willkommen zu Hause, Ration Rücke, flüsterte Dicabolo und brachte ihn wieder zur Besinnung.

Ration Rücke krächzte: »*Zu Hause*?! Was meinen Sie mit zu Hause?«

»Na ja, sagen wir es mal so …« Dicabolos Lächeln wurde immer breiter. »Wir entstammen einer Idee. Und Ideen beginnen immer mit einem Traum, oder etwa nicht?«

»Einem Traum …«, wiederholte der Professor erschöpft.

»Die Charaktere, die wir jetzt sind, Sie und ich, wir haben unseren Ursprung in einer dieser Blasen.«

Der Professor sah ihn ungläubig an. Das ging weit über seine Vorstellungskraft hinaus. Er musste sich den schwirrenden Kopf halten.

Und in diesem Moment kam ihm eine besonders auffällige Seifenblase entgegengeflogen, die heller und größer war als alle anderen. Der Professor konnte seinen Blick nicht von ihr lassen. Gebannt betrachtete er sie. Erst mit Staunen, dann mit wachsender Ehrfurcht. In der Blase war ein Buch zu sehen, dessen Seiten wie von unsichtbarer Hand hin und her geblättert wurden. Jede Buchseite schien ein neues Tor in eine verborgene Landschaft zu öffnen. Schließlich hielt das Buch auf einer Seite inne und blieb aufgeschlagen liegen. Da sah der Professor sein eigenes Spiegelbild schemenhaft auf der Seite skizziert. In der Zeichnung schwirrten immer noch Seifenblasen um ihn herum, und im Hintergrund stand der Künstler, der ihn erwartungsvoll beobachtete.

»Das ist der Traum von unserem eigenen Buch, Herr Rücke«, sagte der richtige Dicabolo hinter ihm aufgeregt.

»Ich glaube, ich träume!«, stieß der Professor aus. (Das tat er ja auch, in der Tat!) »Ich sehe mein eigenes Abbild auf der Seite. Und zwar exakt so, wie es gerade eben geschieht. Wie kann es sein, dass das Buch genau weiß, wo wir gerade sind und was in diesem Moment passiert?«

»Weil wir die Geschichte durch unser Handeln schreiben. Jeden Augenblick. Immer weiter. Wir müssen nur den Zeichen folgen.«

»Was für ein merkwürdiger Traum!«

»Das Buch *ist* der Traum, Herr Rücke. Und jetzt ist der Traum auch in dem Buch – genauso wie wir.« Dicabolo lachte. »Wir sind aus unserem eigenen Traum gestiegen, um den Traum zu verwirklichen.« Und er lachte und lachte weiter.

»Soll das heißen …« Ration Rücke versuchte seine Gedanken zu sortieren. »*Wir* sind ein *Teil* dieses Buches? Wir sind nicht die Schreiber … sondern die Protagonisten?«

»Wir sind beides! Wir sind die Protagonisten in dem Buch, und gleichzeitig schreiben wir es. Und …« Der Künstler lächelte triumphierend, »… wir können selbst bestimmen, wohin unsere Reise führt. Mit der Zeit, die uns gegeben ist, können wir etwas Neues gestalten. Das ist unsere Chance!«

»Wir schreiben eine Geschichte, und gleichzeitig sind wir *in* dieser Geschichte.«

Der Professor ließ erschöpft auf den Boden sinken. Und nach einigem Zögern flüsterte er: »Egal, wie viele Fragen jetzt noch offenbleiben, wenigstens verstehe ich nun, wie unsere Geschichte ihren Anfang genommen hat.«

Kapitel 10
Dunkle Boten

Allmählich gewöhnte sich der Professor an den Gedanken, dass er und der Künstler die Protagonisten ihres eigenen Buches sein sollten. Er fühlte sich, als habe er ein bisschen mehr Klarheit gewonnen.

Ein kleiner Teil von ihm empfand diese Erkenntnis als Erfolg. Er hatte endlich einen Anhaltspunkt, um sich in der Geschichte zurechtzufinden. Immerhin wusste er nun, dass er sich keine neuen Charaktere ausdenken musste.

Er musste eigentlich gar nichts mehr tun … außer er selbst zu sein. Er war nicht einmal mehr sauer darüber, dass Dicabolos verschrobener Pinsel ihn in den Gedankenfluss geworfen hatte. Nur so hatte er schließlich den Schreibfluss – und die Quelle der Inspiration – finden können. Vielleicht konnte er dem Künstler (und sich selbst) noch einiges mehr zutrauen.

»Sie haben uns an einen interessanten Ort geführt, Herr Kollege«, gab er schließlich zu. »Ich finde, wir sollten dem Gedankenstrom noch ein wenig folgen und sehen, wo er uns hinführt.«

Dicabolo lächelte gedankenversunken.

»Auf dem Gedankenstrom sind wir hergekommen. Er hat uns sicher an die Quelle der Inspiration gebracht. Hier gabeln sich die Wege. Was, wenn wir den Gedankenstrom verlassen und stattdessen dem Fluss der Gefühle folgen?«

»Ist das ein indirekter Befehl? Oder lassen Sie mir wirklich die freie Wahl?«, fragte der Professor skeptisch. Er wollte sich nicht von Dicabolo in eine Richtung drängen lassen.

»Noch steht nichts festgeschrieben«, erwiderte der Künstler. »Die Geschichte kann jeden erdenklichen Fortgang nehmen. Ich sage Ihnen nicht, wohin Sie gehen sollen.«

»Warum bevorzugen Sie dann den Fluss der Gefühle?«

»Um Sie aus Ihrer Komfortzone zu locken«, entgegnete der Künstler, als sei das selbstverständlich. Doch er fügte hastig hinzu: »Ich werde Sie nicht drängen. Sie sind schon ein ganzes Stück über sich hinausgewachsen, als Sie mir auf den Traumpfad gefolgt sind.«

»Das will ich meinen«, murmelte der Professor. Er ging auf die Ideenkiste am Ufer des Gedankenstroms zu. Und er wollte gerade wieder in die Kiste steigen, da verhedderte er sich in einer Schnur und stolperte. Der rote Faden hatte ihn aufgehalten. Der Professor versuchte sich aus dem Fadengewirr zu befreien, doch da wurde die Kiste von einem Wellenstoß gepackt. Schaukelnd schwamm sie mit dem Gedankenstrom fort und verschwand aus seinem Blickfeld.

Ration Rückes erster Gedanke war, dass er die Kiste festhalten musste. Er war drauf und dran, ihr nachzustürmen. Doch dann folgte sein Blick dem roten Faden. Und das Fadenende verlief genau in die entgegengesetzte Richtung – hinein in den Fluss der Gefühle. Der Professor funkelte Dicabolo wütend an.

»Haben Sie das so eingerichtet?«, fragte er in scharfem Ton.

»Keineswegs!«

»Warum lässt mich dann das Gefühl nicht los, dass Sie mich mit diesem Faden manipulieren wollen? Der Faden sieht nicht so aus, als hätte er einen Plan, wenn er uns den Weg zeigt – viel eher habe ich das Gefühl, seine Richtung

weist immer genau dort entlang, wo Sie hinwollen! Aber glauben Sie nicht, dass ich das so einfach hinnehme!«

Der Künstler schüttelte den Kopf.

»Der rote Faden unterliegt nicht meinem Willen«, sagte er leise.

»Aber Sie haben ihn erschaffen!«, entgegnete Ration Rücke vorwurfsvoll.

»Das mag sein, aber ich habe ihn nicht nach meinem Willen geschaffen. Er ist durch meinen Pinsel in die Welt gelangt – und genau wie mein Pinsel hat er sein Eigenleben.«

»Wer oder was bestimmt dann seinen Kurs, wenn Sie es nicht sind?«

»Woher soll ich das wissen?«

»Sie wissen doch sonst immer alles!«

»Hören Sie auf, mir Dinge zu unterstellen. Sie können dem Faden entweder folgen, oder Sie können es lassen.«

»Wenn ich ihm *nicht* folge und den roten Faden ignoriere, wie wirkt sich das auf die Geschichte aus?«, hakte der Professor nach.

»Am Anfang haben Sie darauf beharrt, dass die Geschichte einen roten Faden braucht. Nun? Ich glaube, man kann auch über Umwege ans Ziel kommen. Vermutlich dauert es dann etwas länger.«

Der Professor murmelte mit finsterem Blick vor sich hin. Sollte er sich dem Faden fügen oder sollte er seinen eigenen Willen durchsetzen? Warum konnte der Faden sich nicht einfach seinem Willen fügen? Doch noch während er darüber nachdachte, verdüsterte sich plötzlich der Himmel über ihnen.

Pechschwarze Wolken zogen aus dem Nichts auf. Doch … nein! Beim genaueren Hinsehen wurde dem Professor klar, dass es sich nicht um Wolken, sondern um riesige, schwarze Vögel handelte. Sie hatten sich zu einem bedrohlichen Schwarm verdichtet, der näher und näher kam.

»Oh, das ist ungut«, murmelte der Professor besorgt. »Das ist wirklich ungut.«

»Das ist nur ein Anflug von schlechten Gefühlen, lassen Sie ihn einfach vorbeiziehen.«

Dicabolo hatte sich hinter einem Strauch niedergekauert, aber Ration Rücke blickte panisch hin und her. Sein Kollege hatte gut reden!

»Nur ein *Anflug*?! Die landen hier!«

Der Professor hatte seinen Satz kaum zu Ende gesprochen, da setzten die dunklen Vögel bereits zur Landung an. Sie umzingelten die Quelle mit den drei Flüssen wie eine Schar wilder Räuber. Ihr Gefieder war unter schwarzen, zerlumpten Mänteln verborgen. Ihre großen, grauen Schnäbel stachen wie krumme Säbel aus ihren Gesichtern heraus. Mit leeren, glasigen Augen schauten sie den Professor an. Schattenvögel, schoss es dem Professor durch den Kopf. Ein monotoner Chor von Stimmen hallte aus dem Schwarm der Schatten.

Ration Rücke!

Der Professor konnte nicht sehen, wer von den Vögeln da sprach. Keiner der Schnäbel bewegte sich. Aber die Stimmen klangen derart kalt und gefühllos, dass ihm das Blut in den Adern gefror.

»Was wollt ihr?!«, rief er und sah die schwarze Schar feindselig an. »Ich habe euch nicht eingeladen.«

Die Vögel hinter den schwarzen Kapuzen begannen leise zu flüstern und zu tuscheln. Für Ration Rücke stellten sie eine unheilvolle Bedrohung da, die er so schnell wie möglich vertreiben wollte. Er wusste nichts über sie. Aber eines konnte er mit Sicherheit sagen: Sie brachten schlechte Botschaften mit sich. Und sie bedeuteten Gefahr. Ihre ganze Ausstrahlung hatte etwas Boshaftes an sich.

Du bist dir also zu fein, dich mit uns abzugeben? drang es aus dem Schattenschwarm.

»Verschwindet!«, fauchte der Professor und ging in Deckung.

Da kamen plötzlich noch mehr Vögel angeflogen. Die schwarze Wolke verdichtete sich immer mehr, bis sie den ganzen Himmel verdunkelte. Als sei ein heftiges Unwetter aufgezogen. Dicabolo hatte zu alledem nichts gesagt. Er machte auch keine Anstalten, hinter seinem Strauch hervorzutreten.

Ration Rücke war darüber ziemlich ungehalten. Gerade jetzt sollte er ihm gefälligst zur Seite stehen!

»Hört zu«, sagte er zu den Vögeln gewandt. »Ihr seid hier völlig fehl am Platz, okay? Alle miteinander! Wir haben gerade einen Erfolg gefeiert und …«

Erfolg?! Was für ein Erfolg soll das sein?! Glaubt ihr denn wirklich, eure Geschichte hätte auch nur einen Hauch von Bedeutung?!

Der Professor geriet ins Wanken, aber Dicabolo zischte flüsternd: »Hören Sie nicht auf sie!«

Doch Ration Rücke begann an sich selbst zu zweifeln. Er und der Künstler waren nur zu zweit. Aber die Schattenvögel waren viele. Zu viele. Wie sollte er sich gegen sie behaupten, wenn es hart auf hart kam?

Du hast dich zu früh in einem vermeintlichen Triumph baden wollen, Ration Rücke, hallte es aus dem Schattenschwarm. Ihre Augen schienen vor Hohn und Verachtung zu blitzen. Oder war es Schmerz?

Der Professor wich einen Schritt zurück, doch er wurde von allen Seiten umzingelt.

Fürchtest du dich etwa vor uns?

Dem Professor stand der kalte Schweiß auf der Stirn. Seine Hände hatten sich zu Fäusten geballt. Steif und unbeweglich stand er da und wagte es kaum zu atmen. Sein flüchtiger Blick fiel für einen Moment auf den Fluss der Gefühle. Kein gutes Gefühl war in ihm übriggeblieben.

»Nein … nein! Verschwindet!«, rief der Professor, und eine weitere Welle der Kälte durchdrang ihn wie ein eisernes Schwert.

»Verschwindet, bitte, ich flehe euch an!«

Rücke sank auf die Knie und vergrub sein Gesicht in den Händen, um die Schattenvögel nicht länger ansehen zu müssen. Er fühlte sich schutzlos und ausgeliefert. Von seinem anfänglichen Hochmut war nichts als ein kümmerliches Häufchen Elend zurückgeblieben.

Ein rasselndes Geräusch drang durch die Reihen der Schattenvögel. Ob es ein kaltes, höhnisches Lachen war?

Im nächsten Moment schossen die Vögel wie ein Hagel pechschwarzer Pfeile auf den Fluss der Gefühle zu. Kaum hatten sie dessen Oberfläche berührt, da verwandelte sich das Flussbecken in eine tieftrübe Schlammgrube.

Mit der Verfärbung des Flusses stieg in dem Professor ein tiefer Ekel auf. Die Vögel kamen nun von allen Seiten auf ihn zugeflogen.

»Dicabolo!«, würgte er hervor und sah sich hilfesuchend nach ihm um. »Dicabolo! Helfen Sie mir!«

Da stürzte sein Kollege endlich hinter seinem Strauch hervor. Mit festem Griff zog er den taumelnden Professor zu sich heran. Der Künstler nahm seinen Pinsel hinter dem Ohr hervor und schwang ihn durch die Luft. Oder tat der Pinsel es wieder von selbst? Jedenfalls errichtete er eine Art Schutzblase um sie herum, die die schwarzen Schattenvögel nicht durchdringen konnten. Und er wies den Professor an, sich stumm und reglos zu verhalten.

Die Vögel wurden von dem Licht des Schutzwalls geblendet. Kreischend wichen sie zurück, blieben aber um das Ufer des Flusses versammelt. Der Fluss der Gefühle wurde immer dunkler und schlammiger, je mehr Vögel sich um das Flussbett tummelten. Ration Rücke stieg bei dem Anblick ein dicker Kloß im Hals auf.

»Pst. Bald ist es vorbei«, flüsterte Dicabolo und drückte beschwichtigend seine kalte Hand.

Nach einer gefühlten Ewigkeit brachen die Vögel endlich zum Abflug auf. Sie erhoben sich mit lautem Krächzen in die Lüfte und flogen in wirbelsturmartiger Formierung Richtung Berge davon. Dabei rissen sie wie ein Tornado alles mit sich, was ihnen in die Quere kam. Blumen, Gräser und kleine Steinchen wurden von ihrem Sog aufgewirbelt und hinfort gerissen. Nichts als Verwüstung ließen sie hinter sich zurück.

Der Professor und der Künstler kauerten noch lange in ihrer selbst geschaffenen Blase. Erst, als die Vögel hinter dem Horizont verschwunden waren, fühlten sie sich sicher genug, um aus ihrem Schutzwall hervorzukriechen. Ration Rückes Hände zitterten immer noch vor Aufregung.

»Dicabolo … das war … *danke*«, murmelte er und wandte beschämt den Kopf ab. Er hatte dem Künstler gerade sein Leben zu verdanken. Dass er ihm zu Hilfe geeilt war, war für Rücke nicht selbstverständlich gewesen. Zum ersten Mal auf dieser Reise überkam ihn ein schlechtes Gewissen. Und ein unangenehmes Gefühl von Scham. Er hatte sich angreifbar und verwundbar gemacht. Und er hatte realisiert, dass sein Weg nicht frei von Gefahren war. Welche Ungeheuer würden ihm in dieser inneren Welt sonst noch auflauern?

»Es tut mir leid, Dicabolo … Ich war … nicht vorbereitet. Ich wusste nicht, was ich machen sollte.«

»Nun ist es vorbei. Vorerst zumindest«, war das einzige, das der Künstler erwiderte. Auch er wirkte etwas blass um die Nasenspitze. Vielleicht hatten die Vögel auch ihm mehr zugesetzt, als er sich anmerken lassen wollte?

Schweigend saßen die beiden Männchen da, bis der Professor sich langsam von seinem Schrecken erholte. Da stand Dicabolo auf, ohne ein Wort zu sagen, um an

die Quelle des Schreibflusses zu laufen. Etwas schien seine Aufmerksamkeit zu fesseln. Er grub seine Hände in die schlammigen Tiefen und zog ein Gedicht daraus hervor. »Herr Rücke, das müssen Sie sich anhören! Es ist eine Botschaft von den Schattenvögeln!«

Und er begann, ihm vorzulesen:

Wir Botschafter aus dem Tempel-Herzen
Übermittler von Ängsten und Schmerzen,
Verachtet, verdrängt, ignoriert und verkannt,
Hat man uns in die dunklen Grotten verbannt,
Wo wir fristen ein Dasein im Unterbewussten,
weil wir uns vor der Wahrheit verstecken mussten.
Doch das Herz kann nicht lügen,
und man bringt es zum Schweigen
Und man baut einen Damm
um den Fluss der Gefühle.
Ein vergeblicher Zug, es ist wirklich zu schade,
das Ergebnis erschafft eine Schreibblockade.
Wir erstarken im Dunkeln
Und wir werden uns rächen,
Wenn unsere Zeit kommt
Das Ego zu schwächen.
Der einzige Ausweg zum Besiegen des Bösen,
Ist der Weg durch die Grotte, um uns zu erlösen.
Denn Licht wird zu Dunkel und Dunkel zu Licht,
Wenn der Zauber der Wandlung
Die Mauer zerbricht.

Als der Künstler zu Ende gelesen hatte, senkte sich wieder Stille über die Landschaft. Die Buchstaben lösten sich voneinander und versanken in den Tiefen des Flusses.

Der Professor rappelte sich nun ebenfalls vom Boden auf und lief seinem Kollegen entgegen.

»Was hat das alles zu bedeuten?«, wisperte er. Die blanke Angst stand ihm ins Gesicht geschrieben. Der Künstler sah ihn eindringlich mit seinen blauen Augen an.

»In gewisser Weise ist dieses Gedicht eine Prophezeiung. Es sagt, wenn wir uns diesen Vögeln nicht stellen, dann werden wir niemals irgendwo ankommen. Wir würden eine Mauer um den Fluss der Gefühle bauen und damit eine Schreibblockade errichten. Die Geschichte würde ins Stocken geraten und der Weg zu der Inspirationsquelle bliebe für uns versperrt.«

Der Professor sah missmutig drein, und die Sorgenfalte auf seiner Stirn vertiefte sich.

»Dann bleibt uns also keine andere Wahl, als diesen schwarzen Vögeln zu folgen?«

»Der einzige Weg führt mitten hindurch. *Der einzige Ausweg zum Besiegen des Bösen / Ist der Weg durch die Grotte, um uns zu erlösen*!«, flüsterte der Künstler nickend. »Herr Professor? Ich bedaure es sehr, das sagen zu müssen, aber wir haben wohl doch nicht die freie Wahl. Der rote Faden scheint bereits klare Absichten mit uns zu haben.«

»Oh, dieser Faden«, stöhnte der Professor. »Er hat es von Anfang an gewusst! Gewusst! Und nun hat sich der Weg vor unseren Füßen verdüstert. Durch diese dreckige Schlammsuppe werden wir gehen müssen, bis wir irgendwo in einer dunklen Grotte ankommen!«

Dicabolo senkte den Kopf und nickte zur Bestätigung.

»Die Vögel haben noch nicht ihr letztes Wort gesprochen. Sie werden in einer dunklen Grotte auf uns warten.«

»Ich habe ein sehr schlechtes Gefühl dabei. Ich gebe es nur ungern zu, Dicabolo, aber ich habe Angst. Und zwar mehr, als ich zugeben möchte. Die Schatten mögen zwar ein Phantom sein, aber die Angst ist real.«

»DASS Sie sich das eingestehen, ist eine große Chance, Herr Professor. Ehrlichkeit ist der erste Weg in die richtige Richtung, wie mir scheint.«

»Also schön. Ich werde versuchen, meinen Fehler wieder gutzumachen. Mir ist zwar schleierhaft, wie ich diese Kreaturen von ihrem Leiden erlösen soll, aber vielleicht kann ich es irgendwie herausfinden. Und was Sie angeht, Dicabolo, vielleicht sollten Sie mich das besser allein durchziehen lassen.«

»Sie werden nicht ohne mich in die Dunkelheit gehen.«

»Aber ich bin schuld, dass das alles überhaupt erst passiert ist. Sie haben mir schon einmal geholfen, aber …«

»Herr Professor, Sie müssen mir nicht beweisen, dass Sie ohne mich zurechtkommen. Wir haben uns doch geeinigt, dass wir diese Geschichte gemeinsam schreiben. Dann lassen Sie uns auch gemeinsam in die Dunkelheit gehen.«

Da wollte der Professor ihm nicht mehr widersprechen. Im Stillen fühlte er sich sogar erleichtert, dass er auf dieser Reise nicht ganz allein sein sollte.

Kapitel 11
Im Modermoor des Zweifels

Die beiden Männchen machten sich auf, dem schlammigen Fluss der Gefühle zu folgen. Je weiter sie auf ihrem Weg voranschritten, desto mehr verdüsterte sich der Himmel über ihnen − genauso wie ihre Stimmung. Die Landschaft wies überall Zeichen der Verwüstung auf, die die Schattenvögel hinterlassen hatten. Auf dem Boden lagen abgerissene Zweige, Blätter und jede Menge Geröll herum. Die Blätter schienen den beiden Männchen sogar hinterherzuwehen, denn der Wind blies ihnen kräftig in den Rücken. Fast so, als wolle er sie auf ihrem Weg schneller vorantreiben. Gleichzeitig wurden sie immer wieder von wucherndem Dornengestrüpp gebremst, das ihnen den Weg versperrte. Besonders der Professor sah bald zunehmend mitgenommen aus. Hartnäckig bohrten sich die Dornen in seine Kleidung. Ganze Fetzen blieben in dem Gestrüpp hängen. Und auch seine Haut war bald von tiefen Kratzern übersät. Dicabolo schien jedoch weniger abzubekommen.

»Verraten Sie mir mal Ihren Trick, wie Sie diesen Stacheln ausweichen?«, sagte der Professor, während er sich mit schmerzverzerrtem Gesicht den blutenden Arm rieb. Er kam sich ungeschickt und tollpatschig vor, und das nagte an seinem Selbstwertgefühl.

»Das ist kein Trick!«, entgegnete der Künstler mit Unschuldsmiene. »Ich schaue nur genau auf den Boden! Vielleicht sind Sie zu sehr in Gedanken vertieft?«

Der Professor murmelte etwas Unverständliches in sich hinein. In Gedanken vertieft … Dicabolo hatte gut reden. Nicht jeder war so gedankenfrei wie er!

Bisher war der Professor stolz auf seinen Intellekt gewesen – meistens jedenfalls. Er war schließlich sein größter Besitz. Und nun sollte das Denken ihm plötzlich hinderlich sein? Er konnte seinen Kopf nicht einfach abschalten.

Während der Professor vor sich hin grübelte, drangen die beiden Männchen immer tiefer in einen verschlungenen Wald ein – und in ein finsteres Modermoor. Schlammige Sümpfe erstreckten sich vor ihren Augen und dicker Nebel trübte ihre Sicht. Durch die knorrigen Bäume mit ihren dichten Kronen drang kein Licht hindurch.

»Ich glaube, bald sind wir in der Grotte der Ängste angekommen«, flüsterte Dicabolo leise.

Der Professor hörte ihn kaum. Gerade war er in eine flüssige, schmutzbraune Schlammsuppe getreten, die seine Schuhe durchnässte. Er fühlte sich irgendwie nackt – obwohl er immer noch seinen (inzwischen ziemlich schäbigen) Anzug anhatte. Doch der konnte ihn vor den Stichen des Zweifels nicht schützen. Er war überall. In jedem Baum und jedem Strauch in dieser zwielichtigen Gegend. Die Stimme des Zweifels flüsterte aus den knorrigen Bäumen zu ihm.

Ration Rücke, was willst du noch hier unten? Versuchst du, die Geschichte vielleicht noch zum Guten zu wenden? Einen Damm zu brechen, den man nicht brechen kann, weil du noch nicht einmal fähig bist, ihn zu sehen? Gib es auf! Ein Versager bist du und mit dir die ganze Geistige Etage. Was immer dich auch hierhergeführt hat – es war ein sinnloses Unterfangen. Wach auf!

Der Professor schreckte zurück vor dieser Stimme.

»Dicabolo«, wisperte er verstohlen. »Dicabolo, haben Sie das gehört?«

»Ich *habe* etwas gehört, Herr Professor. Die Stimme des Zweifels spricht zu jedem auf seine Art«, hauchte Dicabolo zurück.

»Sagt er Ihnen das Gleiche wie mir?«

»Vermutlich nicht, Herr Professor. Der Zweifel kennt unsere Schwächen und wunden Punkte, und danach wählt er seine Worte aus.«

»Und was sagt er zu Ihnen?«

»Ich weiß nicht, ob ich darüber reden möchte.«

»Nun kommen Sie schon! Wir sollten in Anbetracht dieser Lage offen und ehrlich zueinander sein!«

»Also gut, also gut. Sie haben ja recht. Der Zweifel sagt mir … er sagt, ich solle Sie im Stich lassen, weil ich Ihnen ja doch nicht vertrauen kann. Sie seien es der Mühe nicht wert, und früher oder später werden Sie mich verraten und in einen Käfig sperren.«

»Das sagt er?!« Ration Rücke klappte empört die Kinnlade herunter. »Glauben Sie ihm kein Wort! Der Zweifel versucht doch nur, Sie gegen mich aufzuhetzen!«

»Vermutlich versucht er, uns BEIDE gegeneinander auszuspielen. Bis wir kein Vertrauen mehr ineinander haben und unser Vorhaben aufgeben.«

»Dieser gemeine Widerling! Aber ich sage Ihnen, denken Sie nicht so von mir! Zweifeln Sie nicht eine Sekunde länger, ich bitte Sie!«

»Das Gleiche möchte ich Ihnen ans Herz legen.«

»Wir geben uns also ein Ehrenwort?«

»Ehrenwort. Bei meiner Ehre!«

»Sehr gut! Dann lassen Sie uns diesen Herrn Zweifel gemeinsam in den Wind schlagen.«

»Gemeinsam können wir ihn besiegen.«

»Jawohl! Wir werden nicht zulassen, auf ewig seine Sklaven zu sein. Soll er nur kommen! Wie sieht er überhaupt aus?«

»Er könnte alle möglichen Gestalten annehmen. Die eines Drachen mit Dornen am ganzen Körper. Oder vielleicht ist er nur ein gestaltloser Windhauch, leichenblass und durchlässig wie ein Gespenst.«

Den Professor schüttelte es am ganzen Körper. Und mit bebender Stimme fragte er: »Was müssen wir tun, um ihm den Garaus zu machen?«

Wieder durchbohrte die Stimme des Zweifels seine Ohren, lauter und stärker als zuvor.

Warum fragen Sie immer wieder diesen Möchtegernkünstler um Rat? Haben Sie verlernt, selbstständig zu denken? Sind Sie zu einer Marionette unbestimmbarer Kräfte geworden?

Der Professor atmete tief ein und aus. Nicht hinhören. Einfach nicht hinhören. Es war nur eine Stimme – er brauchte ihr kein Gehör zu geben.

»Gehen wir weiter!«, sagte er.

Vertrauen Sie ihm nicht!, dröhnte es in seinen Ohren.

Ration Rücke erstarrte wie ein Eisklotz.

»Aber warum nicht? Warum sollte ich ihm nicht vertrauen können?«, fragte er verunsichert.

»Reden Sie nicht mit dem Zweifel, Herr Rücke! Ignorieren Sie ihn!«

Doch der Zweifel wusste genau, wo Rückes wunde Stellen lagen. Seine Unsicherheit, seine heimlichen Ängste. Ihm blieb nichts davon verborgen, und in jeden Gedanken bohrte er sich hinein wie die messerscharfen Krallen eines Tieres.

Sie wissen, warum. Sie können diesen Gedanken nicht ewig verdrängen. Dieser Tagedieb ist gefährlich. Er hat vor, aus Ihnen einen dämlichen Kasper zu machen, und aus der Villa Ego ein Affentheater. Er will, dass Sie Sinn und Unsinn nicht mehr auseinanderhalten können. Er will, dass Sie den Blick für das Wesentliche verlieren. Er will, dass Sie nicht mehr wissen, was wahr ist und was nicht. Ich warne Sie! Ich warne Sie jetzt, wo Sie noch bei klarem Verstand sind und noch nicht den letzten Rest Ihrer Urteilsfähigkeit eingebüßt haben. Wenn Sie in diese Richtung weitergehen, dann werden Sie vergessen, wer Sie sind! Sie werden Traum und Wirklichkeit nicht mehr auseinanderhalten können!

Sinn und Unsinn … Was ist wahr?

»Nein!«, Ration Rücke wich unweigerlich einen Schritt zurück. »Nein! Das alles ist ein Spiel! Es ist wahr, Dicabolo hat eine Schwäche für Unsinn, aber … aber er ist mein Joker!«

Sie stützen sich blindlings auf eine Lüge, wenn Sie das glauben!

Der Professor atmete ein paarmal tief durch. Dann stammelte er verängstigt, aber dennoch mit fester Stimme: »Dicabolo spielt ein seltsames Spielchen. Das gebe ich offen zu. Ich weiß ja selbst nicht, was er vorhat. Aber … ich habe mich entschlossen, von jetzt an *jeden Pinselstrich* von ihm gelten zu lassen. Ich werde ihm vertrauen. Und ich werde diese Geschichte nur gemeinsam mit ihm schreiben.«

Ration Rücke spürte den Herrn Zweifel in seinem Nacken. Er fühlte, wie die Kälte ihm unter die Haut bis in die Knochen drang. Und wie seine eisige Schattenstimme ihm ins Ohr flüsterte:

Dann haben Sie sich gerade ins Verderben geschrieben.

Genau in diesem Moment kam ein heftiger Windstoß auf.

Der Wind! *Den Zweifel in den Wind schlagen.* Ration Rücke erkannte, dass das ein Zeichen war. Der Zeitpunkt war gekommen, in dem er alle Zweifel in den Wind schlagen musste. Ganz radikal, und zwar für immer.

Er konnte den Zweifel weder sehen noch greifen, aber er konnte ihn fühlen. Und als der Wind ihn packte und mit sich fortriss, konnte der Professor ihn fluchen und protestieren hören. Weit, weit fort trug er ihn, und seine Stimme wurde schwächer und schwächer, bis sie irgendwo hinter den Bergen des Nebelgebirges verhallte. Dann wurde es still im Modermoor. *Zu* still.

»Dicabolo?«

Ration Rücke sah sich nach allen Seiten um. Von seinem Kollegen fehlte plötzlich jede Spur.

Da überkam ihn eine wilde Angst, und mit ihr das Gefühl, betrogen worden zu sein. Was war passiert?

Hatte der Zweifel Dicabolo mit sich fortgerissen? Oder – und diesen Gedanken fand er fast noch schlimmer – hatte sich der Künstler allein aus dem Staub gemacht? Aber wie könnte er ihn nach alldem im Stich lassen?!

»Nein, das kann nicht sein. Das hätte er nicht getan, nicht jetzt! Nicht nach seinem Ehrenwort. Er ist vielleicht unfähig, Termine einzuhalten, aber ein Ehrenwort, das würde er doch nicht brechen.«

Der Professor versuchte sich selbst zu beschwichtigen. Vielleicht war das Teil eines größeren Plans, den er noch nicht durchschaute? Vielleicht war es eine Mutprobe? Genau! Wahrscheinlich wurde er tatsächlich von seinem Nachbarn auf die Probe gestellt, damit Dicabolo sehen konnte, wie ernst es ihm war. Er hatte schließlich gerade den Zweifel in den Wind geschlagen!

Ein heller Blitz zuckte über den schwarzgrauen Himmel. Ein schaurig grollender Donner folgte. Regentropfen fingen an, in einem fort heftig niederzuprasseln.

Der Professor, dessen Kleidung ohnehin schon von Schweiß und Schlamm durchnässt war, hätte den Regen vielleicht als wohlige Dusche gesehen, wären die Tropfen nicht schmutzig und eiskalt gewesen.

Da fasste er instinktiv einen Entschluss. Wie von einer Biene gestochen rannte er davon. Da entdeckte er inmitten des Dornengestrüpps die rote Farbe eines seidenen Fadens aufleuchten. Da lag er, der rote Faden, direkt vor seinen Füßen. Er schlängelte sich den steinigen Pfad entlang, bis hinein in eine Höhle, die unter einem Baumstumpf verborgen lag.

»Nun bin ich tatsächlich doch froh, ihn zu sehen!«, rief der Professor und rannte so schnell er konnte auf die Höhle zu. Hastig kroch er hinein und blickte in einen dunklen Tunnelgang, der in das Innere der Erde zu führen schien. Das Ende des roten Fadens verlor sich in den Tiefen der Dunkelheit. Der Professor atmete tief und

entschlossen ein. Er war jetzt von einem ungewohnten Drang erfüllt, weiterzukommen.

»Also gut. Ich bin hier. Und ich habe keine Ahnung, wo das Ende dieses Tunnels ist, aber ich werde den Zeichen folgen. So lange, bis irgendwann vielleicht ein Ende in Sicht ist. Und bis ich Dicabolo wiederfinde.«

Entschlossen nahm er den roten Faden in seine Hände und ließ sich von ihm in den Tunnel führen. Weiter und weiter ging er, bis die Luft zunehmend stickiger wurde und sich ein leises Schwindelgefühl in ihm ausbreitete.

»Moder und Schlamm! Ich kann die schwarzen Vögel schon regelrecht riechen«, murmelte er. Er war sich nun ziemlich sicher, dass der Faden ihn auf direktem Weg zu den Schattenvögeln führte. Woher er das wusste, konnte er nicht sagen. Es war wie eine dunkle Ahnung, die sich nicht leugnen ließ. »Wahrscheinlich warten sie bereits im Innern des Berges auf mich.«

Ration Rücke nahm all seinen Mut zusammen und stapfte weiter.

Kapitel 12
Die Grotte der dunklen Gefühle

Die trostlose Höhle führte den Professor tiefer und tiefer in das Innere der Erde hinein. Der Tunnelarm wurde zunehmend enger und stickiger. Schließlich traf er auf eine Gabelung, wo sich der Weg in zwei Richtungen teilte. An dieser Stelle endete auch der rote Faden. Der Professor musste also selbst entscheiden, in welche Richtung er weitergehen wollte. Da die beiden Wege sich wie ein Ei dem anderen glichen, ging er nach rechts, ohne weiter darüber nachzudenken. Bald darauf stieß er an eine weitere Gabelung, und so ging es noch eine ganze Weile weiter. Wahllos nahm er mal eine Biegung nach links, dann wieder nach rechts. Kreuz, quer, geradeaus. Er fühlte sich wie in einem Labyrinth, das kein Ende zu nehmen schien. Der Professor wusste bald nicht mehr, wie lange er bereits unterwegs war, geschweige denn, wie er jemals wieder den Ausgang finden sollte. Er musste sich eingestehen, dass er sich bereits beträchtlich verirrt hatte. Warum war er nicht wenigstens einem System gefolgt, als er losmarschiert war?! Doch nun war es zu spät. Er musste einfach darauf vertrauen, dass er schon irgendwo ankommen würde. Auch, wenn er keinen Plan, keine Landkarte und keinen Kompass hatte.

Nach einer gefühlten Ewigkeit gelangte er an einen unterirdischen See. Dort ließ er sich erschöpft am Boden nieder und hörte seinem eigenen, rasselnden Atem zu.

»Verdammt. Wäre hier doch wenigstens ein wenig Licht!«, schimpfte Ration Rücke, aber kein Geist schien ihm freundlich genug gesinnt zu sein, um seinen Wunsch zu erfüllen. Kein Wunder. Er war hier am Fluss der Gefühle schließlich nur ein fremder Wanderer. Ein ungewöhnlicher Eindringling aus der Geistigen Etage. Und vielleicht war er hier unten genauso fehl am Platz wie ein Eisbär im Amazonas-Dschungel. Von der Nasenspitze, über seine rechteckige Brille bis hinunter zu seinen Stiefeln war er hier unerwünscht. Und trotzdem hatte ihn sein Weg genau hierhergeführt.

Da begannen plötzlich die Höhlenwände um ihn herum zu vibrieren. Und eine tiefe Stimme hallte flüsternd aus den Wänden.

Du bist also tatsächlich gekommen. Ich kann nicht leugnen, dass wir überrascht sind. Wir hatten nicht erwartet, dass du den Mut aufbringst, dich so weit in die Finsternis hinabzuwagen.

Ration Rücke sprang wieder auf die Beine und blickte sich suchend um. Da erkannte er, dass er nicht mehr allein hier unten war.

»Die Schattenvögel!«, rief er und seine Augen weiteten sich. Überall an den Höhlenwänden tummelten sich die Schattengestalten. Aus allen Richtungen blickte er in ihre starren, leeren Gesichter. Ganz so, als stehe er in der Mitte eines riesigen Amphitheaters, aus dem es für ihn kein Entkommen mehr gab. Er stand im Zentrum der Aufmerksamkeit und kam sich fürchterlich deplatziert vor. Ihn fröstelte, während er sich um seine eigene Achse drehte, um möglichst alle Vögel im Blick zu behalten.

»Ihr habt also hier auf mich gewartet. Nun, ich muss zugeben, dass ich auch von mir selbst überrascht bin. Noch vor wenigen Tagen hätte ich mir das selbst nicht zugetraut. Ich hätte mich sogar für verrückt gehalten. Aber hier bin ich nun; ich, der Professor der Geistigen Etage, die Ratio höchstpersönlich.« Er schluckte. »Und

ein roter Faden hat mich nach unten, hierhergeführt. Ich bin gekommen, um euch anzuhören.«

Wir haben darauf gewartet, dass du kommst. Wenn du in unsere Gesichter siehst, siehst du keine Fremden. Du siehst deinen eigenen Schatten.

Ration Rücke vermied es jedoch, die Schattengestalten allzu genau anzusehen.

»Sagt mir, ihr Vögel, warum habt ihr den Fluss der Emotionen in eine dreckige, schwarze Schlammsuppe verwandelt?«

Um dir zu zeigen, dass das Herz nicht nur ein heller und lichter Ort ist. Wenn wir vom Herzen sprechen, stellen wir es uns meistens freundlich und einladend vor. Die meisten wollen nur die lichte Seite sehen und versuchen, die dunkle Seite zu verdrängen. Sie wird ignoriert, totgeschwiegen, verheimlicht und als etwas Unerwünschtes betrachtet.

»Ja … Auch ich habe mir die Landschaft des Herzens etwas anders vorgestellt. Ich gebe zu, ich habe ein bisschen mehr Licht und Freundlichkeit erwartet. Dass ich in eine dunkle Grotte hinabsteigen muss, stand nicht auf meiner Wunschliste.«

Das Herz hat viele Gesichter.

»Ja, das ist wohl wahr. Und ich beginne mich damit abzufinden. Ich fange sogar an, zu akzeptieren, dass diese Geschichte nicht nach meinen Wünschen verläuft. Sie hat ihren eigenen Willen. Und anscheinend wollte sie diesmal, dass ich mit euch rede. Also … Erzählt mir mehr über euch. Was hält euch an diesem düsteren Ort?«

Ration Rücke wurde immer mehr klar, dass der Schlüssel seines Erfolgs in der Kommunikation lag. Solange er vernünftig mit den Vögeln sprechen würde, würden sie ihn nicht attackieren.

Du hast uns schon vor sehr langer Zeit an diesen verwunschenen Ort verbannt, mit dem Ziel, uns loszuwerden. Wir fristen ein Schattendasein im Dunkeln, aber dort wachsen wir. Mit vereinten

Kräften drücken wir gegen diese Höhlenwände. So erzeugen wir einen Druck, bis wir sie irgendwann zum Einsturz bringen.

»Und dann? Was passiert, wenn ihr die Höhlenwände erstmal zum Einsturz gebracht habt?«

Dann bricht der Damm. Dann kommt es zu einem Wutausbruch. Oder zu einem anderen emotionalen Ausbruch. Trauer, Angst und Panik werden überwältigend und schwappen wie eine Flutwelle durch die ganze Villa. Dann können die Schatten nicht länger totgeschwiegen werden.

Der Professor schluckte vernehmlich. Was, wenn er zusammen mit den Vögeln in der einstürzenden Höhle begraben werden würde? Nein, er durfte nicht daran denken. Er musste sich zusammenreißen, einen kühlen Kopf bewahren!

Ich frage dich, Ration Rücke, im Namen meiner Brüder und Schwestern: Wirst du uns helfen? Wirst du uns aus dieser Modergrotte befreien? Lange haben wir hier unten unser jämmerliches Dasein gefristet, als unterdrückte Emotionen und verbotene Wünsche. Doch es ist an der Zeit für uns zu gehen. Und du kannst uns aus diesem Dasein erlösen.

»Wie kann ich das tun, ohne Unheil heraufzubeschwören? Ich will nicht, dass es zu einem Wutanfall kommt. Oder zu irgendeinem anderen emotionalen Wirbelsturm. Ich will keine gefährlichen Kräfte entfesseln und die Konsequenzen dafür tragen müssen!«

Ein vielstimmiges Murmeln raunte durch die Menge der Schattenvögel. Bei dem Professor erzeugte das eine Gänsehaut, und seine wenigen Haare richteten sich zu Berge.

Wir werden nur gefährlich, wenn du versuchst, gegen uns zu kämpfen. Wir haben nur ein Ziel — wir wollen vorurteilslos angehört werden.

»Das ist alles?«

Das ist alles. Dazu müssen wir in das riesige Meer zurückgebracht werden, aus dem wir kommen. Dort, wo alle

Emotionen ihren Ursprung haben. Dort, wo nichts bewertet wird und jede Emotion so sein darf, wie sie ist. Wir wollen wieder eine Heimat finden.

»Was kann ich tun, um euch dorthin zurückzubringen?«

Siehst du den See, an dem wir uns befinden, Ration Rücke? Du musst in das Wasser springen und uns helfen, die Quelle des Lichts zu suchen.

»Ein Licht? Unter Wasser?«

Ja, dort unten in den Tiefen des Sees, so heißt es, dort liegt das Tor der Stille. In diesem Tor liegt die Kraft der Wandlung. Dort wird Licht zu Schatten und Schatten zu Licht. Wenn du das Tor der Stille findest, können wir darin erlöst werden.

»Ich weiß nicht, ob ihr mich vielleicht überschätzt. Ich muss euch doch zumindest gestehen, dass ich nicht schwimmen kann, geschweige denn auf den Grund eines Sees tauchen!«

Das ist einerlei. Du kannst es schaffen.

Der Professor war davon nicht wirklich überzeugt.

»Ich kann keine Wunder vollbringen«, stotterte er verlegen, aber mehr traute er sich nicht zu sagen.

Du vielleicht nicht, flüsterten die Schattenvögel, *aber dein Freund, der Künstler, bestimmt.*

Da hörte der Professor plötzlich ein heftiges Rumpeln aus den Höhleninneren. Kleine Steine prasselten von den Wänden herunter.

»Oh …«, flüsterte der Professor. Hatten die Schattenvögel ihre Worte wahrgemacht und in vereinter Kraft die Wände zum Einsturz gebracht? Hatten sie ein Erdbeben ausgelöst, das den Professor unter den Trümmern begraben würde?

Aber nein!

Es war der Pinsel des Künstlers, der sich da unerwartet seinen Weg nach unten bahnte!

Der Professor erkannte ihn sofort an den Flecken schillernder Regenbogenfarben, die sogar in der Dunkelheit hell aufleuchteten.

»Ein Zeichen von Dicabolo! Er muss also in der Nähe sein!«

Dicabolo hatte ihm seine Unterstützung gesandt. Der Professor geriet ganz aus dem Häuschen, und die Erleichterung durchflutete ihn wie eine warme Welle. Aufgeregt streckte er die Hand nach dem hölzernen Stiel des Pinsels aus.

Der Pinsel landete in Ration Rückes geöffneter Hand. Doch sobald der Professor seinen Griff festigen wollte, übernahm der Pinsel selbst die Führung. Er schoss mit einem Satz in die Höhe, und der Professor wurde von ihm durch die Luft gewirbelt. Er war von dieser gewaltigen Kraft so überrascht, dass er sich nicht dagegen wehren konnte. Nur seine Verwirrung hinderte ihn daran, den Pinsel wieder loszulassen.

Ehe Ration Rücke es sich versah, hatte der Pinsel ihn mit der Nase voran ins Wasser geworfen.

Kapitel 13
Der unterirdische See

Tiefer und tiefer wurde der Professor in Richtung des Seegrundes gezogen. Um ihn her sprudelten riesige Blasen auf.

Hinter ihm klammerten sich die schwarzen Schattenvögel am Ende des roten Fadens fest, der sich aus eigenem Antrieb um Ration Rückes Bein gewickelt hatte.

Der Pinsel bestimmte die Richtung des langen Zuges mit solcher Zielsicherheit, als sei er schon viele Male in dieser Unterwasserwelt gewesen. Er schien genau zu wissen, wo er hinwollte. Er hatte außerdem eine Blase um den Professor errichtet, sodass dieser unter Wasser sehen und atmen konnte.

Als Ration Rücke vorsichtig die Augen öffnete, überraschte ihn der plötzliche Farbenreichtum. Er hatte damit gerechnet, dass alles stockfinster sein würde. Doch nun breitete sich vor seinen Augen eine prächtige Unterwasserwelt aus, die ihn so faszinierte, dass ihm trotz der Schutzblase beinahe die Luft wegblieb.

Unter der Oberfläche des Sees herrschte ein geschäftiges Treiben. Ein paar Krabben und Käfer rasten geschwind an ihm vorbei. Würmer und anderes Getier wirbelten Schlamm auf, wenn sie sich in den Sand buddelten. Der Boden war abgestuft wie ein unterirdisches Reisterrassenfeld, doch das Zentrum musste noch sehr weit entfernt in der Tiefe liegen, denn man konnte den Meeresgrund nicht sehen.

Je länger der Professor umherschaute, desto mehr begann das Leben vor seinen Augen zu pulsieren. Er sah Seesterne, Seepferdchen, Fische über Fische mit außergewöhnlichen Schuppenmustern. Korallen, die die schwarzen Felsen in allen erdenklichen Farben sprenkelten. Es war, als würde Dicabolos Pinsel die Landschaft erschaffen, während er durch das Wasser zog. Überall, wo das Licht des Pinsels auf eine kahle Stelle fiel, entstanden sofort neue Formen und neue Lebewesen wie aus dem Nichts.

»Nun weiß ich auch, was Dicabolo meinte, als er dem Pinsel sein Eigenleben zuschrieb«, dachte der Professor, während er staunend die neuen Eindrücke in sich aufsog.

Sein Sehsinn wurde durch die vielen grellen Farben mächtig überreizt. Doch sein Gehör war von vollkommener Stille umgeben.

Das Wasser schien jeden Ton, jedes Geräusch zu verschlucken. Alles, bis auf ein leises Singen, von dem der Professor nicht feststellen konnte, woher es kam – es schien eher aus seinem Inneren als von außen zu kommen. Oder vielleicht spielten ihm seine Ohren auch einen Streich.

»Wie ich sehe, sind Sie gut angekommen. Na ja, zumindest, wenn man von Ihren heftigen Kratzbeulen und Schürfwunden einmal absieht.«

Die Stille wurde durchschnitten, von einer dem Professor nur allzu bekannten Stimme.

»Dicabolo!«

Die zierliche Gestalt des Künstlers trat zwischen zwei schwarzen Felsen hervor. Mit seiner bunten Kleidung fügte er sich nahtlos in das Bild der farbigen Unterwasserlandschaft ein. Und anders als Ration Rücke brauchte er anscheinend keine Schutzblase zum Atmen.

»Willkommen im unterirdischen See, Herr Professor – oder auch dem *See der Stille*. Wieder ein neuer Ort, der uns tiefer in die Landschaft des Geistes, oder besser, in die Landschaft des *Herzens*, hineinführt.«

Der Professor wollte etwas erwidern, doch er verschluckte sich in seiner Hast und brachte nicht mehr als ein krächzendes Husten heraus.

Der Pinsel in seinen Händen schien vor Freude ganz durchzudrehen. Er zog wilde Kreise um seine eigene Achse und schleudere damit den Professor hin und her. Erst, als er sich wieder beruhigt hatte, schwamm die Karawane gezielt in eine Richtung weiter.

Und gemeinsam erreichten sie schließlich einen unterirdischen Strand, an dem Muscheln jeglicher Größe und Form auf dem Sandboden verstreut lagen. Je weiter sie schwammen, desto größer wurden die Schalen, bis sie am Ende vor einer menschengroßen Muschel zum Halt kamen.

Der Professor stieß einen leisen Pfiff aus. »Diese Muschel könnte beinahe ein kleines Haus sein!«

Die Schale der Muschel war über und über mit feinen Ornamenten und Mustern verziert. Ein heller Sonnenstrahl fiel direkt auf sie, ganz wie der Scheinwerfer einer Bühne.

»Ich möchte wissen, was in ihr verborgen liegt«, flüsterte Ration Rücke.

»Das Tor der Stille, Herr Professor.«

»Das Tor, von dem mir die Schattenvögel aufgetragen haben, es zu finden? Aber wie lässt es sich öffnen?«

Die Schattenvögel, die an dem roten Faden hinter dem Professor entlanggezogen wurden, hatten alles stumm mit angesehen. Nun, da die Muschel in ihr Sichtfeld geriet, wurden sie zum ersten Mal etwas unruhig.

»Versuchen Sie nicht, die Schale aufzubrechen«, flüsterte Dicabolo warnend. »Die Muschel wird sich von allein öffnen … wenn sie will.«

Ein finsteres Raunen drang durch den Schattenschwarm. *Sie soll sich öffnen!*

»Wenn man versucht, sie mit Gewalt aufzubrechen, dann wird sie sich umso fester verschließen«, gab Dicabolo zurück.

Der Professor wurde ein wenig nervös. »Es wird doch wohl einen Weg geben, dass diese Muschel sich freiwillig öffnet? Man kann das Licht ja schon förmlich daraus hervorstrahlen sehen!«

Doch Dicabolo hielt den Professor zum Schweigen an. Soeben hatte er in der Ferne zwei Gestalten gesichtet. Ration Rücke wies die Schattenvögel an, hinter einem Dickicht aus Algen in Deckung zu gehen. Denn vielleicht war es klüger, sie vor unbekannten Blicken abzuschirmen.

»Das sind zwei Delfine«, flüsterte der Künstler und deutete auf die zwei schwimmenden Punkte. »Ein Schwarzer und ein Weißer!«

Und da sah der Professor sie auch. Ein schwarzer und ein weißer Delfin mit langen Flossen und lächelnden Gesichtern umschwammen die Muschel, jagten gegenseitig ihren Schwänzen hinterher, sodass sie sich immer wieder um die Muschel herum im Kreis drehten. Sah man diesem Spiel für eine Zeit zu, wirkte es, als würde es nur einen einzigen Delfin geben, der jeden Augenblick seine Farbe von Schwarz zu Weiß und von Weiß zu Schwarz änderte.

»Yin und Yang?«, fragte der Professor vorsichtig und schaute unsicher zu Dicabolo.

»Licht wird zu Schatten und Schatten zu Licht.«

»Was treiben die beiden da?«

»Sie spielen, was sonst?«

Als die Delfine ihn bemerkten, hielten sie kurz inne und schwammen dann in einem schnellen Tempo kreuz und quer und in Zickzack-Linien. Ration Rückes Augen hatte deutlich Mühe, mit ihnen mitzuhalten. Schließlich gab er es auf, da ihm der Kopf zu schwirren begann.

Ein leises Kichern drang an seine Ohren. Da kamen die Delfine schließlich rechts und links von ihnen zum Halt und schauten sie mit freundlichen Gesichtern an. Dem Professor fiel auf, dass der schwarze Delfin eine noch nicht allzu alte Verletzung an der rechten Flosse hatte.

»Wie ist das passiert?«, fragte er und deutete auf die frische Blutkruste.

»Jäger«, zwitscherte der Delfin.

»Oh? Dann müssen wir auf der Hut sein?«

»Keine Sorge. Ihr seid nicht in Gefahr. Nun, da ihr hier seid, gibt es Wichtigeres zu besprechen. Wir wissen, dass ihr mit einem Auftrag gekommen seid, der diese Muschel betrifft. In ihr liegt das Tor der Stille. Sie wird sich bald für euch öffnen. Wenn ihr ehrlich genug seid, euch selbst zu öffnen.«

»Wie meint ihr das?«, fragte der Professor verständnislos.

»Ihr seid nicht allein hergekommen.«

Die Delfine blickten die beiden Männchen unverwandt an.

»Wo sind die Schattenvögel?«, fragten sie dann und deuteten auf das Pflanzengeflecht.

Dicabolo wandte sich um und rief an die Vögel gewandt: »Es ist Zeit, die Schatten nicht länger zu verstecken!«

Sehr langsam und vorsichtig kamen die Schattenvögel aus ihrem Versteck hervorgeglitten.

Der Professor schaute stumm zu, wie die schwarzen Wesen mit den krummen Schnäbeln sich den beiden Delfinen näherten. Behutsam führten diese die Schattenvögel bis vor die hausgroße Muschel, und der weiße Delfin stupste die Schale mit der Spitze seiner Schnauze an.

Da leuchtete eine Inschrift auf dem festen Muschelpanzer auf:

Wie ein riesiger Schlund öffnete sich die Muschel, und im Nu wurde der Professor von dem daraus hervorschießenden Lichtstrahl so heftig geblendet, dass er schleunigst den Blick abwenden musste. Dabei hätte er doch so gerne gesehen, was nun geschah!

Die Schattenvögel, die eben noch mit glasigen Augen in die Gegend geblickt hatten, breiteten jetzt ihre Flügel wie zu einer herzlichen Umarmung aus. Ein unerwartetes Strahlen huschte über ihre Gesichter, und auf einmal wirkten sie gar nicht mehr hässlich und angsteinflößend. Gemeinsam schwebten sie geradewegs in das wärmende, weiße Licht hinein.

Während sich dieses Schauspiel vollzog, begann die zarte Melodie, die der Professor vorhin schon ganz leise wahrgenommen hatte, immer lauter und lauter zu werden. Derweil begann Dicabolo leise ein Gedicht zu zitieren, das er schon einmal gehört hatte:

Der einzige Ausweg zum Besiegen des Bösen
Ist der Weg durch die Grotte, um uns zu erlösen.
Denn Licht wird zu Dunkel und Dunkel zu Licht,
Wenn der Zauber der Wandlung
Die Mauer zerbricht.

Was jetzt folgte, war das bunte und laute Aufflackern eines Feuerwerkes. Nicht etwa aus Flammen, sie befanden sich schließlich immer noch unter Wasser, sondern aus sprudelnden Blasen. Die Erde bebte und der Untergrund wurde von einem heftigen Donner erfüllt. Der Professor

sah die Vögel in dem gleißenden Lichtstrahl baden. Ihre Umrisse begannen sich zu verflüssigen, bis sie schließlich vollständig in dem gleißenden Licht verschwunden waren.

»Herr Kollege, die Schattengeister haben sich in Luft ... äh ... in *Licht* aufgelöst!«

»Sie sind durch das Tor der Stille gegangen. Gute Arbeit, Herr Professor!«

Dicabolo packte Ration Rücke von hinten an der Schulter und deutete mit seiner rechten Hand auf die Muschel.

Die Hände schützend vor die Augen haltend, versuchte der Professor, das Licht abzuschirmen, ohne ganz den Blick davon abzuwenden.

Die geheimnisvolle Melodie wurde lauter und immer lauter, und dann begann sich eine bronzene Stimme darunter zu mischen.

Ihr beide habt eure Schatten mit Respekt behandelt. Damit habt ihr eine wichtige Aufgabe gelöst, denn sie heißt, erkenne dich selbst – dazu gehört es auch, seinen eigenen Schatten zu erkennen und nicht zu verstoßen. Das Tor der Stille kann alles verwandeln. Nun ist es an der Zeit, euch mit einer neuen Aufgabe zu betrauen. Sie ist eine Fortsetzung von dem, was ihr bereits in die Wege geleitet habt. Nehmt das Geschenk in Ehren und behandelt es weise.

Der Professor schaute fragend den Künstler an. Der war bereits auf die Muschel zu geschwommen und holte etwas aus ihrem Innern heraus.

Was das wohl sein mochte? Ein Schlüssel zu einer verborgenen Kammer? Eine glitzernde Perle von unmessbarem Wert? Oder etwas ganz anderes, das von besonderer Bedeutung war? Der Professor wurde ganz hibbelig. Ungeduldig wartete er darauf, dass Dicabolo ihm den geheimnisvollen Schatz offenbaren würde.

Als er wieder neben ihm stand, öffnete Dicabolo seine Faust. Vier kleine Samenkörner blitzten in seiner Handfläche auf.

Ration Rücke schaute verdutzt drein. Er wollte es sich zwar nicht eingestehen, doch er war ein wenig enttäuscht. Er hatte etwas Spektakuläres und – nun ja – *Größeres* erwartet. Aus seinem Blick sprach Unverständnis. »Wozu ist das denn?«

»Es sind Samen des Herzens! Ich denke, wir sollen sie einpflanzen«, entgegnete Dicabolo.

»Dass man sie einpflanzt, hätte ich mir auch zusammenreimen können. Aber was soll denn bitte daraus wachsen?«

»Bestimmt etwas Gutes. Aber zuerst einmal müssen wir fruchtbaren Boden für sie finden.«

»Dann sollten wir an die Oberfläche zurückkehren.«

Kaum hatte der Professor das gesagt, kamen die beiden Delfine, die so sehr dem chinesischen Yin- und Yang-Symbol glichen, auf sie zu geschwommen. In stillem Einverständnis setzten sich die beiden Männchen auf ihre Rücken und wurden von ihnen zurück nach oben getragen. Dicabolos Pinsel hatte sich derweil wieder treu und passiv hinter dessen Ohr geklemmt. Nicht lange, da erreichte ihre kleine Gruppe die Wasseroberfläche. Die beiden Männchen tauchten auf und schnappten begierig nach Luft.

Die Delfine jedoch tauchten ohne ein Wort des Abschieds wieder in die Tiefe hinab.

Japsend versuchte der Professor sich in den Wellen zu orientieren. Das helle Sonnenlicht blendete ihn.

»Moment mal … Sonnenlicht?«

Er war doch in einer dunklen Grotte nach unten getaucht!

»Das Meer! Das offene, weite Meer, Herr Professor!«, rief Dicabolo. Seine Stimme wurde fast gänzlich vom Rauschen der Wellen übertönt. »Wir haben einen Ausweg aus der dunklen Grotte gefunden und sind mitten im Meer der Emotionen wieder aufgetaucht!«

»Sind diese Delfine denn noch ganz bei Sinnen?! Wie unverschämt, uns einfach hier in dieser Leere abzusetzen!«

»Wir werden schon festes Land finden – jetzt geht es erst mal darum, ruhig zu bleiben!«

»Ruhig?! Ich dachte, das Schlimmste hätten wir hinter uns, und jetzt das!«

»Jedenfalls können wir davon ausgehen, dass wir die Gefahr einer Schreibblockade ein für alle Mal gebannt haben – der Schreibfluss fließt in das riesige Meer zurück, aus dem er stammt!«

»Vortrefflich, ja! Bis auf die Tatsache, dass ich hier nirgendwo eine Küste sehe, geschweige denn eine Insel! Die Schreibblockade ist also gebannt – fabelhaft! Aber sollen wir hier in dem weiten Meer etwa ertrinken?!«

Der Professor blickte panisch in alle Richtungen. Da war nichts, nichts als Wasser weit und breit. Er hatte keinen sicheren Halt, das Schwimmen war für ihn kräfteraubend, und die Wellen machten es nicht gerade einfacher. Da überkam ihn plötzlich wilde Panik. Hektisch ruderte er mit den Armen herum, getrieben von der Angst, wieder unterzugehen.

»Legen Sie sich auf den Rücken und entspannen Sie sich!«, schrie Dicabolo, doch auch er klang etwas aufgeregt, denn er hatte große Mühe, sich Gehör zu verschaffen. Außerdem hielt er in seinen Händen immer noch die Samenkörner des Herzens, die er natürlich nicht verlieren wollte. Glücklicherweise hatte er einen starken Willen, und sein Pinsel wusste genau, dass er eingreifen musste. Er sprang in Dicabolos linke Hand, und der Künstler fuchtelte überschwänglich damit in der Luft herum, bis ein Baumstamm aus der Pinselspitze herausgeschossen kam. Keuchend paddelte der Künstler auf das schwimmende Stück Holz zu und klammerte sich daran fest. Dann klemmte er sich den Pinsel zurück hinters Ohr und streckte dem Professor seine helfende Hand entgegen. Prustend und schwer atmend wurde der Professor von Dicabolo auf den Baumstamm gezogen. Er war überwältigt, denn er war dem Ertrinken sehr

nahe gewesen. Der Schock saß noch tief, und es fiel ihm schwer, sich zu beherrschen.

»Na toll! Ein Baumstumpf! Hätte Ihr Pinsel nicht besser ein Boot hervorzaubern können? Ein Schiff wäre noch besser gewesen! Aber dafür reichen Ihre kreativen Zauberkräfte wohl nicht aus?!«, platzte es wütend aus ihm heraus.

»Nun aber langsam, fahren Sie wieder einen Gang runter! Sie wühlen das Wasser auf!«

»Jetzt geben Sie auch noch *mir* die Schuld daran, dass das *Meer* aufgewühlt ist?!«

»Herr Professor, das Wasser wird sich nicht beruhigen, ehe wir nicht zur Ruhe kommen! Es ist das Meer der Emotionen, vergessen Sie das nicht! Es ist unser Spiegel.«

Der Professor biss wütend die Zähne zusammen, um sich ein weiteres Wort zu verkneifen. Eigentlich hätte er dem Künstler ja dankbar sein müssen. Ein Baumstumpf war immerhin besser als gar nichts. Aber diese missliche Lage brachte das trotzige Kind in ihm zum Vorschein. Außerdem war er sich sicher, dass der Pinsel zu mehr in der Lage gewesen wäre.

Nun waren sie also mitten im riesigen Meer der Emotionen gelandet. Einem endlosen Ozean, und bei sich hatten sie nichts als einen Pinsel, einen modrigen Baumstumpf und vier kleine Samenkörner, deren Sinn ihm noch völlig schleierhaft war – wie sollte er sich da zusammenreißen?

»Da wir hier weit und breit die einzigen sind, sollten wir uns jetzt nicht auch noch zerstreiten«, rief Dicabolo und fuhr sich durch seine triefnassen Haare. Der Professor wurde von Erschöpfung überwältigt. Unwillkürlich musste er an sein kleines, verstaubtes Büro zurückdenken, das ihm nun plötzlich angenehm sicher und warm erschien. Ob er diese vertrauten vier Wände je wiedersehen würde? Oder würde ihn die Geschichte so weit in diese unbekannte Wildnis

tragen, dass es keine Aussicht auf Rückkehr für ihn gab? Mit diesem Gedanken schlief er ein, und er sah auch nicht mehr, wie Dicabolo eine Wörterkette aus dem Meeresstrom angelte, auf der es hieß:

Wir lassen nie vom Suchen ab, und am Ende unserer Reise kommen wir wieder dort an, von wo wir aufgebrochen sind. Doch es wird sein, als würden wir diesen Ort zum ersten Male sehen.

Dicabolo nickte versonnen und murmelte zu sich selbst: »In der Tat. Aber bevor es soweit ist, werden wir unsere Reise noch ein Stück fortsetzen.«

Zwischenspiel

Blau, so weit das Auge reichte. Der endlose Ozean erstreckte sich bis zum Horizont. Nur wenn man ganz genau hinsah, konnte man in der Ferne einen grün-violett schimmernden Punkt erkennen, der hin und her tanzte und dabei immer näher kam …

Dicabolo hatte bereits auf die Ankunft des Kolibris gewartet.

»Ihr seid weit gekommen«, zirpte der kleine Vogel.

»Ja, ich bin selbst überrascht. Und ich freue mich, dass der Professor für eine Überraschung gut gewesen ist. Er hat sich tatsächlich – und sogar allein! – in die Höhle der Ängste gewagt!«

»Aber nun ist er uns in Ohnmacht gefallen.«

»Anbetracht unserer Lage ist ihm … äh … ein bisschen der Mut abhandengekommen. Er glaubt, dass wir hier auf dem riesigen Ozean verloren sind. Zugegeben, eine gekenterte Schiffsmannschaft könnte kaum besser dran sein als wir.«

»Verständlich. Aber es ist gut, dass der Professor erst lernt, in dem Meer der Emotionen zu schwimmen, bevor er wieder festen Boden unter den Füßen gewinnt.«

»Doch ich sehe bald die Zeit kommen, in der wir Wurzeln schlagen werden, mein Freund. Denn, stell dir vor! Ich glaube, es ist unsere Aufgabe, einen neuen Garten zu bauen. Wir haben aus der Muschel in den Tiefen des Sees vier Samenkörner geschenkt bekommen. Sieh sie dir an!«

»Vier ist eine hübsche Zahl.«

»Sag, Kolibri, wie können wir am besten fruchtbares Land für unsere Aufgabe finden? Wo sollen wir die Samen des Herzens pflanzen?«

»Ich denke, wir sollten die Gelegenheit nutzen, dass der Professor gerade schläft. Wenn er träumt, dann lassen wir ihm noch eine Traumbotschaft zukommen. Die soll ihm ein paar Hinweise auf deine Frage geben.«

»Ich werde mich darum kümmern. Es soll nicht die letzte Botschaft aus dem Tempel des Herzens sein.«

Kapitel 14
Der Traum des inneren Gartens

Der Professor japste ein wenig im Schlaf. Er war an die Quelle der Inspiration zurückgekehrt, die Geburtsstätte der Ideen, aus der immerzu neue magische Traumblasen aufsprudelten. Die meisten zerplatzten bereits nach wenigen Sekunden. Doch dann erhob sich eine schillernde Seifenblase aus dem Wasser, die länger als alle anderen in der Luft schwebte.

Ein neuer Gedanke, ein neuer Traum. Der Professor neigte den Kopf, um sie eingehender zu betrachten. Und ehe er sich versah, kam unerwartet ein roter Pfeil aus der Blase geschossen – direkt auf ihn zu. Der Pfeil verfehlte nur knapp sein rechtes Ohr. Dann machte er eine scharfe Kehrtwende und verwandelte sich in eine Schnur, die sich wie ein Strick um Rückes Hals legte.

»*Nicht so schnell, mein Lieber, bevor du mir noch davontreibst*«, rief eine unbekannte weibliche Stimme.

Jemand hatte ihn gefangen.

Der Professor schaute verschreckt in die Blase hinein, konnte aber niemanden erkennen. Er verstand nicht, was da soeben passiert war.

»Wer sind Sie?«, rief er von Nervosität erfüllt.

»Die Wildhüterin des Waldes. Und die Wächterin der Rose, die im Tempel des Herzens blüht«, drang die fremde Stimme aus der Blase heraus.

Ration Rücke fühlte sich so nervös, dass er ungewöhnlich schnell zu sprechen begann.

»Wächterin. Ich möchte nicht mit Ihnen streiten, ich komme in Frieden – eigentlich habe ich nur Ihre Traumblase vorbeiziehen sehen – warum haben Sie mich gefesselt? Was wollen Sie von mir?!«

Doch er bekam auf seine Fragen keine Antwort. Seine Worte hatten nur zur Folge, dass sich der Strick um seinen Hals fester zusammenzog. Der Professor spürte den Druck des Seils unangenehm gegen seinen Hals drücken. Er bekam gerade noch genügend Luft zum Atmen. Mit ein paar kräftigen Zügen wurde er immer näher an die Blase herangezogen. Sie wurde größer und größer, bis sie einer riesigen Kugel glich. Als der Professor die Blase berührte, zerplatzte sie nicht, sondern wurde durchlässig. Ration Rücke glitt mitten in das riesige Traumgebilde hinein. Sein ganzer Körper begann zu kribbeln.

Schließlich plumpste er unelegant auf weichen Boden. Er befand sich mitten auf einer Waldlichtung mit jungen, frischen Gräsern, Blumen und Pilzen. Vor ihm stand eine hochgewachsene Frau mit hüftlangen, braunen Haaren und einem Blätterkranz auf dem Kopf. Ihr ganzer Körper war über und über mit Pflanzenarten umrankt, die der Professor nie zuvor gesehen hatte. Die Frau ähnelte beinahe selbst einer lebendigen Pflanze. Ihre Augen waren tiefbraun wie die eines Rehs und ihr Blick wachsam wie der eines Falken. Auf ihrer Schulter saß witternd ein Eichhörnchen. Es wich ihr nicht einen Augenblick von der Seite.

Ration Rücke kauerte ergeben auf dem Waldboden. Vor ihm wuchsen ein paar riesige Fliegenpilze in die Höhe. Langsam öffnete er seine Augen weiter. Die Waldfrau beobachtete aufmerksam jede seiner Bewegungen, den Strick unentwegt fest in den Händen haltend. Der Professor sah die Wächterin mit großen, fragenden Augen an, worauf diese nur knapp erwiderte:

»Komm mit!«

Selbst wenn er sich dagegen gesträubt hätte, so wäre er doch von ihr mitgeschleift worden. Er war schließlich gefesselt und damit praktisch ihr Gefangener.

»Gefangen in einer Traumblase. Wie demütigend«, murmelte der Professor missmutig. Er kam sich ein bisschen wie ein Hund vor, der an einer Leine gezogen wurde. Aber trotz seines verletzten Stolzes wehrte er sich nicht. Schließlich war das alles nur ein Traum, und in Träumen passierten so mancherlei komische Sachen.

»Wohin gehen wir?«, traute er sich gerade so zu fragen.

»Zu unserem inneren Garten«, sagte die Waldfrau kurz angebunden. Wie wortkarg diese Dame doch war! Ration Rücke wünschte sich, sie wäre ein bisschen gesprächiger, oder doch wenigstens freundlicher gewesen.

Er hatte enorme Schwierigkeiten, ihr zu folgen, weil das Gestrüpp immer dichter wurde. Oft verhedderte er sich in herumliegenden Zweigen und verlor das Gleichgewicht. Hätte die fremde Frau ihn nicht gefesselt, so hätte er sie wohl im Dickicht aus Pflanzen verloren.

Nach einer gefühlten Ewigkeit keuchte er zwischen schweren Atemzügen hervor: »Ich frage mich, wie Sie vor lauter Bäumen den Wald noch sehen können!«

»Das ist leicht.«

Die Waldfrau stoppte kurz und sah Rücke mit ihrem stechenden Blick in die Augen. »Ich bin der Wald, und der Wald ist ein Teil von mir. Deshalb kenne ich jeden Baum und jede Blume, die in ihm wächst.«

Sie deutete auf einen kleinen Bach, der sachte vor sich hinplätscherte. An seinem Ufer blühten bunte Blumen.

»Das hier, das ist ein kleiner Teil von dem großen Fluss der Gefühle«, sagte sie. »Du kennst ihn ja bereits. Du bist ihm schon ein ganzes Stück hinein in die innere Landschaft des Herzens gefolgt. Richtig?«

»Jawohl«, antwortete Ration Rücke.

»Bisher hast du jedoch nur seine Schattenseite gesehen«, fuhr die Waldfrau fort.

»Zur Genüge«, grummelte der Professor mit einem grimmigen Lächeln. »Sumpfige, schlammige Modermoore, dichter Nebel und dunkle Grotten … Ich kann nicht behaupten, dass die Reise erholsam gewesen wäre!«

»Doch auf Dunkel folgt Licht, und nun bist du bereit, auch die lichte Seite des Herzens kennenzulernen.«

»Oh?«

Das Gesicht des Professors begann sich ein wenig aufzuhellen. Dann wurde er erneut von dem Drang erfüllt, Fragen zu stellen.

»Wieso haben Sie mich in Ihre Traumblase gezogen?«

»Weil du hier eine Aufgabe zu erfüllen hast.«

»Woher wissen Sie das? Welche Aufgabe soll das sein? Und warum haben Sie mich gefesselt?«

Die Waldfrau ging weiter, ohne ihm zu antworten. Der Professor sprintete einen Satz nach vorne, um auf gleicher Höhe mit ihr zu sein. »Hat Dicabolo Sie geschickt?«, hakte er nach. Doch die Wächterin ging unbeirrt weiter und sagte schlicht: »Dicabolo ist ein Freund von mir.«

»Nun, meiner auch, also werden wir wohl auch … äh … Freunde sein … werden … können?« Der Professor verschluckte sich, während er das sagte.

Da huschte der Hauch eines Lächelns über das Gesicht der Waldfrau. Sie stoppte abrupt in ihrem Lauf, sodass der Professor beinahe gegen sie gestoßen wäre.

»Sieh dich um, Ration Rücke«, sagte sie. »Das Bachufer hier ist voller bunter Blumen. Alles, was um diesen Fluss herum wächst, ist ein Teil der Landschaft des Herzens. Dicabolo wollte, dass ich dir den inneren Garten zeige. Nur deshalb bist du hier.«

»Ich glaube, ich sollte davon eine Karte aufzeichnen.«

»Netter Versuch, aber leider völlig nutzlos. Die Bäume stehen nicht fest, Ration Rücke. Nachts tanzen sie ihre

Freudentänze – wie willst du mit Sicherheit sagen, dass sie morgen noch an eben derselben Stelle stehen? Eine Karte würde nur ein Bild zeichnen von einem Wald, den es morgen vielleicht nicht mehr gibt.«

»Verrückt …«, krächzte Ration Rücke und das Atmen fiel ihm immer schwerer. »Ich frage mich, welchen Gang diese Geschichte sonst noch nimmt … Welchen Weg …«

Er hielt inne, um sich die Augen zu reiben. Es war gar nicht so einfach, im Traum eine klare Sicht aufrechtzuerhalten. Er musste einiges an Konzentration aufbringen, um die Landschaft in all ihren Farben und Formen wahrzunehmen.

»Der Garten. Der innere Garten«, murmelte er. Dann, an die Waldfrau gewandt, sagte er langsam: »Mir und meinem Kollegen wurden vor Kurzem ein paar kleine Samenkörner anvertraut. Eine Muschel aus Licht auf dem Grunde des Sees hat sie uns geschenkt. Uns wurde aufgetragen, sie einzupflanzen.«

»Dann wäre nun der richtige Zeitpunkt dafür.«

»Sie meinen …«

»Ja, das meine ich. Deshalb bist du wohl hierhergekommen.«

Ration Rücke schaute verlegen auf seine Hände. Zu seiner Überraschung stellte er fest, dass er zwei der kleinen Samenkörner in seinen Händen hielt.

»Aber … aber das …!«, stammele er verwirrt. »Ich hatte nicht erwartet, dass ich den fruchtbaren Boden zu diesem unerwarteten Zeitpunkt finden würde. Und noch weniger, dass ich zwei Samenkörner bereits bei mir trage! Dabei hatte Dicabolo sie doch verwahrt, nicht ich!«

»Er wird zwei davon an dich weitergegeben haben, als du eingeschlafen bist.«

Ration Rücke kratzte sich nachdenklich am Kopf:

»Leider ist das hier nur ein Traum, deshalb kann ich unsere Mission nicht *wirklich* erfüllen.«

Für einen Augenblick versank der Professor in seiner wirren Gedankenwelt. Dann erschrak er, als ihm bewusst wurde, dass er, seit Dicabolo ihn auf den Traumpfad geführt hatte, nicht ein einziges Mal wieder richtig aufgewacht war. »Verdammt, es ist sogar ein Traum *in* einem Traum!«, rief er aus.

»Nur eine Brückte trennt Traum und Wirklichkeit voneinander«, flüsterte die Waldfrau. Sie sprach genau wie der Künstler. »Vielleicht gehört es zu deiner Aufgabe, diese Brücke zwischen Traum und Wirklichkeit weiterzubauen und die Samen auf die andere Seite zu pflanzen.«

Ration Rücke begann angestrengt zu überlegen.

»Dicabolos Dachboden – ein Traum. Der Schreibfluss – ein Traum. Das Modermoor des Zweifels – ein Traum. Die Grotte der dunklen Gefühle – ein Traum. Und nun …? Ich verstehe nichts mehr!« Und er hielt sich den Kopf, während die Sicht vor seinen Augen verschwamm.

Die Waldfrau packte ihn an beiden Händen und drückte sie. Ihr Griff war fest und beinahe schmerzhaft. Es schien unmöglich, dass sie nicht real war.

»Du träumst auch, wenn du wach bist, Ration Rücke. Aber wenn du im Traum weißt, dass du träumst, bist du schon beinahe am Aufwachen«, sagte die Waldfrau. »Vielleicht *wirst* du gleich aufwachen.«

Der Professor zwang sich, seine Aufmerksamkeit zurück auf die Szene zu lenken, wie unwirklich sie auch sein mochte. Wieder besann er sich auf die Samenkörner in seiner Hand. Sie leuchteten wie weiches Licht. Wann hatte Dicabolo ihm diese Samen in die Hände gelegt, ohne dass er davon mitbekommen hatte? Zu guter Letzt fasste er einen Entschluss.

»Also gut! Ich werde diese Samen hier in den Boden pflanzen. Das Flussufer scheint wirklich ein guter Platz dafür zu sein, Traum hin oder her. Aber ich muss mich beeilen. Mir bleiben vielleicht nur noch wenige Minuten!«

Da löste die Waldfrau endlich seine Fessel. Als die Schnur zu Boden glitt, durchzuckte den Professor ein Kribbeln: Die Fessel war rot. Nun fiel es ihm wie Schuppen von den Augen. »Der rote Faden … Der rote Faden …!«, flüsterte er.

Es war ein Zeichen! Überall, wo die Geschichte ihn hinführen wollte, machte sich der rote Faden irgendwie bemerkbar. Er wies ihm den Weg – selbst in seinen Träumen. Also hatte die Waldfrau ihn gar nicht wirklich gefesselt. Es war nur ein Zeichen gewesen, dass sein Weg genau hierherführte. Wieso erkannte er das erst jetzt?

Der Professor nahm das rote Fadenende wieder in seine Hände. Er glaubte, solange er sich daran festhielt, würde er den Traum auch nicht frühzeitig verlassen.

Nachdem er sich eine geeignete Stelle gesucht und den Boden mit bloßen Händen aufgegraben hatte, setzte er die zwei kleinen Samenkörner hinein. Dann bedeckte er sie sorgfältig mit wärmender Erde. Sobald er fertig war, wurde ihm äußerst schwindlig. Stöhnend hielt er sich den schmerzenden Kopf.

»Ich glaube, ich kann nicht mehr länger hierbleiben!« Er umklammerte das Ende des roten Fadens noch fester. Dieser wand sich in seinen Fingern wie eine lebendige Schlange.

Die Waldfrau nickte.

»Bewahre den Ort in deiner Erinnerung«, sagte sie. »Du wirst ihn wiedererkennen, sobald deine Samen zu blühen beginnen.«

»Was wird aus ihnen werden?«

»Du wirst noch eine Weile warten müssen, bis du es erfährst. Aber sei versichert, dass sie auf fruchtbarem Boden gepflanzt worden sind. Sie haben hier das fruchtbare Wasser aus dem Fluss der Gefühle, und das Sonnenlicht aus der Quelle des Herzens. Das wird sie nähren und stärken. Sie werden dir einmal große Dienste erweisen.«

Und mit diesen Worten wandte die Hüterin sich zum Gehen. Mit leichten, federnden Schritten verschwand sie zwischen den Bäumen.

Der Professor sah ihr nach, bis sie aus seinem Blickfeld verschwunden war. Nun befand er sich allein in der Wildnis des verschlungenen Waldes. Er stand auf, klopfte sich die Erde von seinen Händen und sah sich verstohlen um. Was sollte er tun? Wie sollte er jetzt den Weg zurückfinden?

Da verlor er das Gleichgewicht. Vor seinen Augen wurde alles weiß, und für einen Moment fühlte er sich, als würde er durch leeren Raum schweben. Und dann, so plötzlich, wie das Gefühl begonnen hatte, hörte es auch wieder auf.

Der Wald um ihn her war verschwunden. Der Professor war in eine neue Landschaft hineingeraten.

Kapitel 15
Der Schwellenhüter

»Oh, diese Träume! Laufen nicht geradspurig ab, sondern springen von hier nach da! Immer verwirren sie mich! Ich möchte *aufwachen!*«

Aber wollte er das wirklich? *Wo* würde er aufwachen? Zurück auf dem modrigen Baumstumpf in dem endlosen Meer, wo er mit Dicabolo hilflos umhergetrieben war? Oder – und er wusste nicht, ob er diese Vorstellung beruhigend oder erschreckend fand – in seinem alten Büro? Gerade dieses Büro kam ihm zurzeit am meisten wie ein Traum vor. Und sicherlich stapelten sich dort die Papiere inzwischen bis an die Decke!

»Okay, Ruhe bewahren. Konzentrieren. Der rote Faden ist hier bei mir, auch wenn mir seine Absichten schleierhaft sind. Wenn er hier ist, dann soll ich wohl auch hier sein. Also gut, wo bin ich?«

Vor sich sah der Professor einen riesigen Baum in die Höhe ragen. Er war so breit, dass sicher acht bis zwölf Menschen nötig gewesen wären, um seinen mächtigen Stamm zu umfassen. Er musste unendlich alt sein. Hatte dieser Baum schon vorher existiert, oder hatte er sich eben erst durch seine Gedanken neu erschaffen? Wenn nicht, so musste er wohl Hunderte, wenn nicht sogar Tausende von Jahren alt sein. Der Baum war wie ein gigantisches Bauwerk, ein Tempel von unschätzbarem Wert. Unmöglich wäre es gewesen, ihn zu fällen. Und wer hätte das auch gewollt?

»Bleibe wach … Bleibe wach … Auch, wenn es ein Traum ist!«, murmelte der Professor zu sich selbst und hielt angestrengt die Augen geöffnet. Er wollte nicht schon wieder den Ort wechseln!

Da traf er abermals auf eine unbekannte Gestalt. Sie trat gemächlich hinter dem mächtigen Baumstamm hervor. Es war ein alter Mann mit einer schulterlangen, schneeweißen Haarpracht, der Ration Rücke aus sanftmütigen, aber äußerst scharfen Augen ansah.

»Du hast nach mir gesucht«, sagte er mit einer tiefen, vollen und warmen Stimme, die eine besondere Ruhe ausstrahlte. Seine Mundwinkel umspielte ein leichtes Lächeln.

»Ich … äh … kann mich nicht erinnern«, hauchte der Professor und trat verlegen von einem Bein aufs andere. »Ich bin auf der Durchreise, äh … weil … Hm. Ich glaube, ich bin doch nur zufällig in diesen Traum hineingeraten. Entschuldigen Sie die Störung.«

Beschämt druckste Ration Rücke vor sich hin und knetete seine Finger. Er wusste nicht, mit wem er es hier zu tun hatte. Doch er hatte gewiss nicht nach diesem seltsamen Mann gesucht – jedenfalls nicht bewusst. Er kannte diesen Alten schließlich überhaupt nicht.

»Mit wem habe ich denn die Ehre?«, fragte er deshalb betont höflich. Er wollte sein Gegenüber nicht unbedacht verärgern.

»Ich bin der Hüter der Schwelle. Ein Mittler zwischen Traum und Wirklichkeit, an dem Punkt, wo sich die Welten schneiden«, stellte sich der Alte vor. Seinen Namen nannte er nicht.

Ration Rücke schaute ein wenig ratlos drein.

»Das ist interessant, aber …«

»Du bist nicht zufällig hier gelandet, mein Lieber«, sagte der Alte und stützte sich auf einen hölzernen Stab. »Es gibt keine Zufälle, und dass du hier aufgetaucht bist, hat sicher einen tieferen Sinn.«

»Der ist mir nicht ganz klar. Ich träume noch immer.«

»Der Sinn kann im Verborgenen bleiben. Das soll uns nicht weiter kümmern. Vielleicht wirst du es später herausfinden. Oder vielleicht auch nicht.«

Schweigen trat ein, in dem man nichts als das Plätschern des Flusses, das Rauschen der Blätter und ein Konzert der unterschiedlichsten Vogelstimmen hörte. Der Alte nahm sich alle Zeit der Welt, um Ration Rücke zu begutachten.

»Was hat dich aus der Geistigen Etage der Villa Ego hinaus in die große, wilde Landschaft des Herzens getrieben?«, fragte er dann.

»Ich … äh … mein Kollege hat mich auf eine Reise außerhalb meiner vier Wände geschickt. Es handelt sich um ein … gewissermaßen … ein Experiment. Ein Schreibexperiment, um genau zu sein.«

»Ihr beide schreibt an der Geschichte eures Abenteuers.«

»Nun, äh, im Moment schreiben wir nicht, nicht direkt, jedenfalls. Ehrlich gesagt, ich glaube, die Geschichte ist uns außer Kontrolle geraten. Sie ist ins Bodenlose ausgeufert.« Er dachte dabei an das riesige Meer der Emotionen, in dem er beinahe ertrunken war. Mit nichts weiter als einem Baumstumpf, um ihn über Wasser zu halten.

»Außer Kontrolle geraten, sagst du?«

Ration Rücke blickte den Alten an, dann nickte er.

»Nun, ich glaube, da liegst du falsch, mein Lieber. Die Geschichte war von Anfang an nicht unter deiner Kontrolle. Im Gegenteil. Sie sollte dir von Anfang an zeigen, wie es ist, Kontrolle abzugeben.«

»Wir sehen ja, wo das am Ende hingeführt hat«, murmelte Ration Rücke verdrossen. Der Schwellenhüter stopfte sich währenddessen gelassen eine Pfeife. Dann begann er kleine Rauchwölkchen in die Luft zu paffen.

»Du bist ja noch lange nicht am Ende, mein Lieber. Es kann noch eine Menge passieren«, sagte er freundlich. »Möchtest du

nicht wissen, wie es weitergeht? Denk immer daran, dass du die Geschichte durch dein Handeln mitgestaltest. Du bist ein Teil von ihr, vergiss das nicht.«

»Das habe ich an anderer Stelle schon mal gehört. Aber im Moment will ich einfach nur, dass alles vorbei ist, damit ich meine Ruhe habe. Ich bin müde. Ich bin erschöpft. Und ich bin es leid, durch verworrene Traumlandschaften zu wandern und nicht zu wissen, was mich erwartet.«

Der Alte lächelte verständnisvoll und zog wieder genüsslich an seiner Pfeife.

Ration Rücke wusste nicht, wo er hinsehen sollte. »Wann wird diese Geschichte endlich zu einem vernünftigen Ende kommen?«, fragte er dann.

»Nicht das *Wann* ist die entscheidende Frage, sondern das *Wie*«, sagte der Alte ernst. »Und ob es dann vernünftig ist …? Wer weiß.«

»Vielleicht sollte ich die Frage anders stellen. Also … Wie werde ich von dem Punkt, an dem ich jetzt stehe, einen Weg finden, der uns zu einem sicheren Ende führt?«

»Du willst eure Reise also möglichst bald beenden?«

»Ich hätte schon gerne ein vernünftiges Ende. Aber ich weiß nicht, wie ich es finden kann.«

»Nun, auf deinem Weg wird es Zeichen geben, die dir den Weg weisen können.«

»Welche Zeichen?«

Anstatt ihm auf seine Frage zu antworten, ging der Schwellenhüter ein paar Schritte in Richtung des Flussufers und bückte sich. Als er wieder zurückkam, trug er eine hübsche, blaue Rosenblüte in seinen Händen.

»Hier, mein Lieber. Nimm diese Blume als ein Zeichen.«

Er legte dem Professor die Blüte in die Hände.

Der Professor betrachtete die Pflanze eingehend von allen Seiten.

Sie war von einem dunklen Blau wie der Nachthimmel, und ihre Blütenblätter glitzerten sogar wie Sterne. Sie gefiel ihm, denn sie strahlte etwas Sanftmütiges aus, so etwas wie freundliche Zuversicht. Genau das, was er gerade brauchte.

»Danke«, sagte er überrascht.

»Die blaue Blume ist noch viel mehr als nur ein Symbol für unsere Träume und Sehnsüchte«, sagte der Hüter. »Ich vertraue sie dir als inneren Kompass an. Sie wird dir den Weg in Richtung Hoffnung weisen. Du musst dir nun keine Sorgen machen, auf dem großen Meer der Emotionen verloren zu gehen. Höre auf diese Blume, und du wirst sicher an ein neues Ufer gelangen.«

Der Professor nickte mit offenem Mund, aber gleichzeitig war er ein wenig abgelenkt. In seinen Ohren begann wieder die geheimnisvolle, sanfte Melodie zu spielen, die er das letzte Mal bei der Muschel auf dem Grunde des Sees gehört hatte. Die schöne und geheimnisvolle Melodie des Herzens … Wieder dachte er, seine Ohren hätten ihm einen Streich gespielt. Da riss ihn der Hüter der Schwelle aus seinen Gedanken.

»Deine Ohren trügen dich nicht, Ration Rücke. Es gibt ein äußeres und ein inneres Hören. Wenn du mit dem Herzen sprechen willst, musst du immer nach innen hören.«

Ration Rücke wiegte vorsichtig den Kopf hin und her, wie zu einem zögerlichen Nicken.

»Danke«, sagte er noch einmal, und diesmal blickte er dem Hüter fest in die schwarzen Augen. Sie funkelten hell wie Kinderaugen.

»Sie sagten, Sie sind der Hüter der Schwelle zwischen Traum und Wirklichkeit«, sagte Ration Rücke langsam. »Dann müssen Sie auch wissen, wie man von einer Seite auf die andere gelangt.«

»Gewiss«, sagte der Alte, während er weiterhin seine Pfeife rauchte. »Du musst dir einer Sache bewusst werden.«

Er lehnte sich näher an Ration Rücke heran und flüsterte ihm ins Ohr:

»Es handelt sich in Wahrheit nicht um zwei Welten. Es handelt sich nur um eine. Traum und Wirklichkeit gehören zu ein und derselben Welt. Sie gehen fließend ineinander über wie die zwei Ströme, du weißt schon, der Gedankenfluss und der Emotionsfluss, die aus derselben Quelle entspringen und in dasselbe, ewige Meer zurückfließen. Es gibt keinen Abgrund zwischen ihnen, bis auf den, den wir mit unseren Gedankenbarrieren schaffen.«

»Aber wenn es keinen Abgrund gibt, wozu muss man dann noch eine Brücke bauen?«

»Brücken schaffen neue Verbindungen. Sie überwinden Barrieren.«

»Aber …« Dem Professor wurde schon wieder schwindlig. Eine Vorahnung, dass er diese Traumlandschaft gleich verlassen würde. »Hören Sie, ich habe Traum und Wirklichkeit immer sehr sorgfältig voneinander getrennt. Oder zumindest habe ich es versucht. Aber nun träume ich, und weiß nicht mehr, was real ist und was nicht.«

»Ich sage nicht, dass deine Sicht der Dinge falsch ist, mein Lieber«, sagte der Alte. »Aber da du nun mit Träumen und Ideen arbeitest, weißt du ja bereits, wie dünn die Grenze zwischen Traum und Wirklichkeit ist.«

»Das alles kommt mir vor wie ein riesiges Labyrinth. Alle Gedanken in meinem Kopf drehen sich um sich selbst!«

»Dann steckst du mitten in einem Gedanken-Karussell.«

»Wie komme ich da nur jemals wieder raus?«, fragte der Professor verzweifelt. »Hören Sie, ich liebe Ordnung und ich liebe Sicherheit. Ich möchte mich doch nur vergewissern, dass alles an seinem rechten Platz ist …«

Der Alte stieß mit seiner Pfeife ein paar neue Rauchwölkchen in die Luft, und diesmal verformten sie sich vor Rückes Augen

zu weißen Schmetterlingen und kleinen Vögeln. Sie flatterten fröhlich umher, drehten ein paar Runden um den Professor und lösten sich wieder in Luft auf.

»Oft sind Ideen genauso wie dieser Rauch«, sagte der Alte. »Sie fliegen eine Weile umher und dann …«

»… verschwinden sie …«, murmelte der Professor.

Da nahm der Alte einen weiteren Zug von der Pfeife, und abermals formten sich die Rauchschwaden in der Luft zu neuen Vögeln und Schmetterlingen. Diesmal jedoch streckte der Alte seine Hände nach ihnen aus. Und mit einem geschickten Griff hatte er einen dieser Nebelvögel gepackt. Der Vogel löste sich nicht in Luft auf. Stattdessen verdichteten sich seine Formen und Farben, bis schließlich ein lebendiger, smaragdgrüner Kolibri in seinen Händen saß. Er schüttelte sich das glänzende Gefieder und blickte neugierig in die Gegend.

Der Professor starrte den Vogel mit offenen Augen an. Und der Kolibri erwiderte seinen Blick. Aus unerklärlichen Gründen kam ihm der Vogel sehr bekannt vor.

»Ideen nehmen Gestalt an, wenn man ihnen genügend Aufmerksamkeit schenkt«, sagte der Alte, während der Vogel zirpend aus seinen Händen hüpfte und auf den Professor zuflog.

Für einen Augenblick schauten die beiden einander an. Ration Rücke hielt noch immer die blaue Blume mit ihren sternenhaften Blütenblättern in den Händen. Der Kolibri kam direkt vor dieser Blume zum Halt und begann von ihrem Nektar zu trinken …

Es ist Zeit, aufzuwachen, Ration Rücke!

Da begann die Erde unter ihm ein weiteres Mal bedrohlich zu schwanken. Der Professor begann zu husten. Er fühlte sich, als habe er plötzlich einen Schwall salziges Wasser geschluckt.

Wieder begann die Sicht vor seinen Augen zu verschwimmen. Alles drehte sich um sich selbst. Und er fiel. Fiel …

Kapitel 16
Die Insel der Zuflucht

Ration Rücke rang hustend und röchelnd nach Atem, während er wie wild um sich strampelte. Jemand hatte ihn gepackt und zerrte ihn mit einem Ruck an Land. Es dauerte eine Weile, bis der Professor begriff, dass er wieder festen Boden unter den Füßen hatte.

»Ich … Wo … wo sind wir?«, keuchte er und spuckte dabei einen Schwall Wasser aus.

»Wir haben Land erreicht, Herr Professor! Während Sie noch geschlafen haben, hat uns das Meer der Emotionen an den Strand einer Insel gespült. Eine kleine, aber immerhin eine Insel!«

»Fester Boden unter den Füßen! Na, das lobe ich mir!«

Der Professor rieb sich müde die Augen. Aber er schaffte es noch nicht, sich aufzusetzen.

»Oh, Dicabolo. Ich fühle mich, als wäre ich gerade durch mehrere Wälder gerannt. Oh! Und ich habe tatsächlich neue Kratzwunden auf den Armen!«

»Sie haben sich ein paarmal an unserem Baumstumpf gestoßen, als Sie vornüber ins Wasser gefallen sind«, sagte Dicabolo, aber er lächelte erleichtert. »Immerhin sind Sie wieder zu sich gekommen.«

Da erkannte der Professor durch seine verschwommenen Augen, dass ein smaragdgrüner, schillernder Punkt auf Dicabolos Schulter saß.

»Der Kolibri! Er ist hier«, rief er aus und verschluckte sich dabei vor Aufregung. »Ich habe …«, hustete er, »… ihn in meinen Träumen gesehen!«

»Und Sie haben noch etwas mitgebracht«, sagte der Künstler. Freudig streckte er ihm etwas entgegen. In seinen Händen lag eine tiefblaue Rose, deren Blütenblätter wie der sternenübersäte Nachthimmel glitzerten.

»Wie soll ich mir das erklären?«, flüsterte der Professor. Er kniff seine Augen zusammen und rieb sich die Stirn. »Herr Kollege, ich fürchte, ich träume immer noch …«

»Zerbrechen Sie sich darüber nicht den Kopf, Herr Professor. Alles ist in Ordnung. Wir sind in Sicherheit.«

»Lassen Sie mich noch einen Augenblick ausruhen. Ich … ich brauche noch etwas Zeit.«

Und mit einem schlaftrunkenen Grunzen fiel Ration Rücke erneut in den Schlaf – diesmal in einen traumlosen.

Während er sich von seiner Reise erholte, begann Dicabolo zusammen mit dem Kolibri die Gegend zu erkunden. Sie stiegen einen kleinen Hügel hinauf, von dem sie einen guten Blick auf die Insel hatten. Sie konnten von hier oben die ganze Landschaft überschauen.

»Sie ist wirklich nicht besonders groß«, stellte der Künstler fest. Von einer zur anderen Seite brauchte man nicht mehr als eine halbe Stunde.

»Noch ist Flut«, zirpte der Kolibri, »Wir müssen warten, bis das Wasser sich wieder zurückzieht. Dann wird die Insel vielleicht größer werden.«

»Das Meer der Emotionen kommt und geht, so wie Ebbe und Flut«, sagte Dicabolo versonnen und sah in den Himmel hinauf. »Wenn der Himmel strahlt, dann wird sich auch der Professor wieder beruhigen.«

In stillem Einvernehmen stiegen die beiden wieder den Hügel hinab.

Als der Professor nach einigen Stunden wieder zu sich kam, genoss er beinahe selig den Augenblick, in dem er einfach nur da lag und nichts tat.

Unter ihm kitzelte weicher Grasboden seine Haut. Dicabolo hatte ihn an einer Stelle abgelegt, die dicht mit Pflanzen bewachsen war. Ration Rückes Augen wanderten langsam das Ufer entlang, bis sein Blick auf dem kleinen Aussichtshügel hängen blieb. Da packte ihn die Neugier, und er wollte wissen, wo er hier eigentlich gestrandet war.

Nur mit Mühe schaffte er es, sich aufzurichten. Seine Knie zitterten unter seinem Gewicht. Als er wieder einigermaßen sicher auf dem Boden stand, kam Dicabolo auf ihn zugeschritten.

»Sie sind wieder auf den Beinen, na, da bin ich aber erleichtert!«

»Also … wo ist sie denn nun, diese Insel?«, fragte der Professor forsch.

»Sie ist irgendwo mitten im Meer der Emotionen, Herr Rücke.«, sagte Dicabolo. »Keine Ahnung, wo genau, aber sie ist recht beschaulich und klein.«

»Klein … Zu klein für einen langen Aufenthalt also. Verstehe, verstehe.«

»Wir, das heißt, der Kolibri und ich, haben sie die *Insel der Zuflucht* genannt«, sagte Dicabolo.

Die beiden gingen nun gemeinsam den Strand entlang. Egal, wohin der Professor auch blickte, er sah nichts als Wasser an dem schier endlosen Horizont. Dicabolo plauderte unentwegt weiter:

»Jede Villa hat eine Insel, damit sie Zuflucht findet, wenn das Meer der Emotionen zu stark aufgewühlt ist.«

»Die Insel ist zu klein, um eine sichere Zuflucht zu sein. Sie wäre die erste, die von dem Meer der Emotionen überflutet wird«, unterbrach ihn der Professor missmutig.

»Das glaube ich nicht«, entgegnete Dicabolo. »Noch während Sie geschlafen haben, war das Meer sehr unruhig und die Wellen stiegen weit in die Höhe. Aber die Insel blieb unerschütterlich. Ich war selbst beeindruckt. Sie schien auf dem Wasser zu schwimmen.«

»Inzwischen wundere ich mich über kaum noch etwas, Dicabolo. Wir stecken schließlich immer noch in einer Traumwelt, oder etwa nicht?«

Der Professor sah den Künstler scharf an. Dieser nickte versonnen und fragte dann: »Hatten Sie im Traum einmal das Gefühl, dass Sie träumen?«

»Ich hatte das Gefühl, nicht mehr zu wissen, was Traum und was Wirklichkeit ist.«

»Verwirrung ist ein gutes Zeichen.«

»Das habe ich schon zu oft gehört, und ich habe diesen Spruch entschieden satt. Genauso sehr wie die Verwirrung selbst – und noch mehr habe ich diese Träume satt!«

»Trotzdem scheint mir, Sie waren im Traum sehr erfolgreich. Erinnern Sie sich, dass Sie dort bereits zwei unserer Samenkörner in fruchtbare Erde gepflanzt haben.«

»Woher wissen Sie, was mir im Traum geschehen ist?«

»Sie haben mir von Ihrer Reise nicht nur eine blaue Blume, sondern auch einen kleinen, gefiederten Freund als Zeugen mitgebracht«, lächelte Dicabolo.

»Der Kolibri hat Ihnen also erzählt, was sich zugetragen hat?« Der Professor sah ihn nachdenklich an. War der Kolibri nicht erst in seinem zweiten Traum aufgetaucht, als er die Samen bereits in die Erde gepflanzt hatte? Eigenartig. Aber konnte er sich überhaupt noch auf sein Gedächtnis verlassen? Seine Erinnerungen wirkten mit jeder Minute verschwommener. Nur eines schien ihm gewiss: Der Künstler und der Kolibri erweckten den Eindruck, als würden sie sich schon eine ganze Weile kennen. Der Professor hatte sogar das Gefühl, dass die beiden etwas im Schilde führten. Warum, das wusste er nicht zu sagen.

»Sie haben bereits zwei unserer Samenkörner eingepflanzt, Herr Professor, und dazu gratuliere ich Ihnen. Bleiben noch die anderen beiden. Und ich denke,

ich werde sie hier auf dem kleinen Hügel vergraben, der sich in der Mitte dieser Insel befindet.«

»Ganz wie Sie meinen. Wir werden vermutlich keinen besseren Boden finden, jedenfalls nicht hier.«

Doch da war Dicabolo schon losgelaufen, seinen vertrauten Pinsel hinter das Ohr geklemmt. Wie der Pinsel all diese Strapazen heil überstanden hatte, ohne verloren zu gehen, war dem Professor ein Rätsel.

Kopfschüttelnd lief er seinem Kollegen hinterher, während Bilder aus seinem Traum an seinem inneren Auge vorbeizogen.

Ein Hüter der Schwelle sagte mir, Traum und Wirklichkeit seien nicht durch einen Abgrund voneinander getrennt, sie fließen ineinander über wie das Wasser der zwei Ströme … Nun, dann werde ich mich mit dieser Insel nun abfinden müssen, Traum hin oder her. Nur das weite Meer drum herum behagt mir nicht. Zu wenig Land und zu viel Wasser. Man fühlt sich davon regelrecht umzingelt.

Als auch der Professor die Spitze des kleinen Hügels erreichte, hatte Dicabolo bereits zwei Löcher in die Erde gegraben. Dort setzte er nun die zwei verbliebenen Samenkörner hinein.

»Wie bin ich gespannt, was daraus wachsen wird«, sagte er und bedeckte die Samen liebevoll mit Erde. Der Professor nickte zustimmend. Sie würden die beiden Samenkörner nun Tag und Nacht beobachten können, vorausgesetzt, sie würden auf dieser Insel bleiben. Aber bei dieser Vorstellung lief ihm ein kalter Schauer über den Rücken. Dann kam ihm ein weiterer Gedanke.

»Wie werden wir herausfinden, was mit den anderen beiden Samenkörnern geschieht, die ich in meinem Traum gepflanzt habe?«, fragte er. »Träume sind so willkürlich, dass ich nicht garantieren kann, genau dort erneut aufzuwachen – äh, einzuschlafen … oder was auch immer.«

»Auch das hier ist eine Traumwelt«, sagte Dicabolo leichthin, während er die Erde tätschelte. »Aber Sie können lernen, durch Ihre Willenskraft genau dorthin zurückzukehren, wohin Sie es wünschen.«

»Nun, wenn das so ist …«, murmelte der Professor. Er fing bereits an zu überlegen, ob er auch diese Insel durch Gedankenkraft verlassen konnte.

»Alles zu seiner Zeit«, sagte Dicabolo.

»Dann frage ich mich noch, wie lange die Samen wohl brauchen werden, bis sie reif sind.«

»Bis dahin kann noch eine Menge passieren. Es könnte sogar sein, dass wir es nie erfahren, denn einige Samen brauchen sehr lange zum Wachsen. So lange, dass man sich gar nicht mehr an sie erinnern kann.«

Da überkam den Professor ein mulmiges Gefühl. »Und so lange schwebt Ihnen also vor, hier auf dieser Insel rumzusitzen?«

»Wollen Sie die Insel etwa bereits verlassen?«

»Nun, viel kann es hier nicht zu tun geben, so klein wie sie ist …«, erwiderte Ration Rücke. Und nach einer betretenen Pause fügte er hinzu: »Sie wollen mir doch nicht etwa sagen, dass uns nichts anderes übrigbleibt, als hierzubleiben?«

»Möglichkeiten gibt es viele«, gab Dicabolo zurück. »Aber solange die Samen gegossen und gepflegt werden müssen, halte ich es für eine gute Idee, hier zu bleiben. Lassen Sie uns gemeinsam den Boden vorbereiten.«

»Aber ich bin doch kein Gärtner! Ich bin Wissenschaftler!«

»Sie könnten etwas Neues lernen.«

»Aber, Dicabolo … Wir beide allein auf einer einsamen Insel …«

»Und ein Kolibri!«

»Wir beide und ein Kolibri allein auf einer einsamen Insel. Ich weiß nicht! Die Vorstellung behagt mir nicht wirklich.«

»Sie haben sich doch kaum umgesehen!« Dicabolo lachte und schüttelte den Kopf. »Aber wenn es für Sie auf dem Land nichts zu sehen gibt, können Sie ja eine Expedition aufs Meer hinauswagen! Oder Sie üben sich im Schwimmen. Was wollen Sie mehr?«

»Ähm … heim?«

Der Professor stutze über seine eigene Antwort. Dann setzte er sich kurzentschlossen auf einen Stein am Ufer und guckte betrübt aufs Meer hinaus. Das Wellenrauschen bereitete ihm leichte Kopfschmerzen. Da stieg ihm ein dicker Kloß im Hals auf.

»Entschuldigen Sie, Dicabolo. Es ist nur … manchmal habe ich das Gefühl, nicht hierherzugehören. Ich kann zwar nicht behaupten, dass ich mich nach meinem kleinen, staubigen Arbeitszimmer zurücksehne, das ich in meinem Übereifer verlassen habe, aber … Die Geistige Etage der Villa Ego ist und bleibt mein Zuhause.«

Da setzte sich Dicabolo zu Rücke auf den Stein und tätschelte ihm kameradschaftlich die Schulter.

»Herr Kollege …«, sagte er. »Sie werden mit Sicherheit wieder nach Hause kommen, ganz gewiss werden Sie das. Das versichere ich Ihnen!«

Und er schaute den Professor so durchdringend mit seinen blauen Glubschaugen an, dass dieser vor Scham den Blick abwenden musste. Dicabolo fuhr fort: »Immerhin hat diese Insel uns vor den Fluten gerettet. Und sie treibt hier, mitten im Meer der Emotionen, wie ein Ruhepol, auf dem unsere Samen wachsen können. Wird sie damit nicht zu so etwas wie einem Zuhause?«

»Mir behagt der Gedanke nicht, ein Gestrandeter auf einer Insel im Meer der Emotionen zu sein. Und solange wir hier festsitzen, wird mich diese Insel immer daran erinnern.«

Der Professor verbarg sein Gesicht in den Händen, um die Insel nicht länger sehen zu müssen. Da wusste auch Dicabolo nichts mehr zu sagen. Stattdessen zog er

die blaue Blume, die er die ganze Zeit bei sich getragen hatte, hinter seinem Rücken hervor, und legte sie dem Professor auf den Schoß.

Eine zarte, leise Melodie erklang und übertönte das Rauschen der Wellen. Sie spendete ein wenig Trost. Der Professor hielt die Augen weiterhin geschlossen, aber vor seinem inneren Auge tanzte ein blaues Licht, das nur von der Rose stammen konnte

»Das Herz spricht durch die blaue Blume«, flüsterte Dicabolo, dann entfernte er sich und ließ den Professor mit seinen Gedanken allein.

»Das Herz spricht durch die Blume«, wiederholte Ration Rücke, als der Künstler nicht mehr zu sehen war. »Und was sagt es mir? Dass ich keine Angst haben soll. Dass ich mich gedulden soll. Und wo ein Wille ist, ist ein Weg. Welcher Weg?«

Als der Professor wieder die Augen öffnete, war er immer noch mit der blauen Blume allein.

Zwischenspiel

Dicabolo und der Kolibri hatten sich auf die andere Seite der Insel zurückgezogen, um den Professor in Ruhe nachdenken zu lassen.

»Glaubst du, dass es das Wasser ist?«, fragte Dicabolo den kleinen Vogel bedrückt.

»Er ist von Natur aus eher wasserscheu. Aber darum geht es eigentlich nicht. Er ist einfach eher ein Diener als ein Schöpfer.«

»Wie meinst du das?«

»Nun hätte er die einmalige Gelegenheit, selbst etwas Neues zu erschaffen. Aber die Freiheit behagt ihm nicht. Er weiß nicht, was er damit anfangen soll.«

»Er fühlt sich ja gar nicht frei, er fühlt sich gefangen.«

»Oder zur Freiheit verurteilt.«

»Kolibri, ich habe den Professor auf diese Reise geschickt, damit er sich von seinen alten Fesseln befreit. Und damit er erkennt, dass zu unserer Villa mehr gehört als sein staubiges, kleines Büro. Aber

ich habe nicht vor, ihn gegen seinen Willen von dort fernzuhalten. Vielleicht ist es an der Zeit für ihn, nach Hause zurückzukehren?«

Der kleine Vogel schwieg eine Weile, ehe er antwortete.

»Er wird den Weg zurück schon finden, wenn es soweit ist. Aber sei auf der Hut, Dicabolo. Denn ich glaube, dass das Innere Gericht von unserem Treiben bald Wind bekommen wird. Wenn der Professor versucht, zurückzukehren, dann sind wir für das Auge des Richters nicht länger unsichtbar.«

»Du sprichst von dem ›Dunklen Richter‹, dem die kalte Vernunft unterliegt?«

»Genau dem. Früher oder später werden wir ihm begegnen. Das könnte unser Ende bedeuten.«

»Im Ernst? Das musst du erklären!«

»Bisher war unsere Geschichte wie ein Spiel. Frei von Erwartungen und Regeln. Aber wenn der Richter auf uns aufmerksam wird, könnte er versuchen, unseren Traum zunichtezumachen.«

»Aber das werden wir doch nicht zulassen!«, rief Dicabolo empört.

Der Vogel blickte traurig drein.

»Wird der Professor darüber genauso denken wie du?«, fragte er.

»Aber wir haben ihn doch auf unsere Seite gezogen – er ist dem Strom der freien Kreativität gefolgt! Er hat das Modermoor des Zweifels durchquert, sogar die dunklen Schattenvögel hat er besiegt. Was sollte der Richter ihm jetzt noch anhaben können?«

»Der Richter wird versuchen, ihn zurück auf seine Seite zu ziehen und dich zu verstoßen.«

»Das wird er nicht … Der Professor spricht nun die gleiche Sprache wie wir, ja, er lernt es, die Sprache des Herzens zu sprechen – jeden Tag ein bisschen besser! Der Verstand und die Intuition sind längst keine Konkurrenten mehr!«

»Ich an deiner Stelle wäre vorsichtiger, Dicabolo. Der Professor wird bald zwischen die Fronten geraten. Und er wird sich entscheiden müssen, auf wessen Seite er steht. Sobald er von Sorgen heimgesucht wird, wird er wankelmütig. Er könnte beginnen, wieder an dir zu zweifeln. Das weißt du.«

»Aber das glaube ich nicht«, flüsterte Dicabolo leise.

Der kleine Vogel sah ihn prüfend an. »Ich hoffe, du hast recht, Dicabolo. Das Innere Gericht könnte uns ziemlich gefährlich werden. Der Richter fällt kein leichtes Urteil über jene, die nicht so denken wie er.«

»Dann müssen wir uns vor diesem Richter verstecken!«

»Wir können seinem Urteil nicht entkommen. Genauso wenig, wie man vor schlechten Gefühlen davonlaufen kann, ohne von ihren Schatten eingeholt zu werden. Das weißt du. Jetzt, wo die Geschichte so weit vorangeschritten ist, wird das Buch der Villa Ego sehr bald vor allen Augen sichtbar werden. Der Richter wird es entdecken und alles daran setzen, uns zu finden. Nichts, das in dem Buch geschrieben steht, wird ihm verborgen bleiben. Auch nicht die Unterhaltung, die wir jetzt gerade führen – selbst, wenn sie heimlich stattfindet.«

Dicabolo dachte einen Moment nach. Dann flüsterte er:

»Dann können wir nichts tun, als unser Urteil anzunehmen, zu glauben und zu hoffen. Aber ... Kolibri? Wir beide wissen doch, dass das in Wirklichkeit alles nur ein Spiel ist, habe ich recht ...?«

Doch der Vogel sagte leise:

»Du tust besser daran, das Spiel diesmal ernst zu nehmen.«

Kapitel 17
Die Wolkeninsel und
das Buch der Villa

Ration Rücke hatte von dieser Unterhaltung am anderen Ufer natürlich nichts mitbekommen. Er war immer noch damit beschäftigt, die blaue Blume von allen Seiten zu betrachten. Sie war klarer und schöner als er sie in Erinnerung hatte, denn der Traum, in dem er sich jetzt befand, fühlte sich realer an als der vorige.

»Ich verstehe nicht, warum Dicabolo vorhat, länger auf dieser Insel zu bleiben. Könnten wir nicht ebenso gut woanders warten, bis etwas Neues aus unseren Samenkörnern wächst? Mir wäre wohler bei dem Gedanken, diese Insel bald zu verlassen. Ich will nicht darauf warten, bis sich *irgendwann eventuell* ein neuer Weg von selbst ergibt. Ich glaube nicht, dass wir schon am Ziel unserer Reise sind. Blaue Blume, was soll ich tun?«

Der Professor schloss wieder die Augen, um sich ganz auf die Melodie im Innern der Blume zu konzentrieren. Da konnte er aus den Klängen schließlich eine Stimme heraushören.

Wenn der Blick sich dir trübt, und du weißt nicht wohin
So schließe die Augen und höre gut hin.
Die Stimme des Herzens
Sie spricht nun mit dir
Die Stimme des Herzens
Im Jetzt und Hier.

Die Blume begann tatsächlich mit ihm zu sprechen! Er hörte sie besser, wenn er sie mit geschlossenen Augen auf Brusthöhe hielt.

»Der innere Kompass, das ist es!« Ration Rücke schoss ruckartig in die Höhe. »Die Blume weiß den Weg, und deshalb wurde sie mir auch anvertraut!«

Er hielt die Rose ausgestreckt vor sich gen Himmel. Da begannen ihre Blütenblätter im Mondlicht noch heller zu glitzern. Es war längst dunkel geworden auf der Insel, bis auf das Licht des Mondes und der Sterne.

»Blaue Blume, sag mir, wo uns diese Geschichte noch hinführen wird!«

Als Antwort begann in der Mitte der Blume ein Licht aufzuleuchten. Es wurde heller und heller, bis ein wabernder Rauch aus ihrem Innern aufzusteigen begann. Der Professor beobachtete die wirbelnden Formen. Und dabei stellte er sich vor, dass der Lichtnebel sich zu einer Leiter verdichten würde.

Ganz allmählich nahmen seine Gedanken Gestalt an. Eine Leiter aus klarem Licht stieg langsam aus der Blume empor. Sie wuchs immer weiter, Sprosse um Sprosse, und ragte bald in ungeahnte Höhen hinauf.

Der Professor war ganz aus dem Häuschen. Liebend gerne hätte er seine Entdeckung mit Dicabolo geteilt, aber der war immer noch nirgends zu sehen. Und Ration Rücke war nicht geduldig genug, um auf ihn zu warten. Dafür war seine Neugier zu groß. Und irgendetwas sagte ihm, dass er diesen Weg allein beschreiten musste.

Vorsichtig trat er auf die erste Stufe der Leiter. Und obwohl sie nur aus Rauch und Licht bestand, bot sie ihm einen sicheren Halt. So begann er Stufe um Stufe nach oben zu klettern.

Ich habe nach einem neuen Weg gesucht, und nun ist tatsächlich ein neuer Weg entstanden! Aus dem Nichts! Muss ich mir die Dinge nur vorstellen, damit sie geschehen? Haben meine Gedanken eine derartige Kraft?

Langsam erklomm er die Himmelsleiter, höher und höher, ohne nach unten zu sehen. Da bemerkte er, dass sich eine rote Schnur um die Sprossen der Leiter nach oben schlängelte. Der rote Faden – noch eine Bestätigung, ein gutes Zeichen! Ration Rücke kletterte die Leiter nun noch schneller und eifriger hinauf.

Wolken brauten sich am Horizont zusammen. Doch der Professor war bereits so weit nach oben geklettert, dass er die Wolkendecke durchbrach. Die Wolken stauten sich unter ihm. Aber über ihm funkelten vielversprechend die Sterne.

Irgendwann hatte er die letzte Sprosse der Leiter erklommen. Doch er war nirgendwo angekommen. Die Leiter endete einfach in der bodenlosen Leere des Himmels. Dem Professor stockte beinahe der Atem vor Enttäuschung. Er hatte das Gefühl, betrogen worden zu sein. Das konnte doch nicht das Ende sein! Er wollte gerade dazu ansetzen, laut loszuschimpfen, wozu er denn die ganze Mühe auf sich genommen hatte. Da sah er plötzlich in der Luft eine Art Wolkeninsel kreisen. Sie sah aus wie ein riesiger Teller und schwebte nur wenige Meter über ihm. Doch er konnte sie von seiner Position aus nicht erreichen.

Der Professor wagte es nicht, nach unten zu sehen. Sonst hätte er vermutlich vor Höhenangst weiche Knie bekommen. Er musste zu dieser Scheibe hinauf, egal mit welchen Mitteln. Aber wie sollte er das anstellen?

Fieberhaft überlegte er, was er tun konnte. In dieser gefährlichen Höhe konnten bereits die kleinsten Fehler große Konsequenzen nach sich ziehen!

Da kitzelte ihn das Ende des roten Fadens leicht am Handgelenk. Die Schnur hatte sich von der Sprossenleiter gelöst und lag nun offen da wie ein Seil.

»Also gut, Ration Rücke, nur die Ruhe …«, murmelte er zu sich selbst. »Du weißt, dass in dieser Traumwelt keine physikalischen Gesetze mehr gelten. Nicht, wenn du dich ihnen widersetzt. Vertraue auf den roten Faden … Vertraue auf den roten Faden …!«

Mit zusammengekniffenen Augen warf er die rote Schnur wie ein Lasso zu der kreisrunden Wolkeninsel hinauf. Und es schien, als sei der rote Faden dort tatsächlich auf sicheren Halt gestoßen. Was für ein Glück. Die Himmelsleiter schwankte unter dem Professor, als er nun mit kräftigen Zügen die Wolkeninsel bis zu sich heranzuziehen versuchte. Schweißperlen bildeten sich auf seiner Stirn. Nervös und angespannt zog er an dem roten Faden, bis die Wolkeninsel die letzte Sprosse der Himmelsleiter berührte. Endlich. Nun konnte der Professor sich an dem äußeren Rand der Insel hochziehen. Sie war tatsächlich wie fester Boden – er würde darauf laufen können, solange seine Vorstellungskraft stark genug war. Innerlich jubelnd wagte er den letzten Schritt und setzte seinen Fuß auf das geheimnisvolle Neuland. Seine Mission war geglückt – er hatte es geschafft, auch den letzten Abstand zu überbrücken.

Ration Rücke war in einem Nebelpalast aus Wolken gelandet – einem Luftschloss, im wahrsten Sinne des Wortes. Auch, wenn es sich dabei um kein richtiges Schloss handelte, sondern nur um eine runde Scheibe aus verdichteter Wolkenmasse, die fest genug war, dass er unbeschwert darauf herumlaufen konnte. Der Professor sah in allen vier Himmelsrichtungen jeweils eine große Säule aus

Nebel emporragen. Und in der Mitte der Wolkenscheibe stand ein runder Brunnen, der so weiß war, als bestünde er aus frischem Schnee. Von diesem Zentrum ausgehend, erstreckte sich ein langer, silberner Zeiger bis an den Rand der Scheibe – ganz so wie eine gigantische Uhr.

Ration Rücke näherte sich dem weißen Brunnen und betrachtete im klaren Wasser sein Spiegelbild. Eine gurgelnde Stimme begann aus dem Brunnen zu ihm zu singen:

> *Sieh hinein, sieh hinein,*
> *In den Spiegel des Geistes,*
> *Denn der Geist ist nur Spiegel,*
> *Wenn die Ruhe kehrt ein.*
> *Sieh hinein, sieh hinein!*

Ration Rücke sah sein eigenes, wenig schmeichelhaftes Spiegelbild in dem Brunnenwasser. Seine Augen, zwei kleine, misstrauisch verengte Schlitze, schauten hinter seinen quadratischen Brillengläsern auf sich selbst zurück. Sein Mund hatte sich zu einem schmalen Strich verzogen. Er wirbelte mit seinen Händen die Wasseroberfläche auf, um das Spiegelbild nicht länger betrachten zu müssen. Da begann die gurgelnde Stimme des Brunnens wieder zu singen:

> *Du Fremder, der du das Bild verwischst,*
> *Warum willst du nicht sehen, wer du bist?!*

Der Professor zögerte einen Moment. »Hmm …«, stieß er hervor, während er auf das unruhige Wasser blickte. »Ich weiß, wer ich bin. Dazu brauche ich keinen Spiegel. Ich bin Professor Ration Rücke, Herr der Geistigen Etage der Villa Ego.«

> *Deine Stimme hab' ich vernommen,*
> *aber wieso bist du gekommen?*

Der Professor trat unruhig von einem Bein aufs andere. »Ich bin hier, weil … weil ich auf der Suche nach dem Weg nach Hause bin. Meine Geschichte hat mich an das Ufer einer Insel gespült, als Gestrandeter im Meer der Emotionen. Ich habe Heimweh nach meinem eigenen Reich. Vielleicht ist es Zeit, dorthin zurückzukehren. Sag, du Brunnen des Geistes, wie komme ich dorthin zurück? Weißt du den Weg? Und wenn das nicht mein Weg ist, dann sage mir, wohin ich sonst noch gehen soll?«

Sobald er zu Ende gesprochen hatte, begann das Wasser in dem Brunnen zu blubbern und zu glucksen. Der Professor wich langsam ein paar Schritte zurück. Schließlich stand er wieder am äußeren Rand der Wolkenscheibe, in der Mitte zwischen zwei Säulen.

Die Brunnenstimme verhallte mit einem lauten Gurgeln in der Tiefe. Im selben Moment begann sich der silberne Uhrenzeiger um den Brunnen zu bewegen. Er drehte sich einmal um die ganze Wolkeninsel, bis er genau auf Rücke deutete. Dann verharrte er auf der Stelle. In diesem Augenblick zuckte ein Blitz über den Himmel. Einen Augenblick später folgte ein grollender Donner. Was war da passiert? Der Professor hatte doch nur nach dem Weg gefragt – er hatte keinen dramatischen Auftritt heraufbeschwören wollen!

»Ich will doch nur eine Antwort, bitte!«, rief er und hob abwehrend die Hände. Es bereitete ihm sichtlich Unbehagen, dass der Uhrenzeiger auf ihn deutete. Hilflos sah er zu, wie eine Welle von elektrischem Licht durch den Uhrenzeiger pulsierte. Der Lichtstrahl drang ihm durch Mark und Bein. Gleichzeitig explodierte etwas im Innern des Brunnens und dann stob er auseinander wie eine Lawine aus Schnee.

»Ich wollte doch nur wissen, in welche Richtung ich gehen muss … Habe ich etwas Falsches gesagt?«, fragte er verstört.

Schnee legte sich über sein schütteres Haar, seine verkrampften Schultern und überall auf den Wolkenboden. Dann musste er sich schützend die Hände vor die Augen halten. Blendendes Licht erstrahlte im Zentrum, wo der Brunnen explodiert war. Dort erhob sich jetzt an seiner Stelle ein großes, hell leuchtendes Buch. Der Professor spürte den Boden unter seinen Füßen beben, als das Buch sich zu seiner Form verdichtete. Es wuchs, bis es so groß wurde wie ein gigantischer Schrank.

Als das Licht der Explosion wieder abgeklungen war, schimmerte das riesige Buch bläulich im Mondlicht.

Dem Professor klappte der Unterkiefer herunter und er rückte sich seine Brille ein paarmal zurecht. Sie war jedoch von Schnee und Nebel so beschlagen und mitgenommen, dass er sie schließlich ganz abnahm. Zu seiner Verwunderung stellte er fest, dass er ohne sie viel schärfer sehen konnte. Diese Erkenntnis überraschte ihn zutiefst.

»Das Buch!«, rief er und stolperte unbeholfen darauf zu. Im ersten Moment war der Einband nichtssagend. Doch als der Professor seine Augen ein wenig zusammenkniff, konnte er leichte, feine Linien erkennen, die sich langsam und stetig zu einem neuen Bild formten. Eine Skizze aus schwarzer Tinte entstand vor seinem ungläubigen Blick. Sie zeigte das Innere eines kleinen, vollgestopften Arbeitszimmers, mit einem Schreibtisch im Zentrum, der von riesigen Papierstapeln überladen war. Zettel ragten nach allen Seiten wie Türme in die Höhe. Man konnte kaum das zusammengekauerte Männchen dahinter sehen, das sich den rauchenden Kopf hielt. Über ihm ragte eine Leiter in die Höhe, und auf der Leiter stand ein zweites Männchen mit einer ziemlich buschigen Haarpracht, das

einen Pinsel in der ausgestreckten Hand hielt. Aus der Pinselspitze schossen explosionsartig kleine Vögel und Schmetterlinge hervor. Der Professor kam aus dem Staunen gar nicht mehr heraus.

»Das … das ist mein Büro – das sind Dicabolo und ich – keine Zweifel! Das muss unsere Geschichte sein!«

Wie gebannt blickte er auf das Bild, das eine ziemlich treffende Karikatur von der Geistigen Etage zeigte, wie er sie kannte. Doch er hatte kaum Zeit, sich das skizzenhafte Bild genauer anzusehen. Im nächsten Moment wirbelte ein Windstoß die Seiten des Buches auf und blieb auf der ersten Seite offen liegen.

Kapitel 1, stand da geschrieben. *Ein Anfang mittendrin*

Der Gedanke war da. Greifbar nah. Aber die richtigen Worte fehlten, um ihn zu fassen. Der Gedanke tanzte wie eine Seifenblase in der Luft. Er schimmerte bunt in allen erdenklichen Farben. Aber kam man ihm zu nahe, zerstob er in tausend Teile, verflüchtigte sich in alle Himmelsrichtungen.

Innehalten. Nachdenken.

Dann, endlich, formte sich ein erster Satz:

Manchmal ist es seltsam, wenn Gedanken versuchen,
Realität zu erschaffen.

Ein Windstoß kam auf und wirbelte die Seiten des Buches herum, als würde eine unsichtbare Hand vorwärtsblättern. Gebannt starrte der Professor auf ein weiteres Fragment der Geschichte.

»Sagen Sie, Herr Kollege, was ist dieser Traumpfad? Was ist er?«

»Der Ort, an dem sich die Welten schneiden«
»Welche Welten?«

»Traum und Wirklichkeit. Und wir sind Mittler und Botschafter zwischen diesen beiden Welten. Gemeinsam werden wir es schaffen, durch unsere Geschichte eine Brücke zu bauen.«

Dem Professor wurde klar, dass alles so war, wie er es bereits einige Male gehört, aber nie so recht verstanden hatte: Das Buch hatte sich durch sein eigenes Tun und Handeln selbst geschrieben, ohne dass er einen Finger gerührt hatte. Jeder Schritt, den er ging, jedes Wort, das er sagte und jeder Gedanke, den er dachte, war bereits ein Teil dieser Geschichte geworden. Und während er las, erinnerte er sich an das, was bereits geschehen war.

»Dieses Buch weiß, was ich tue …«, flüsterte er »Es weiß, was ich denke … und auch, was ich fühle!«

Mulmige Unruhe überkam ihn. Schließlich war es ein ziemlich beängstigender Gedanke, so transparent wie ein offenes Buch zu sein!

»Aber wenn ich bis zu der letzten Seite vorblättere, was dann ?«, fragte er sich, und ein Kribbeln breitete sich in seinen Fingerspitzen aus. Sollte er den Versuch wagen, die Seiten des Buches weiter nach vorn zu blättern? Dann würde er vielleicht in die Zukunft sehen können und Antworten auf seine Fragen finden! Doch da hatte bereits ein weiterer Windstoß die Seiten erfasst.

Die nächste Seite war fast ganz leer, bis auf einen kleinen Absatz, der in Großbuchstaben geschrieben war.

HÜTE DICH, MIT DER ZUKUNFT
HERUMZUPFUSCHEN, RATION RÜCKE!
DIE ZUKUNFT IST NICHT MEHR ALS EIN PAAR
UNGESCHRIEBENE, LEERE SEITEN!

Und danach kam nichts mehr. Ration Rücke war an den kritischen Punkt gelangt, an dem die Seiten des Buches weiß und unberührt waren.

»Leer!«

Und während er noch wie gebannt darauf starrte, erschienen eben diese Worte auf dem Papier.

Und danach kam nichts mehr. Ration Rücke war an den kritischen Punkt gelangt, an dem die Seiten des Buches weiß und unberührt waren.

»Leer!«

Dem Professor wurde schwindlig und die Buchstaben begannen vor seinen Augen herumzutanzen.

»Da steht alles drin … alles steht in diesem Buch drin!«

Noch während er das sagte, erschienen seine Worte auf der Seite vor ihm. Es irritierte ihn und er wandte sich ab, und in demselben Moment schrieb auch das Buch, dass er sich abwandte.

»Hör auf! Hör auf, alles zu kommentieren! Hör auf, mich zu beobachten! Nein! Ich möchte mich unverzüglich hier an dieser Stelle in Luft auflösen und diesem Unsinn ein Ende setzen!«

Doch der Professor konnte dem Inhalt des Buches nicht entkommen. Er konnte die Worte, die das Buch schrieb, förmlich in seinem Kopf widerhallen hören, auch wenn er verbissen versuchte, sie nicht mehr wahrzunehmen.

»DAS IST EIN TRAUM!«, schrie er. »VERDAMMT NOCH MAL, ICH WILL AUFWACHEN!«

Er hatte die Augen immer noch geschlossen, doch vor seinem inneren Auge sah er die Buchstaben wie brennende Leuchtschrift aufflackern. Die Buchstaben schwirrten kreuz und quer durch die Luft, hakten sich zu einer eisernen Kette zusammen, zogen sich um den Professor zusammen und fesselten ihn an den Boden. Gefangen von einer Buchstabenfessel. Der Professor war außer Gefecht gesetzt und versuchte verzweifelt, nichts zu tun, was die Aufmerksamkeit des Buches irgendwie noch auf sich ziehen konnte. Er versuchte, sich nicht zu rühren, nichts mehr zu fühlen, und, verdammt noch mal, nichts mehr zu denken! Doch selbst sein Nichthandeln, Nichtfühlen und Nichtdenken wurde gnadenlos von

dem sich selbstschreibendem Buch kommentiert und aufgezeichnet.

Sie sind an einen kritischen Punkt gestoßen, Herr Professor. Sie stecken zwischen den Welten fest. Beunruhigt Sie das etwa nicht?

»Verdammt, die Stimme kenne ich doch … Nein, bitte nicht schon wieder, bitte nicht!«, murmelte der Professor. Das Herz sank ihm in die Hose. Es war die Stimme des verhassten Herrn Zweifels, die da höhnisch in seinen Ohren widerhallte. Er dachte, er hätte ihn besiegt …

Nichts währt ewig, Herr Rücke, aber einige Dinge kommen trotzdem immer wieder. Ich nehme an, Sie haben mich nicht vermisst. Ich Sie auch nicht, gewissermaßen. Ich habe es satt, als Kasper und als Bösewicht in Ihrer hirnrissigen Geschichte aufzukreuzen. Aber was kann ich tun? Mir sind die Hände gebunden.

Da kroch der Herr Zweifel zum ersten Mal in einer festen Gestalt aus dem Buch heraus. Zuerst sah der Professor nur einen dunklen Schatten, der sich bewegte. Doch dann, als endlich das Licht auf ihn fiel, stockte Ration Rücke der Atem. Denn der Zweifel glich unserem Professor fast bis aufs Haar genau, als handelte es sich um seinen Doppelgänger – mit dem einzigen Unterschied, dass er eine Sonnenbrille mit ungewöhnlich dicken, schwarzen Gläsern trug, die seine Augen gänzlich verdeckten. So wirkte sein Gesicht seltsam leer und ausdruckslos.

Dem richtigen Ration Rücke lief unterdessen der kalte Schweiß von der Stirn. Das war entschieden zu viel für ihn. Wo sollte das alles bloß noch hinführen?! Und während er versuchte, diese neue Information zu verarbeiten, ohne aus allen Wolken zu fallen, da hörte er noch eine andere Stimme, die aus den Tiefen kam, und die für ihn wie die Rettung in der Not erklang.

»Herr Professor! Herr Professor! Bin ich zu spät? Warten Sie auf mich! Ich bin gleich da!«

Auch wenn der Professor sich gerade nur ungern in diesem Zustand sehen lassen wollte, seufzte er erleichtert auf, als er die Stimme seines Kollegen erkannte.

»Dicabolo!«, rief er, wohlwissend, dass das Buch weiterhin alles aufzeichnete, was geschah.

Er sah aus seinen Augenwinkeln einen smaragdgrünen Punkt herbeifliegen, während der Künstler die Stufen der Himmelsleiter hinaufgekletterte. Die Kette aus Buchstaben, die den Professor eben noch gefesselt hatte, löste sich umgehend auf, sobald er seinen Willen darauf richtete.

Er war wieder frei!

»Na, so was, der Künstler und der Kolibri«, sagte der Herr Zweifel mit einem zynischen Grinsen. »Was für ein goldrichtiger Moment auch. Immer, wenn man ihn braucht. Obwohl … leider kommen Sie diesmal ein wenig zu spät!«

Mit einem Ruck packte er das Ende der Himmelsleiter und kippte es in die bodenlose Tiefe.

Der Professor reagierte in diesem Augenblick instinktiv. Er wusste nicht, wie ihm geschah, aber plötzlich hielt er den roten Faden wieder in seiner Hand. Er warf das Ende wie ein Seil in die Tiefe – oder vielleicht hatte der Faden auch aus eigenem Antrieb gehandelt. Nun zog der Professor angestrengt an dem Ende des Fadens, an das sich der Künstler gerade noch rechtzeitig geklammert hatte. Schwitzend und keuchend zog er ihn daran nach oben, bis er ihn über den Rand der Wolkeninsel befördert hatte. Da saß er nun – mit zerzausten Haaren wie eh und je, seinen Pinsel hinter das Ohr geklemmt und mit dem kleinen Kolibri auf der Schulter. Dankbar klopfte er dem Professor auf die Schulter. Dann starrte er mit aufgerissenen Augen das riesige Buch an.

Der Herr Zweifel, in Gestalt von Professor Ration Rückes Doppelgänger, saß derweil unbeeindruckt auf dem Rand des Buches. Mit dem Gesicht auf die Hände

gestützt hatte er der verzweifelten Rettungsaktion gelangweilt zugesehen.

»Ja, da haben Sie Ihren Künstlerfreund erfolgreich gerettet. Welche Überraschung. Und ich dachte schon, er sei erledigt … nicht! Aber ich frage mich … hätten Sie das auch getan, wenn Sie nur die Hälfte von dem gewusst hätten, was er Ihnen gegenüber verschweigt? Er trägt schließlich die Hauptschuld an unserer misslichen Lage.«

»Ich verstehe nicht, was Sie meinen«, zischte der Professor verärgert und wandte sich ab. Es sollte ihn eigentlich nichts kümmern. Er wollte den Zweifel einfach ignorieren, nicht weiter auf ihn eingehen … Aber was hatte er gegen seinen Kollegen vorzubringen? Ach, diese verdammte Neugier, die ihn dazu brachte, auch Dinge wissen zu wollen, die ihm nicht guttaten!

»Ich habe Sie bereits bei unserer letzten Zusammenkunft gewarnt«, sagte der Herr Zweifel und rückte sich seine schwarze Brille zurecht. »Der Künstler benutzt Sie, um mit Ihnen sein dreckiges Spiel zu spielen. Er will, dass Sie unfähig werden, Sinn und Unsinn auseinanderzuhalten. Und ich muss leider sagen, er ist auf dem besten Weg, sein Ziel zu erreichen. Ich sehe ja, dass Sie Ihr gesundes Urteilsvermögen beinahe vollständig eingebüßt haben. Sie wissen längst nicht mehr, was real ist und was nicht, was Wahrheit ist und was Traum. Hoffnungslos. Sie sind ihm wie ein Fisch ins Netz gegangen, wie eine Maus in die Falle. Sie haben sich bereits viel zu lange auf dieses Spiel eingelassen.«

»Nein! Das ist nicht so, wie Sie sagen, ich meine … das hat doch nichts mit meiner Urteilsfähigkeit zu tun! Ich kann immer noch genauso klar urteilen wie je zuvor, besser noch! Nur die Realität ist etwas … nun ja … vielschichtiger und komplizierter geworden, aber … das ist doch noch lange kein Grund, um meine Fähigkeiten anzuzweifeln!«

»Ich zweifle nicht nur an Ihren Fähigkeiten, sondern an Ihrer ganzen durcheinandergeratenen Welt! Wo befinden wir uns hier überhaupt? In Ihrer schrägen, hilflos verrückten Realität, die keine mehr ist!«

»Oh, hören Sie auf damit! Und warum sehen Sie überhaupt so aus wie ich?! Das irritiert mich! Dicabolo?! Nun sagen Sie doch auch mal was!«

Dicabolo hob den Kopf und sah den Professor fragend an.

»Mit wem sprechen Sie da überhaupt die ganze Zeit, Herr Rücke?«

Der Professor warf ihm einen ungläubigen Blick zu.

»Nun sagen Sie bloß, Sie hätten den Zweifel nicht gesehen, obwohl er Sie doch beinahe die Leiter heruntergeworfen hat!«

»Oh … Jetzt verstehe ich. Aber erinnern Sie sich daran, was ich Ihnen schon einmal sagte? Der Zweifel ist nur für den gefährlich, der an ihn glaubt. Und er bekommt nur Macht über Sie, wenn Sie sich auf ein Gespräch mit ihm einlassen.«

»Dicabolo, Sie müssen mir helfen!«, flehte der Professor verzweifelt. »Dieses Buch hat mich in eine Zwangslage gebracht! Es schreibt meine Verwirrung, es schreibt meine Unentschlossenheit, alles schreibt es nieder! Ich kann meinem Schicksal nicht mehr entfliehen, und nur aus diesem Grund ist auch Herr Zweifel wieder da! Ich sehe keinen Ausweg mehr! Zur Insel der Zuflucht kommen wir jetzt nicht mehr zurück, denn die Himmelsleiter ist ins bodenlose Nichts gestürzt, als ich Sie hinaufgezogen habe.«

»Immer nach vorne schauen. Immer nach vorne schauen. Sie wollten weg von der Insel, und Sie haben einen Weg gefunden.«

»Aber nun sitzen wir auf einer neuen Insel fest! Und die ist auch noch dreitausend Meter über den Wolken und besteht aus nichts weiter als aus Nebel!«

»Ja … Da gibt es nur einen einzigen Weg.«

»Na, immerhin! Das ist doch schon mal etwas, mehr brauchen wir ja nicht, das würde ja doch nur zu Entscheidungsschwierigkeiten führen! Was ist denn nun dieser Weg?! Wo führt er hin?

»Mitten hindurch.«

Kapitel 18
Das Gedankenlabyrinth

Dicabolo hielt dem Professor seine ausgestreckte Hand entgegen, um ihn wieder auf die Beine zu ziehen.

Gemeinsam näherten sich die beiden Männchen dem Buch bis auf Augenhöhe, und Dicabolo streckte seine lange Nase so weit nach vorne, bis er die Seiten damit berührte. Das Licht, das aus dem Innern des Buches strahlte, leuchtete in diesem Moment noch heller auf. Die Buchstaben auf der aufgeschlagenen Seite verschwammen zu flüssigem Licht. Dann flossen sie wie Regentropfen an dem Papier herunter.

»Wie ich vermutet hatte!«, rief Dicabolo und klatschte in die Hände. »Es ist ein Portal!«

»Die Seiten sind durchlässig?«

»Und ob sie das sind! Kommen Sie! Lassen Sie uns mit dem Kopf durch die Wand gehen.«

»Durch Papier, meinen Sie.«

»Woraus immer diese Seiten auch bestehen. Kommen Sie!«

Der Professor kniff die Augen zusammen und wagte den nächsten Schritt ins Ungewisse.

Als er die Augen wieder öffnete, fanden sie sich in einem leeren Raum wieder. Der Kolibri zirpte auf Dicabolos Schultern. Er war, neben dem Künstler, das einzige Fleckchen Farbe an diesem Ort. Ansonsten war der Raum vollkommen nichtssagend. An den kahlen Wänden hingen weder Bilder, noch gab es Fenster. Dafür aber jede Menge Türen, die sich nebeneinander aufreihten

und alle wie ein Ei dem anderen glichen. Diese Türen waren geschlossen. Die beiden Männchen sahen sich an, dann begannen sie damit, alle Türen zu öffnen. Zum Glück waren sie nicht verriegelt. Jede von ihnen mündete in einen neuen Korridor. Die beiden Männchen liefen einen davon entlang, zwischen kahlen Wänden hindurch. Auch hier gab es wieder neue Abzweigungen mit wiederum neuen Türen. Sie waren genauso nichtssagend wie die vorherigen.

»Wir sollten systematisch vorgehen, Herr Kollege«, sagte der Professor in sachlichem Tonfall und deutete auf den Pinsel, der hinter Dicabolos Ohr hin und her wedelte. »Nummerieren Sie zunächst die Türen, damit wir sie auseinanderhalten können!«

Dicabolo nahm dem Pinsel in die Hand und schrieb eine geschwungene Ziffer »1« an die Stelle oberhalb des Türrahmens.

»Wenn Ihnen damit geholfen ist …«, sagte er und ging dem Professor voraus den kahlen Korridor entlang.

Sie entschieden sich bald für eine weitere Tür, öffneten sie, beschrifteten sie mit Ziffer »2« und traten in einen Raum, der sich durch nichts von dem Vorherigen unterschied. Weiter ging es durch einen langen Korridor, weiter und weiter, aber nichts schien darauf hinzudeuten, dass sich irgendetwas veränderte.

So ging das Spiel noch eine gefühlte Ewigkeit weiter. Immer wieder trafen die Männchen auf neue Türen und wiederum auf neue Korridore, und alle waren genauso charakterlos wie der erste.

»So etwas Blödes! Das führt ja zu nichts. Wenn ich es nicht besser wüsste, würde ich denken, wir laufen im Kreis!«, fluchte der Professor.

»Einen Kreis kann man es schwerlich nennen, denn alles hier drinnen ist voller Ecken und Kanten. Wir laufen wohl eher in Zickzacklinien!«

»Mir war, als wären wir hier schon gewesen, Dicabolo! Aber das kann nicht sein, denn wir haben ja alle Türen beschriftet, durch die wir hindurchgegangen sind. Ach, verdammt, es sieht alles gleich aus!«

Mit mürrischer Miene öffnete der Professor wahllos die nächste weiße Tür, die sie mit der Nummer »64« beschrifteten. Unerwartet kippte ihm ein Besen entgegen.

»Autsch! Na, so was! Aber immerhin scheint hier etwas zu liegen – das ist besser als ein paar leere Wände.«

Er musste schon sehr verzweifelt sein, wenn er sich sogar über einen staubigen Kehrbesen freute.

Der Professor rannte durch den Korridor und öffnete eine neue Tür, dann eine nächste und eine übernächste. 65, 66, 67 … langsam begannen sich die Räume subtil voneinander zu unterscheiden. Sie waren nun mit alten, scheinbar wahllos zusammengewürfelten Gegenständen gefüllt, die von Raum zu Raum zahlreicher wurden. Die beliebige Einrichtung reichte von alten Glasflaschen, Taschentüchern, Büchern und Federkielen, Papierzetteln über Papierzetteln bis hin zu alten Kinderwagen und Putzutensilien. Je weiter die beiden Männchen voranschritten, desto mehr glichen die Räume alten Abstellkammern, die vergessen, verwahrlost und zugestaubt waren.

Während sich der Professor so umsah, beschlich ihn immer mehr das unangenehme Gefühl, beobachtet zu werden. So, als hätte sich ein dunkler Schatten über die Räume gelegt. Vielleicht war es der Zweifel. Oder die nagende Angst vor der Ungewissheit.

In einem der Räume stießen die beiden Männchen auf einen schwarzen Zylinder, der mit einer dicken Staubschicht überzogen war. Zu ihrer Überraschung saß darin ein lebendiges, weißes Kaninchen, das arglos in die Gegend blickte. Zwischen all den verwahrlosten Gegenständen wirkte es ausgesprochen surreal, als sei es ganz zufällig und wie aus dem Nichts in diese Szenerie

hineingeraten. Der Professor ging in die Knie und beugte sich zu dem kleinen Tier hinunter, bis er mit ihm auf Augenhöhe war. Er musterte es neugierig, und das Kaninchen starrte nicht minder neugierig zurück.

»Das ist das erste lebendige Wesen, das wir hier antreffen, Dicabolo. Vielleicht ist das etwas Besonderes. So etwas wie ein Zeichen?« Der Professor wollte das kleine Tier greifen, doch es entwand sich zappelnd seinem Griff und hoppelte geschwind den Gang davon. Da ließ der Professor enttäuscht die Arme sinken.

»Welcher Verrückte denkt sich denn so was aus«, grummelte er. »Das wird mir nun aber wirklich zu albern!« Prüfend sah er Dicabolo an. Dieser hatte sich von ihm abgewandt und schritt nun wie in Trance durch das chaotische Zimmer.

»Ich spüre ein leichtes Kribbeln in der Nasenspitze, Herr Professor«, sagte er langsam. »Lassen Sie uns hier eine Pause einlegen!«

Der Professor blickte ihn missmutig an. »Es ist nur der Staub, der Sie da in der Nase kitzelt! Ich schlage vor, wir gehen weiter!«

Unbehaglich sah er sich um. Sein Gefühl, beobachtet zu werden, war jetzt noch drückender und stärker geworden. Als könnte jeden Moment eine Gefahr aus dem Hinterhalt springen. Stirnrunzelnd beobachtete er den Künstler dabei, wie er den Kopf in alle Richtungen drehte, durch die Luft schnuppernd wie ein Hund, der eine Fährte aufnimmt. Ration Rücke wurde immer ungeduldiger.

»Dicabolo, das führt zu nichts! Nun lassen Sie uns weitergehen.«

Doch da setzte der Künstler plötzlich zu einem heftigen Niesanfall an. Er war so laut, dass der Professor erschrocken zusammenfuhr.

»Passen Sie doch auf!«, zischte er. »Sie wollen doch nicht Sonst-noch-wen auf den Plan rufen!«

Ration Rücke hatte seine Worte kaum zu Ende gesprochen, da hörte er bereits ein dumpfes Poltern durch den Gang hallen. Und er sah seine dunkle Vorahnung bestätigt: Sie waren in diesem Labyrinth nicht allein. Wahrscheinlich, dachte er, wurden sie sogar verfolgt.

Da überkam ihn ein seltsamer Gedanke: War sein Gefühl, verfolgt zu werden, ein innerer Instinkt gewesen? Oder hatte er den Eindringling durch seine negativen Gedanken selbst heraufbeschworen? Er wusste es nicht. In dieser seltsamen Geschichte schien alles möglich zu sein.

Das Poltern wurde unentwegt lauter, und die Bedrohung kam immer näher. Nervös sah der Professor den Künstler an. Doch dieser wirkte erstaunlich unbekümmert.

Da glitt, von einem eisigen Windzug begleitet, ein schwarzer Schatten durch die Tür. Er schwebte ein paar Zentimeter über dem Boden und bestand aus nichts als verdichtetem Rauch. Ein gesichtsloses Wesen, in einen Mantel aus Dunkelheit gehüllt.

Den Professor erfasste bei diesem Anblick ein sehr mulmiges Gefühl. »Dicabolo, erlauben wir uns zu gehen!«

Nicht so schnell, Ration Rücke, dröhnte es da von dem Schatten. *Du willst doch nicht wieder voreilig eine Landschaft verlassen, wo du deine Aufgabe noch nicht zu Ende geführt hast?*

Der Schatten hatte keinen Mund, der sich beim Sprechen bewegt hätte. Trotzdem stammten die Worte zweifellos von ihm. Wer sonst hätte sie sagen können? Doch der Schatten beließ es bei dieser Botschaft, denn er wandte sich schlagartig um und schwebte in die Richtung davon, aus der er gekommen war.

»Was weiß der schon von meinen Aufgaben«, murmelte der Professor. »Dicabolo, gehen wir! Verlassen wir dieses verfluchte Gedankenlabyrinth!«

»Einen Moment, Herr Professor! Meine Intuition sagt mir … sie sagt mir, wir sollen dem Schatten folgen.«

Und ohne weiter zu zögern, lief Dicabolo dem seltsamen Schatten hinterher.

»Dem Schatten folgen! Dem Schatten folgen?!«, stöhnte der Professor und heftete sich widerwillig an Dicabolos Fersen. »Hätten wir nicht lieber dem weißen Kaninchen folgen können? Das sah wenigstens freundlich aus. Und vielleicht war es ja ebenfalls ein Zeichen. Ein Schatten führt uns bestimmt nicht auf sichere Pfade. Wollen Sie diesmal nicht lieber meiner Intuition vertrauen?!«

»Na ja …«, murmelte Dicabolo, »Ich befürchte, das weiße Kaninchen könnte man inmitten dieser weißen Wände zu leicht aus den Augen verlieren.«

»Dann hätten Sie es mal besser mit Ihrem Pinsel angemalt!«, fauchte Ration Rücke, aber er folgte ihm trotzdem weiter. Er wollte keinen neuen Streit anzetteln. Nicht jetzt, wo es darum ging, zusammenzubleiben und einen Ausweg zu finden.

Der Schatten schwebte ihnen voraus und führte sie durch einen weiteren staubigen Korridor. Es gab weder Farben noch Bilder darin. Nur ein paar Spinnenweben, die von der Decke herunterhingen.

Der Professor besah sich prüfend alle weiteren Türen, bis der Schatten vor einem dunklen Eisentor zum Halt kam. Dort entschwebte er durch die Wand und ließ die beiden Männchen wieder allein. Dicabolo schrieb die Nummer »92« an die Wand. Das Eisentor war der erste Durchgang, der sich von allen anderen abhob. Der Professor entzifferte die rostige Aufschrift über dem Tor

Eingang zum Inneren Gericht

Die beiden Männchen sahen sich ratlos an. Ration Rücke zog fragend die Augenbrauen hoch.

»Haben Sie das erwartet?!«

Dicabolo seufzte. »Jedenfalls wird das Labyrinth hier ein Ende haben.«

»Dicabolo, ich will Ihre Intuition zwar nicht offen in Frage stellen, aber glauben Sie wirklich, dass das eine gute Idee war?«, murmelte der Professor »Ein Inneres Gericht. Sollte uns das irgendwie weiterhelfen?«

»Tja, ähm …«

Sie kommen spät. Wir haben bereits auf Sie gewartet.

Eine kalte Stimme hatte sich hinter der rostigen Eisentür bemerkbar gemacht. Beide Männchen zuckten verschreckt zusammen. Die Tür bebte bedrohlich in ihren Angeln.

»Sagen Sie bloß, das alles ist Teil eines höheren Planes, von dem ich nichts weiß!«, zischte der Professor an den Künstler gewandt. Dicabolo blickte betreten zu Boden. Der Professor schüttelte verständnislos den Kopf, dann rief er laut an die Tür gewandt:

»Zu *spät*? Was soll das heißen, zu spät?! Wir haben überhaupt keine Einladung erhalten. Wenn man auf uns gewartet hätte, dann hätte man uns benachrichtigen und die Korridore besser beschriften müssen.«

Mit einem kräftigen Ruck und einem rostigen Quietschen wurde das Eisentor vor ihnen wie von Geisterhand geöffnet. Dicabolo wurde blass, als die Tür den Blick auf eine große Halle freigab – viel größer als alle anderen Räume, die sie zuvor betreten hatten. Der Professor sah ihn erst leicht irritiert, dann zunehmend besorgt an. Er war es nicht gewöhnt, Spuren von Angst in Dicabolos Gesicht zu sehen. Der Künstler wirkte nicht

mehr so zuversichtlich, wie Ration Rücke es von ihm gewöhnt war, und das beunruhigte ihn. Er bereute seine Entscheidung, dem Schatten gefolgt zu sein, noch bevor sie richtig angekommen waren. Ein Teil von ihm wollte sich instinktiv umdrehen und davonlaufen. Doch als er über seine Schulter zurückblickte, musste er feststellen, dass der Gang hinter ihnen verschwunden war. Eine große, kalte Mauer hatte sich dort lautlos aufgebaut. Eine Sackgasse. Nun gab es kein Zurück mehr. Nur noch den Weg durch das eiserne Tor hindurch.

Die beiden Männchen betraten die riesige Halle. Sie war von vorne bis hinten mit Sitzbänken und Tischen ausgefüllt. Reihe an Reihe stiegen die Bänke stufenartig empor. Die Hallendecke verlor sich irgendwo oben in dichtem Nebel. Die kahlen Wände ragten eiskalt in unermessliche Höhen hinauf. Und trotz aller Weite riefen sie ein unangenehmes, beklemmendes Gefühl der Enge in den beiden hervor, als würde ihnen eine unsichtbare Hand die Kehle zuschnüren und das Atmen schwermachen.

Alle Sitzbänke waren leer. Allerdings waren vorne in der ersten Reihe zwei Plätze mit Namensschildern reserviert. Einer war wohl für Dicabolo, der andere für Ration Rücke vorgesehen. Der Professor warf einen flüchtigen Blick auf Dicabolos Schulter. Da fiel ihm auf, dass der kleine Kolibri gar nicht mehr bei ihnen war. Hatte er etwa Reißaus genommen? Wohin war er verschwunden? Hatte ihn sein Vogelinstinkt vielleicht rechtzeitig gewarnt? Ration Rücke deutete das als ein schlechtes Zeichen.

»Ich weiß nicht, Herr Kollege, mir behagt das alles ganz und gar nicht…«, flüsterte er mit gedämpfter Stimme, »Vielleicht wären wir besser nicht diesem Schatten gefolgt? Intuition hin oder her.«

»Ehrlich gesagt, mir behagt es auch nicht, Herr Rücke. Aber nichts geschieht ohne Grund. Man hat uns bereits erwartet. Kommen Sie, bringen wir diese Sitzung hinter

uns. Wir sollten die Geduld dieses Richters nicht unnötig auf die Probe stellen.«

»Dicabolo! Sie haben sich bisher nie an Termine gehalten, geschweige denn, sich dafür interessiert, ob andere auf Sie warten!«, empörte sich Ration Rücke. Irgendetwas stimmte hier nicht. Seit wann war der Künstler denn so gefügig und gehorsam?

Die dunkle Vorahnung des Professors verstärkte sich. Doch er tat, wie ihm geheißen und setzte sich auf den ihm zugeteilten Platz neben Dicabolo.

Eine drückende Stille senkte sich über die Halle, während die beiden Männchen wie gebannt warteten. Eine Weile saßen sie reglos da und nichts rührte sich.

»Diesem Raum würde ein bisschen Farbe auch nicht schaden«, flüsterte Dicabolo halblaut. Ration Rücke nickte in dankbarer Übereinstimmung.

»Da hätten Sie aber eine Menge zu tun«, flüsterte er zurück. Und dann fügte er leise hinzu: »Dicabolo, worauf warten wir denn noch?«

Der Künstler war immer noch kreideblass, fast so weiß wie die Farbe der Wände. Vielleicht hatte er zu viel Staub eingeatmet. Das war das Einzige, was es hier in dieser Halle im Überfluss gab.

»Nun, da wir hier sind, müssen wir uns dem Richter stellen«, wiederholte er leise, aber bestimmt.

Und als sie so nebeneinandersaßen, fiel dem Professor ein weiteres Schild auf, das vor ihrer Bank aufgestellt war. Es lautete ganz einfach »*Anklagebank*«.

Fragend sah er den Künstler an, und seine Unruhe steigerte sich noch mehr.

»Herr Kollege, ich verstehe das nicht!«

Doch Dicabolo achtete nicht mehr auf ihn. Gedankenverloren ließ er seinen Blick über die kahlen Wände schweifen.

Da hallte eine bohrende Stimme durch die kalte Halle.

Darf ich um Ihre Aufmerksamkeit bitten!

»Die kann er von mir aus gerne haben« flüsterte Dicabolo und reckte das Kinn nach oben, »Soll er nur kommen, der aufgeblasene Oberrichter!«

»Wer sind Sie?«, fragte Ration Rücke scharf.

Ich? Ich stehe in den Diensten des Egos. Und kraft meiner Befugnis werden Sie nun beide verhaftet!

»Bitte?!« Ration Rücke sprang wie von einer Hummel gestochen von seinem Stuhl auf. Bestürzung und Unglauben standen ihm ins Gesicht geschrieben.

Sie haben mich richtig verstanden. Sie werden von unserem Gericht dafür verurteilt, die innere Ordnung verheerend durcheinander gebracht zu haben, indem Sie nicht nur Ihre Grenzen überschritten, sondern obendrein zu viele Fragen gestellt haben.

»D... d... das ... das muss ein Irrtum sein! Wir haben überhaupt nichts verbrochen!«, stotterte der Professor und sah hilflos auf das leere Richterpult. In seinem Kopf drehte sich alles.

»Also gut ... äh ... nein! Nicht gut! Ganz und gar nicht gut!«, rief er dann, völlig aus dem Konzept geraten. Er hielt sich den Kopf, als versuchte er, einen Gedanken festzuhalten. Dann sagte er etwas gefasster:

»Alles langsam ... der Reihe nach ... Verstanden? In einem Gericht hat man doch die Möglichkeit, sich zu verteidigen, oder etwa nicht? Schließen wir dieses Verfahren nicht so voreilig!«

Ich schlage vor, Sie sagen, was Sie zu sagen haben, damit wir zu einem Ende kommen.

»Zuerst will ich wissen, was hier eigentlich los ist. Wie kommen Sie dazu, uns festnehmen zu wollen? Außerdem: Wieso zeigen Sie uns nicht erst einmal, wer Sie sind?! Man sollte sein Gegenüber doch wenigstens ansehen, wenn man mit ihm spricht!«

Ich bin der Innere Richter. Ich werde mir vor Ihnen nicht die Blöße geben. Das ist nur ein Schauspiel, aber ich bin über Schauspiele jeglicher Art erhaben. Ich mache das nur der Villa

Ego zuliebe. Deshalb muss Ihnen meine Stimme genügen. Frustriert Sie das?

»Offen gestanden, ja!«

Und soll ich Ihnen etwas sagen? Das ist mir egal.

Der Besitzer der eisigen Stimme schien zynisch zu lächeln. Ration Rückte verschränkte die Arme und sah herausfordernd auf das leere Richterpult. In seinen Gedanken stellte er sich ein knorriges, hutzeliges Männchen mit fiesen Gesichtszügen vor.

Die Stimme des Richters fuhr unbewegt fort:

Ration Rücke, Ihrer Begriffsstutzigkeit zuliebe werde ich die Dinge noch einmal langsam aufwickeln. Sie wissen also nicht, warum Sie hier sind?

»Ehrlich gesagt … nein«, sagte der Professor »Und wir hätten sicher einen weiten Bogen um diese Tür hier gemacht, wenn wir das geahnt hätten!«

Sie können Ihrem eigenen Urteil nicht entkommen. Da können Sie rennen, wie Sie wollen.

»Wir werden also vor vollendete Tatsachen gestellt?!«

Herr Rücke, das Gericht hat von Ihrem Treiben Wind bekommen, als Sie versucht haben, in Ihrer eigenen Geschichte die Zeit zu manipulieren.

»Meinem Treiben?! Oh …« Der Professor starrte beschämt auf seine Füße. Schuldgefühle überkamen ihn. Aber nicht gegenüber dem Richter, sondern gegenüber Dicabolo. Er hatte sich aus der Gegenwart flüchten wollen. Er hatte die Insel der Zuflucht schnellstmöglich verlassen wollen. Er hatte in dem Buch des Lebens versucht, die Zukunft zu finden und damit das Ende vorwegzunehmen. War er zu voreilig gewesen — und obendrein zu neugierig? Hatte er etwas Verbotenes getan? Er wagte es kaum, seinen Kollegen aus den Augenwinkeln heraus anzusehen.

Herr Rücke, wegen des Buches sollten Sie sich keine Vorwürfe machen. Das Gericht ist Ihnen sogar dankbar dafür, dass Sie den verzweifelten Fluchtversuch unternommen haben. Sonst

hätten wir Sie wohlmöglich gar nicht finden können. Erst durch das Sichtbarwerden des Buches haben Sie uns genügend Hinweise darauf gegeben, wo Sie zu finden sind. Nur so konnten wir Sie schließlich hierherführen.

Ration Rücke wurde heiß und kalt zugleich. Er wünschte sich verzweifelt, er hätte sich kurz mit dem Künstler allein beraten können, ohne dass der unsichtbare Richter sie dabei beobachtete.

Doch da fuhr der Richter bereits mit seiner Rede fort.

Kommen wir zu dem eigentlichen Grund Ihrer Anklage, Ration Rücke. Sie werden vor das Innere Gericht gestellt, weil man Sie anklagt – und es handelt sich um eine sehr ernstzunehmende Anschuldigung – dass Sie die Grenzen überschritten haben, die unseres Erachtens strengstens zu wahren sind. Ich frage Sie nun hier, im Namen des Inneren Gerichts: Wo sind Sie gewesen?!

Rückes Körper war wie gelähmt, doch er begegnete Dicabolos Blick. Der Künstler nickte ihm kaum merklich zu, so, als wolle er ihn zum Sprechen ermutigen.

Reden Sie!

Der Professor holte tief Luft.

»Es handelt sich um ein Experiment. Oder besser … um eine Entdeckungsreise«, sagte er zögernd. »Der Künstler zeigte mir, dass … dass die Landschaft des freien Geistes keine Grenzen kennt. Und ich glaube ihm. Na ja … zu anfangs, da glaubte ich ihm nicht, kein einziges Wort! Aber jetzt … tue ich es.«

Ich frage Sie noch einmal, Herr Rücke: Wo sind Sie gewesen?!, fragte die Richterstimme ungeduldig.

»Das ist eine lange Geschichte«, wisperte der Professor, unsicher, was er erzählen und welche Stellen er besser für sich behalten sollte. Dann entschied er sich dafür, gnadenlos ehrlich zu sein. Vielleicht würde es die Dinge besser machen. »Also gut. Der Künstler führte mich auf einen Traumpfad, einen schmalen Grat zwischen Traum und Wirklichkeit, von dem aus wir auf seinen Dachboden gelangten und …«

Und?

»Und … äh …«, Ration Rücke zögerte. »Der Weg war nicht immer nur angenehm. Im Gegenteil … Die Reise war ziemlich beschwerlich, manchmal jedenfalls … Wir gerieten zum Beispiel in ein Modermoor voller Zweifel … und in eine schlammige Grotte voller unterdrückter Emotionen. Wir haben es geschafft, ein paar dunkle Schattenvögel zu befreien.«

Verstehe ich Sie richtig? Dicabolo hat Sie in die Schattengebiete des Herzens geführt?

»So kann man es auch ausdrücken, ja.«

Aber sonst ist alles in Ordnung mit Ihnen?

»Mir geht es gut«, sagte der Professor zögernd. »Na ja … den Umständen entsprechend.« Er wollte sagen, dafür, dass er hier so mutwillig angeklagt wurde.

Sie glauben nicht, dass Sie einen geistigen Schaden davongetragen haben?

»Na, hören Sie mal!«, sagte der Professor beleidigt, »Wollen Sie mir etwa vorhalten, ich sei verrückt, oder was?«

Mich beunruhigt Ihr abrupter Gesinnungswandel dem Künstler gegenüber. Das lässt vermuten, dass Sie wohlmöglich geistig verwirrt sind.

»Was soll das heißen?!«, rief der Professor, der nun zunehmend wütend wurde. »Sie halten mich also nicht mehr für zurechnungsfähig?«

Wann haben Sie angefangen, sich diesem Taugenichts mit seiner willkürlichen Intuition unterzuordnen?

»Moment mal! Ich dachte, ein Gericht sei unparteiisch!«, wandte der Professor ein. »Und nun haben Sie Dicabolo in einem Satz bereits zweimal beleidigt. Außerdem habe ich mich ihm keineswegs untergeordnet. Ich habe nur mit ihm zusammengearbeitet. Was haben Sie ihm vorzuwerfen?«

Die unsichtbare Stimme antwortete ihm nicht. Stattdessen richtete sie sich an Dicabolo selbst, der bisher

kein Wort gesagt hatte. Der Künstler stand von seinem Stuhl auf, als habe er bereits damit gerechnet.

Sie haben den Professor aus seinem Arbeitszimmer gelockt.

»Ja.«

Haben Sie dazu etwas vorzubringen?

»Ich habe den Professor dazu ermutigt, sein kleines Arbeitszimmer zu verlassen und in die geistige Landschaft hinauszuziehen.«

Sie bekennen sich also für schuldig, Dicabolo?

»Von Schuld ist für mich keine Rede«, entgegnete der Künstler, »Ich übernehme die volle Verantwortung für mein Tun und Handeln. Ich habe weder Reue noch Schuldgefühle. Ich habe genau das getan, was ich für richtig halte. Und ich war mir der möglichen Konsequenzen von Anfang an bewusst.«

Das macht die Sache nur noch schlimmer. Sie geben also ganz offen zu, dass Sie ein schweres Verbrechen begangen haben.

»Ich halte nicht viel von Ihren Regeln«, sagte Dicabolo. »Und ich hielt es für eine gute Idee, sie zu brechen.« Dabei blickte er unverwandt nach vorne auf das leere Richterpult. In seinen Augen funkelte ein rebellisches Feuer.

Da ertönten plötzlich ein leises Zirpen und das Geräusch schneller Flügelschläge. Der kleine Kolibri war unverhofft durch die Tür hereingeflogen. Der smaragdgrüne Vogel, den der Professor schon verschwunden geglaubt hatte. Er war wieder da. Dicabolo hatte ihm seine Hand zum Landen entgegengehalten, und der Kolibri ließ sich umstandslos darauf nieder.

Wo kommt der Vogel her?, fragte die Richterstimme irritiert.

»Ich habe einen Vogel, Herr Richter. Ich hatte immer schon einen Vogel. Ich dachte, Sie wüssten das?« Dicabolo lächelte versonnen. Der Professor konnte seinen Blick nicht mehr richtig deuten. Ob er im Verborgenen etwas plante?

»Du hattest recht, kleiner Vogel, auch wenn ich das sehr bedaure … Anscheinend ist unser Spiel aufgedeckt worden …«, sagte Dicabolo an den Kolibri gewandt.

»Aufgedeckt?! Dicabolo, was soll das heißen, Ihr Spiel wurde aufgedeckt?«, rief Ration Rücke, als gelten diese Worte ihm. Entgeistert sah er den Künstler an.

»Nach den Regeln des Inneren Gerichts hätte ich Sie niemals aus Ihrem Büro hinausbringen dürfen, Herr Rücke. Aber ich habe es trotzdem getan. Der Kolibri und ich haben das schon vor langer Zeit in die Wege geleitet. Noch bevor diese Geschichte ihren Anfang genommen hat«, sagte Dicabolo.

»Sie haben mit dem kleinen Vogel zusammen einen Plan ausgeheckt?«

»Das haben wir. Und wir wussten auch, dass unsere Pläne nicht unentdeckt bleiben würden. Jede Handlung, selbst die unsichtbaren, ziehen Konsequenzen nach sich. Das heißt, unsere Absichten mussten in der Geschichte aufgezeichnet werden. Da das Buch nun sichtbar gemacht wurde, hat der Innere Richter darauf Zugriff bekommen. Er ist nicht besonders gut auf mich zu sprechen.«

Ich erlaube mir, Ihre sinnlose Unterhaltung zu unterbrechen!

Ration Rücke und Dicabolo wandten sich wieder nach vorne. Der unsichtbare Richter schien verärgert, dass man seinen Redefluss unterbrochen hatte. Er sprach nun mit noch kälterer Stimme:

Das Urteil des Gerichts lautet folgendermaßen: Herr Professor Ration Rücke, ehemaliger Herr der Geistigen Etage der Villa Ego, büßte unter der Hand des Künstlers seine analytische Denkfähigkeit ein. Er leidet nun an schwerwiegendem Realitätsverlust. Die Geschichte macht aus ihm damit ein Opfer der Umstände. Dennoch ist ihm vorzuwerfen, dass er sich in einer Traumwelt verloren hat. Er hat seine Pflichten in dem Büro der Ratio vernachlässigt und damit gewaltiges Chaos über die Geistige Etage der Villa Ego gebracht. Und er hat im Unterbewusstsein

gefährliche Schatten aufgewirbelt, die besser unter Verschluss geblieben wären.

»Aber die Samen … die Samen des Herzens … das Tor der Stille!« stotterte der Professor bestürzt. »Wir haben die Schatten doch transformiert und daraus etwas Gutes geschaffen!«

Herr Professor, das Gericht wird Sie mit Nachsicht behandeln. Sie konnten ja nicht ahnen, dass man Sie nach Strich und Faden benutzt und betrogen hat. Die Samen, von denen Sie uns erzählen, existieren nicht wirklich. Nur in Ihren Träumen. Doch nun ist es an der Zeit, aufzuwachen und den Tatsachen wieder ins Auge zu sehen. Kehren Sie in Ihr Büro zurück. Bereiten wir gemeinsam diesem Unsinn ein Ende. Wir müssen verhindern, dass das Büro der Ratio vollständig den Bach runtergeht.

»Aber nach allem, was Dicabolo und ich gemeinsam durchgemacht haben …!«

Ihre Sicherheit liegt dem Ego und damit dem ganzen Gericht sehr am … äh … Herzen, Herr Rücke.

Die letzten Worte kamen nicht leicht über die Lippen des Richters. Dennoch fuhr er fort:

Das Herz ist ein unberechenbarer Teil der geistigen Landschaft. Deshalb versuchen wir auch nach allen erdenklichen Kräften, die überlegene Position des rationalen Verstandes über die der Intuition zu sichern. Es gibt ein ungeschriebenes Gesetz, das uns dazu aufruft, die Grenzen zu wahren. Sie haben sich unnötig in Gefahr begeben. Es ist nun an der Zeit für Sie, in Ihr Büro zurückzukehren.

»Aber ich …«

Das Gericht möchte von Ihnen nicht mehr unterbrochen werden, Herr Rücke. Lassen Sie uns mit unserem Urteil fortfahren. Kommen wir nun zu dem gravierenden Teil. Ich verlese nun die Anklageschrift Ihres Zeitgenossen Dicabolo.

Dicabolo, Bewohner des Dachbodens der Villa Ego, Wandernder, Gaukler und Geschichtenerzähler, der sich selbst einen Künstler nennt: Seine Vergehen sind weitaus verachtenswerter. Er hat dem Professor in voller Absicht

einen schweren, geistigen Schaden zugefügt. Er hat ihn dazu getrieben, sein Büro zu verlassen und ihn auf eine heimtückische Weise in die Gefilde des Herzens gelockt. Das alles tat er bei vollem Bewusstsein und zum Trotze aller nach sich ziehenden Konsequenzen, nämlich der geistigen Verwirrung seines Opfers.

»Halt! Augenblick! Lassen Sie mich etwas klarstellen!«, warf Ration Rücke unerwartet ein. »Ich bin kein Opfer! Der Künstler hat mich nie dazu gezwungen, irgendetwas zu tun. Es war meine eigene Entscheidung. Ich hätte mich genauso gut gegen seinen Weg entscheiden können, aber das tat ich nicht. Der Künstler ist mein … nun, Führer mag ich es nicht nennen, aber doch zumindest mein Verbündeter … und mein Freund.« Er stockte, erschrocken über seinen plötzlichen Mut zum Widerspruch und Ungehorsam. Doch der Richter ging gar nicht weiter darauf ein.

Das Gericht hat seine Entscheidung bereits getroffen. Dicabolo, als Unruhestifter, Nichtskönner, Gaukler und Tagedieb, wird unverzüglich und unwiderruflich in die Kammer der Unverwirklichten Träume verbannt. Dort wird er bleiben und sich langsam verflüchtigen, bis man ihn irgendwann ganz vergessen hat. Er wird die Geistige Etage der Villa Ego und das Büro des Verstandes nicht mehr belästigen.

Ration Rücke hörte alles entgeistert mit an. Er hatte mit all seinen Kräften versucht, das Urteil abzuwenden, aber vergeblich. Nun verschlug es ihm die Sprache.

Dass man Dicabolo für ein schweres Verbrechen bezichtigte, versetzte seiner Seele einen schweren Schlag. Er wollte nicht wahrhaben, dass ihre Geschichte eine so rabiate Wendung zum Schlechten genommen hatte. In einem letzten Akt der Verzweiflung rief er:

»Nein! Halten Sie ein! Herr Richter, bitte hören Sie mich an! Nur noch ein letztes Mal … Hören Sie sich meine Sicht der Dinge an! Eine gefühlte Ewigkeit befand ich mich in einem lächerlich kleinen Arbeitszimmer, wo ich Zettel sortierte und mich mit vielen negativen

Gedanken herumschlug. In meinem Büro gab es weder Türen noch Fenster. Und im Nachhinein, muss ich gestehen, mein Zustand war miserabel … *hunds*miserabel. Deshalb wurde ich auch immer wieder von einem Inneren Schweinehund an der Arbeit gehindert. Aber damals wusste ich nicht, dass es die Enge in meinem Büro war, an der ich litt, und dass ich mich dort gefangen fühlte. Ich wusste nicht, was es bedeutet, frei zu sein. Doch dann zeigte mir der Künstler einen Ausweg. Er gab mir durch den Traumpfad eine Gelegenheit, die geistige Landschaft zu bereisen und meine Grenzen auszudehnen. Früher dachte ich, das Herz sei eine geschlossene Zone für mich und ginge mich nichts weiter an … Aber das stimmt nicht. Der Fluss der Gedanken und der Fluss der Gefühle stammen aus derselben Quelle. Herz und Verstand sind gar nicht voneinander getrennt.

Jetzt, wo ich an all das zurückdenke, was ich auf dieser Reise erlebt habe … so muss ich gestehen: Ich bereue kein bisschen, was passiert ist. Ich bin dem Künstler sogar dankbar dafür! Ja, ich bin dankbar. Auch, wenn ich erst jetzt, wo es eigentlich zu spät ist, gelernt habe, es wirklich zu schätzen. Ich habe in der Landschaft des Herzens nicht nur Schatten, sondern auch sehr viel Schönes gesehen …«

Schafft den Künstler weg!

Der Professor wandte sich um und verdeckte sein Gesicht mit den Händen. Er war plötzlich sehr emotional und verletzlich geworden, und das war eine Seite, die er an sich nicht kannte.

Sie sind zu weit gegangen, Herr Rücke. Sie haben sich einer lächerlichen Vision hingegeben und haben sich von der Ratio abgewandt, um einem Taugenichts ins Verderben zu folgen. Es enttäuscht mich, Ihren Frontenwechsel mit anzusehen. Glücklicherweise wird er nicht von Dauer sein.

Der gestaltlose Richter hämmerte heftig auf das Tischpult und beendete damit ihre Sitzung. Seile schossen

aus dem Nichts auf sie zu und wickelten sich um Dicabolos Körper. Der Professor wollte ihn schützen, doch er wurde mit einem heftigen Tritt beiseitegestoßen. Gegen einen Gegner, den er nicht sehen konnte, hatte er keine Chance, sich zu wehren. Dicabolo wurde wie von einer unsichtbaren Hand über den Boden geschleift und in eine dunkle Seitenkammer hineingestoßen, die wie aus dem Nichts entstanden war. Die Tür wurde umgehend hinter ihm zugeknallt, sodass sie dem Professor die Sicht versperrte.

»Dicabolo! Dicabolo! Ich lasse es nicht zu, dass Sie eingesperrt werden!«

Ration Rücke schluckte schwer. Mit einem Mal fühlte er sich schrecklich allein. Aber er konnte nichts tun. Er war wie gelähmt, sein Körper wollte ihm nicht mehr gehorchen.

Gehen Sie in Ihr Büro zurück, Ration Rücke. Und wagen Sie es nicht, noch einmal einen Fluchtversuch zu unternehmen, um der Realität zu entkommen.

Die unsichtbare Hand war immer noch da. Als nächstes griff sie geschickt nach dem Kolibri und setzte ihn in einen Käfig mit Eisengittern, der aus dem Nichts entstanden war. Der Vogel stieß einen schrillen Schrei aus, und im nächsten Moment kippte er gelähmt vornüber und regte sich nicht mehr. Er war wohl zu Tode erstarrt. Dem Professor wurde von diesem Anblick speiübel. Er konnte nur ahnen, wie aufgelöst Dicabolo sein würde, wenn er das mit angesehen hätte.

Der Käfig wurde dem Professor in die Hände gedrückt.

Ich halte es für sicherer, diesen Vogel nicht mit Dicabolo in einen Raum zu sperren. Ich gebe ihn hiermit in die Obhut der Ratio. Verwahren Sie ihn in Ihrem Büro. Wenn er nicht bereits tot ist, so wird er dort vermutlich nicht mehr lange überleben.

»Nein! Sperren Sie uns mit Dicabolo zusammen ein! Das wäre doch wenigstens gleichberechtigt! Ich trage nicht weniger Schuld als er!«

Sie machen mir Spaß. Sie halten sich wohl für übervorteilt?! Nein, ich sagte, Sie kehren dorthin zurück, wo Ihr angestammter Platz ist. Sie werden von nun an unter strenge Beobachtung gestellt. Sie werden keinen Kontakt mehr zu diesem Tagedieb aufrechterhalten können. Er ist nur noch ein unverwirklichter Traum, verstehen Sie? Gehen Sie zurück.

Der Nebel, der bisher nur die Zimmerdecke umwabert hatte, senkte sich nun bis auf die Tischreihen hinab. Dem Professor wurde schwindlig. Im nächsten Augenblick begann er zu schwanken und fühlte sich, als habe man ihm wieder den Boden unter den Füßen weggerissen. Da verschwamm ihm die Sicht vor den Augen und hüllte sein Bewusstsein in dichte Dunkelheit.

Kapitel 20
Der Käfig des Kolibris

Ration Rücke kam mit einem Summen in den Ohren und einem Dröhnen im Kopf wieder zu sich. Stöhnend öffnete er seine Augen. Das erste, was er sah, war sein alter, von Zetteln überladener und ziemlich verstaubter Schreibtisch. Er rieb sich die schmerzende Beule an seinem Kopf. Erst allmählich wurde sein Blick wieder klarer. Er erkannte den kleinen, engen Raum mit all seinen Einzelheiten: die unzähligen Bücher in den Regalen, Zettel über Zettel und Schränke mit geöffneten Schubladen, in denen das Chaos wütete. Sein Büro sah genauso aus, wie er es in Erinnerung hatte – nur ein bisschen staubiger und vollgestopfter als zuvor. Er war wieder zurück auf der Geistigen Etage. Zu Hause. Aber das Wort schmeckte bitter und fühlte sich falsch an. Es kam ihm ganz und gar nicht heimisch vor. Im Gegenteil, es versetzte ihn in Unruhe. Seine Bücher verströmten den modrigen Geruch von altem Papier, das mit Schimmel befallen war. Die Launen-Essenz in dem alten Reagenzglas an der Wand zeigte ihm ein klumpiges, schmutzig-trübes Tintenblau, das Ekel in ihm hervorrief. An den Zimmerwänden hingen Spinnweben und dünne Staubflusen. Ration Rückes Augen suchten verzweifelt nach einem Fenster, einem Lichtstrahl, aber vergebens. War es denn immer schon so düster gewesen? Er versuchte sich zu erinnern … Aber es hatte nie ein Fenster gegeben. Ein beklemmendes Gefühl der Leere machte sich in ihm breit. Hatte er sich so sehr an die Weite des Himmels gewöhnt, dass er sein kleines Zimmer

nicht mehr ertragen konnte? War es nicht seltsam? Als er auf der Insel der Zuflucht gestrandet war, hatte er viel dafür gegeben, wieder in seinem kleinen Büro auf der Geistigen Etage zu sein. Aber jetzt kam er sich wie ein Gefangener vor. Wenn er darüber nachdachte, hatte er sich das alles selbst zuzuschreiben. Die Insel der Zuflucht war ihm nicht groß genug gewesen. Er hatte ja unbedingt nach einem Ausweg suchen müssen – nur, um danach in ein riesiges Gedankenlabyrinth hineinzugeraten und anschließend wieder hierher zurückgeschickt zu werden. Er hatte versagt. Und das Schlimmste war, dass man seinen Kollegen eingesperrt hatte. Dicabolo würde ihn hier in diesem Zimmer nicht mehr besuchen kommen. Der Professor krallte sich an das nächstbeste Buch und vergrub seinen Kopf darin. Nicht, um zu lesen, sondern um das Zimmer nicht länger sehen zu müssen. Er war überwältigt von Verlust und Einsamkeit.

»Pst! Hey!«

Ein kleines, zierliches Wesen machte mit flatternden Flügelschlägen auf sich aufmerksam. Der Professor wandte sich nach dem Geräusch um, sah aber nicht sofort, wo es herkam. Er stieß einen Stapel Bücher beiseite, und da sah er es endlich: Der kleine Kolibri mit seinen smaragdgrünen Federn blinzelte ihn aus einem eisernen Käfig heraus an. Er stand in einem der Regale und war vorher ganz von Büchern umstellt gewesen.

»Na, so was! Du lebst ja!«, rief der Professor freudig überrascht. »Und ich dachte schon, du wärst tot!« Und ihm fiel ein großer Stein vom Herzen.

»Sich totzustellen ist eine Kunst. Aber jetzt ist keine gute Zeit zum Sterben. Jetzt will ich leben! Kannst du mir die Käfigtür öffnen?«, zirpte der kleine Vogel.

»Ich habe keinen Schlüssel für diesen Käfig!«

»Dann versuch es mit etwas anderem – benutze einfach deine Vorstellungskraft!«

Der Professor sah sich einen Augenblick ratlos um. Dann packte er kurzentschlossen die Gitterstäbe und konzentrierte seine ganze Willenskraft darauf. Er dachte dabei an Dicabolo. Fester und fester drückte er seine Hände gegen die Eisenstäbe, bis sie unter leichtem Zittern schließlich nachgaben.

»Gut gemacht!«, zirpte der kleine Vogel zufrieden und hüpfte durch die Stäbe hindurch. Er ließ sich auf einem Stapel Zettel auf Rückes Schreibtisch nieder. »Der Richter hat deinen Willen noch nicht gebrochen.«

»Oh, meinst du?«

»Er hat uns einen schweren Schlag versetzt, als er Dicabolo in die Kammer der Unverwirklichten Träume verbannt hat. Aber ich brauche dir sicher nicht zu sagen, dass wir ihn dort wieder rausholen werden.«

»Wie kannst du dir so sicher sein, dass er noch existiert? Als unverwirklichter Traum müsste er sich doch umgehend in Luft auflösen.«

»Nicht sofort. Es dauert eine Weile, bis eine Erinnerung ganz verblasst. Solange wir uns noch an ihn erinnern, ist er nicht ganz verloren. Es besteht noch Hoffnung«, sagte der kleine Vogel bestimmt.

»Willst du mir sagen, woher du Dicabolo kennst und was ihr miteinander zu tun habt? Dicabolo sagte, ihr habt schon zusammen Pläne geschmiedet, bevor unsere Geschichte überhaupt ihren Anfang nahm. Wie kann das sein? Bitte erkläre es mir!«

»Nun, wir fliegen in den gleichen Himmel und blicken in dieselben Sterne. Wir fliegen und spielen gemeinsam. Das ist es.«

»Dann kommst du aus dem Reich der Ideen?«

»Der Künstler sieht die Ideen, beobachtet sie und verwirklicht sie. Ich bin ein Bote, der die Ideen zu ihm bringen kann.«

»Interessant. Und warum habt ihr mich in eure Pläne miteinbezogen, obwohl es gegen die Regeln verstößt?«

»Die Zeit war reif für Veränderungen.«

Der Kolibri schien dieser Frage nicht weiter nachgehen zu wollen. Ration Rücke begnügte sich mit seiner Erklärung, obwohl sie ihn nicht wirklich zufrieden stellte.

»Was sollen wir jetzt tun?«, fragte er dann. »Ich habe Angst, dass der Richter mich auf Schritt und Tritt beobachtet. Dann wird er herausfinden, dass du noch lebst, und er wird versuchen, dir den Fluchtweg abzuschneiden.«

»Ich werde nicht fliehen. Fliehen tut man, wenn man Angst hat. Ich habe keine Angst. Und du solltest auch keine Angst vor dem Richter haben. Erst durch Angst räumst du ihm Macht über dich ein.«

»Dann werde ich wohl versuchen müssen, diese Angst zu überwinden. Aber das ist nicht leicht. Was schlägst du vor, wie können wir Dicabolo aus der Kammer der Unverwirklichten Träume befreien?«

»Es bleibt uns nichts anderes übrig, als selbst in diese Kammer herabzusteigen.«

»Um selbst zu einem unwirklichen Traum zu werden? Aber Kolibri, wäre das nicht zu riskant? Versteh mich nicht falsch, ich werde wirklich alles daransetzen, ihn rauszuholen. Aber wäre es nicht sinnvoller, von diesem Zimmer aus einen Befreiungsplan zu starten? Sobald wir erst einmal selbst zu einem unverwirklichten Traum geworden sind, sind wir vielleicht gar nicht mehr handlungsfähig!«

»Nur, wenn wir allein sind. Aber gemeinsam sind wir stark genug«, zirpte der Kolibri.

»Also gut. Wenn wir in diese Kammer müssen … dann müssen wir erst mal den Eingang finden.«

Einer inneren Eingebung folgend wanderte der Professor an seinen Regalen entlang. Er begann, die Aufschriften der verschiedenen Schubladen zu lesen. *Kiste Krempelrümpel: Nonsens und unnötiges Wissen* stand da auf einer Schublade. »Nein … Die ist es nicht.«

Schublade der Wut und des wilden Zornes-Vorsicht, Hochspannung, nicht willkürlich öffnen! stand auf einer anderen. »Ah … die halten wir wohl besser unter Verschluss … Oho! Da haben wir es ja! *Kiste der Unverwirklichten Träume.* Wunderbar! Ich glaube, wir haben ihn.«

Kapitel 21
Der verwahrloste Dachboden

Er hatte den Eingang zu der Kammer sehr viel schneller gefunden, als er erwartet hatte. Schwieriger war es dagegen, die Schublade zu öffnen. Alles in ihm sträubte sich innerlich dagegen. Es kostete den Professor einiges an Überwindungskraft. Als er sie endlich mit zittrigen Händen aus dem Regal gezogen hatte, staunte er nicht schlecht, denn er sah durch sie hindurch in einen endlosen Himmel hinunter. Dichte Wolken waberten im Inneren der Schublade. Fassungslos sah der Professor den Kolibri an.

»Wir können uns doch nicht einfach in die Leere stürzen! Das wäre glatter Selbstmord!«, rief er.

»Ich an deiner Stelle würde mich hinabseilen«, zirpte der Vogel. Der Professor starrte einen Moment in die Leere, dann stach ihm eine rote Schnur ins Auge. »Der … der rote Faden?«, fragte er verdutzt, und da war er wieder, aufgerollt wie rotes Wollknäuel, das neben ihm auf dem Boden lag.

»Nun weiß ich jedenfalls, dass der Künstler diesen Faden nicht unter Kontrolle hat. Er ist schließlich nicht mehr da. Aber wenn uns dieser Faden zu ihm führen kann, so wird er diesmal seine Rettung sein.«

Der Professor band das Fadenende an seinen Schreibtisch und verknotete es mehrmals. Dann holte er tief Luft und warf das andere Ende durch das Schubladeninnere hinunter. Er wickelte sich die Schnur ein paarmal fest um die eigenen Finger, nickte dem

Kolibri ernst zu und seilte sich mit zusammengekniffenen Augen in das bodenlose Ungewisse hinab.

Es war, als würde er von oben aus in eine andere Welt hinabsteigen. Der Professor hing am seidenen Faden in der Luft, während der kleine Vogel langsam neben ihm herunterflatterte.

»Nicht nach unten gucken … bloß nicht nach unten gucken«, redete Ration Rücke auf sich ein, während er ängstlich den Faden umklammerte. Was, wenn die rote Schnur einfach mitten im bodenlosen Nichts enden würde? Oder, schlimmer noch, wenn sich der Knoten um seinen Schreibtisch löste? Er würde einfach ins Leere fallen …!

Leider war es genau dieser ängstliche Gedanke, der seine Finger so zittrig machte, dass er den Halt verlor. Schreiend und mit den Armen rudernd stürzte er geradewegs durch die Wolkendecke in die Tiefe. Nebel umhüllte ihn, und in Erwartung eines heftigen Aufpralls kniff er die Augen fest zusammen.

»Autsch!«

Zum Glück war sein Aufprall nicht so hart gewesen, wie er befürchtet hatte. Sein Ausruf war ein reiner Reflex gewesen. Er fühlte sich überraschend unversehrt, dafür, dass er gerade aus ungeahnter Höhe herabgestürzt war. Aber er war noch bei klarem Bewusstsein. Und soweit er das beurteilen konnte, hatte er sich auch keine Glieder gebrochen. Sein Körper war völlig schmerzfrei. Viel eher war er von einer dumpfen Taubheit erfüllt. So, als habe er überhaupt keinen festen Körper mehr.

Benommen rappelte er sich vom Boden auf. Er fühlte sich seltsam leicht und durchlässig. Da stellte er bestürzt fest, dass er tatsächlich keinen richtigen Körper mehr hatte. Irgendwie war er durchlässig geworden wie ein Phantombild. Zur Kontrolle versuchte er, in seine Hände zu klatschen – doch seine Finger glitten einfach durch seine Handflächen hindurch, als bestünden sie nur aus

Nebel. Der Kolibri, der soeben neben ihm gelandet war, zirpte ein bisschen niedergeschlagen.

»Eigenartig«, murmelte der Professor. »Das ist wie ein Traum. Ob es mit der Beschaffenheit dieser Schublade zu tun hat? Kolibri, geht es dir genauso?«

Als der Professor seinen Blick auf den Vogel richtete, erschrak er ein wenig. Der Kolibri hatte all seine Farben verloren. Er sah aus, als sei er in einen alten Schwarz-Weiß-Film hineingeraten. Genau wie der Professor selbst.

»Als hätten wir eine Reise in die Vergangenheit gemacht …«, flüsterte der Professor. Die Landschaft, alles um ihn herum, war nur noch in abgestuften Grautönen wahrzunehmen.

»Oder in eine Zukunft, die sich niemals ereignet wird«, flüsterte der Vogel.

»Daran möchte ich lieber gar nicht erst denken, Kolibri. Aber seltsamerweise habe ich das Gefühl, dass mir dieser Ort hier bekannt vorkommt.«

Ration Rücke schaute sich sorgfältig um.

Er war auf einer Art hölzernen Plattform gelandet, die weder Wände noch eine Zimmerdecke hatte. Alles sah leer und verlassen aus. Aber auf dem Boden lagen ein paar Pinsel und andere Künstlerutensilien verstreut. Sie sahen aus, als hätte noch kurz zuvor jemand damit gewerkelt.

Das konnte nur Dicabolos Dachboden sein!

»Aber wie ist das möglich … Der Dachboden war doch eine Etage *über* meinem Büro und nicht darunter«, wunderte sich der Professor halblaut.

»Die Räume müssen sich verschoben haben, als Dicabolo zu einem unverwirklichten Traum geworden ist. Da ist wohl auch sein Dachboden in diese Kiste gewandert«, zirpte der kleine Kolibri, der farblos neben ihm in der Luft flatterte.

»Dann sind wir also tatsächlich in seinem alten Atelier gelandet. Komisch. Ich hatte den Dachboden bunter

und lebendiger in Erinnerung. Nun sieht alles grau und verwahrlost aus. Kolibri, glaubst du, es liegt an meinen Augen? Oder nimmst du auch alles durch einen Graufilter wahr?«

»Den unverwirklichten Träumen wird jede Farbe entzogen.«

»Das habe ich befürchtet. Die Kammer der Unverwirklichten Träume ist wirklich eine elende Strafe – vor allem für den Künstler. Der Richter hätte uns gegenüber nicht schlimmer verfahren können. Ich frage mich nur … Wenn wir nun ebenfalls in dieser Kammer sind, wieso wartet Dicabolo dann nicht hier auf uns?«

Der Professor rechnete beinahe damit, dass der Künstler hinter ein paar Farbtöpfen hervorspringen und ihm grüßend auf die Schulter klopfen würde. Aber leider war dem nicht so. Der Dachboden blieb wie ausgestorben. Kein einziger Pinsel tanzte mehr durch die Gegend.

»Ich habe das unangenehme Gefühl, dass Dicabolo diesen Dachboden bereits verlassen hat«, flüsterte er dann mit grimmiger Miene. Seine Stimmung verdüsterte sich. Der Kolibri flog wild mit den Flügeln schlagend umher und landete auf der alten Malstaffelei, die verstaubt in einer Ecke herumstand.

Ration Rücke starrte auf ein unfertiges Gemälde, das der Künstler auf der Staffelei zurückgelassen hatte – nur ein schwarz-weißer Kreis war darauf zu sehen. Die beiden Farben gingen fließend ineinander über. In der Mitte trafen sie sich in einem verschwommenen Grau. *Gegensätze zusammenführen,* hieß es in einer Aufschrift darunter.

»Früher waren Ihre Bilder bunt, Dicabolo! Jetzt sind sie nur noch schwarz und weiß. Haben Sie alle Farben verloren, als Sie in die Kammer der Unverwirklichten Träume verbannt worden sind? Hat der Richter Ihre Welt zerstört? Das kann doch nicht im Sinne der Villa Ego sein!«

Der Professor starrte auf seine aschgrauen Hände und hatte das Gefühl, dass sie vor seinen Augen weiter verblassten.

»Hör auf damit! Bleibe wach!«, flüsterte der kleine Vogel und pickte ihn in sein linkes Ohr.

»Autsch! Das tat weh!«

»Ganz so durchlässig bist du eben doch noch nicht. Und jetzt komm!«

Ration Rückes flüchtiger Blick wanderte weiter umher. Er stieß dabei auf ein anderes Bild, das auf dem Boden herumlag. Es zeigte ein geöffnetes Auge. Ein kleines Detail ließ den Professor aufschrecken.

»Siehst du das auch? Das Auge ist ein Spiegel!«

Der Professor konnte im Innern der Pupille sein eigenes Gesicht erkennen. Und auch den Vogel, der neben ihm flog, konnte er durch das Auge sehen. Da begann das Auge plötzlich zu blinzeln.

»Oh!«

Das war nicht möglich! Die Leinwand lebte!

Konnte dieses Portrait denn ein geheimes Portal sein? Ein Durchgang, der sie weiterführte?

»Der Blick von diesem Auge ist wie ein langer Tunnel, in dem man sich verliert. Vielleicht gibt es ja einen Weg hindurch! Dicabolo, hören Sie mich? Sind Sie hinter dieser Leinwand? Warten Sie auf uns! Der Kolibri und ich sind bald bei Ihnen!«

Augenblicklich spürte der Professor, wie ein leichter Sog ihn erfasste. Er zog ihn mitten in das Auge hinein. Da breitete sich ein unerwartetes Glücksgefühl in ihm aus. In einem Punkt hatte sich der verwahrloste Dachboden jedenfalls nicht verändert: Er war immer noch für eine Überraschung gut.

Ration Rücke spürte einen leichten Druck auf den Ohren und schloss die Augen. Als er zitternd wieder zu sich kam, wollte er sich stöhnend die Augen reiben. Doch er musste feststellen, dass seine Finger keinen Halt mehr fanden. Wie durchlässiger Rauch glitten sie durch sein Gesicht hindurch. Für einen Moment versetzte ihn das in Panik. Doch er zwang sich, Ruhe zu bewahren und nach vorne zu schauen. Er war in ein verzweigtes Geflecht aus Tunneln hineingeraten, von denen ein Gang so dunkel und grau wie der andere war.

»Dicabolo? Sind Sie hier? Wenn Sie hier sind, dann sagen Sie etwas!«

Doch der Professor war immer noch mit dem Kolibri allein.

Da es mehrere Höhlenarme gab, in die sie hätten hineingehen können, stand der Professor wieder vor der Qual der Wahl.

»Wir brauchen einen Anhaltspunkt. Irgendwo muss der Künstler doch schließlich vorbeigekommen sein«, flüsterte er und musterte die unterschiedlichen Abzweigungen. An dem dritten Gang stieß er einen überraschten Pfiff aus:

»Oho! Das sieh sich einer an! Da ist schon wieder ein Gemälde!«

Der Kolibri und der Professor betrachteten staunend das neue Bild. Auch dieses Kunstwerk hatte keine richtigen Farben.

Es zeigte eine eiserne Kette, die in der Mitte entzweigebrochen war und in viele Teile auseinanderstob.

Die Ketten sprengen, stand daruntergeschrieben. Ration Rücke betrachtete das Bild eingehend. Es war nicht viel größer als ein Taschenbuch.

»Auch das war bestimmt Dicabolos Werk. Gehen wir also diesen Gang entlang! Vielleicht ist das Bild ja ein Wegweiser.«

Auf dem Weg durch das verzweigte Tunnelgeflecht trafen die beiden auf ein weiteres Bild, das mit der Aufschrift »Samen der Hoffnung« betitelt war. Es zeigte vier kleine Samenkörner, die alle durch ein weißes Netz aus Licht miteinander verbunden waren. In ihrer Mitte war eine Rose. Aus ihrem Innern ergossen sich weiße Lichtstrahlen, die sich mit denen der Samen verbanden.

»Dieses Bild hätte ich zu gerne in Farbe gesehen. Schade, dass es nur grau ist. Aber immerhin erkennt man, was Licht und was Schatten ist«, murmelte der Professor. »Das ist schon das vierte Bild, das der Künstler auf seinem Weg zurückgelassen hat. Zwei auf dem verwahrlosten Dachboden, zwei hier unten. Also, faul war er nicht. Hat in der Kammer der Unverwirklichten Träume ordentlich vor sich hin gewerkelt.«

Der Professor formte seine Hände zu einem Trichter. Dabei achtete er vorsichtig darauf, dass sie einander nicht berührten.

»Dicabolo? Dicabolo! Kommen Sie her, ich weiß, dass Sie hier sind! Sie müssen hier sein!«

»Herr Professor?! OH! Herr Professor! Und unser kleiner, gefiederter Freund! Welche Freude!«

»Herr Kollege? Dicabolo! Tatsächlich! Na, wenn das nicht Glück im Unglück ist!«

Ration Rücke sah mit einem Glänzen in den Augen, wie Dicabolo hinter einem größeren Felsen hervortrat und glücklich seine Arme ausbreitete. Erleichtert und freudig zugleich rannten die beiden aufeinander zu. Doch da ihre

Körper durchlässig waren, glitten sie geradewegs durch den jeweils anderen hindurch. Der Professor fühlte sich, als habe man einen Eimer kaltes Wasser über ihm ausgeschüttet.

»Ich hätte es wissen müssen. Sie hat es natürlich auch erwischt. Sie sind genauso durchlässig und grau geworden wie wir.«

»Herr Professor! Ja, grau und durchlässig wie die Wolken. Oh, aber ich freue mich, ich freue mich so sehr, dass Sie und der Kolibri zu mir gefunden haben! Obwohl es mich auf der anderen Seite sehr, sehr traurig macht …«

»Zum Traurigsein haben wir jetzt keine Zeit, Dicabolo. Wir müssen schleunigst nach einem Ausgang suchen, solange wir uns noch nicht vollends in Luft aufgelöst haben!«

»Es ist gut, dass wir nun zu dritt sind«, sagte Dicabolo. »Gemeinsam schaffen wir es bestimmt, einen Ausweg zu finden.«

»In der Tat.«

Der Professor machte Anstalten, sich umzudrehen, als ein merkwürdiges Geräusch an seine Ohren drang. Es klang wie ein leises, trauriges Weinen.

»Hören Sie das auch?«, fragte er verunsichert und blickte seinen Kollegen an.

Dicabolo nickte lebhaft. »Ich höre es auch, Herr Professor! Wir sind nicht allein hier.«

»Das hätte ich mir ja denken können«, murmelte der Professor. »Diese Kammer ist wahrscheinlich voll von alten Träumen, die alle nie das Licht der Welt erblickt haben. Sehr traurig ist das … aber wir dürfen uns davon nicht aufhalten lassen. Wir müssen so schnell wie möglich zurück, bevor wir uns noch weiter verflüchtigen!«

»Lassen Sie uns erst herausfinden, aus welcher Richtung das Weinen kommt«, entgegnete Dicabolo.

Der Professor runzelte seine aschgraue Stirn. »Verlieren wir dadurch nicht kostbare Zeit?«

»Vielleicht nicht, vielleicht ist das Gegenteil der Fall, Herr Kollege. Lassen Sie uns schauen, was wir tun können. Je mehr Träume wir hier unten finden, mit denen wir uns verbünden können, desto besser, scheint mir.«

Dicabolo blickte suchend umher, während er seine Ohren spitzte. Nach einer kleinen Weile rief er: »Ich glaube, dass das Weinen aus dieser Richtung kam …«, und deutete mit seinem nebelartigen Finger nach links, in einen engen Tunnelgang.

Der Professor sah ihn wenig begeistert an, protestierte jedoch nicht, als Dicabolo voranschritt, um dem leisen Geräusch zu folgen.

Zusammen mit dem Kolibri stolperten die beiden Männchen durch die sumpfige, modrige Finsternis. Der Professor fühlte sich, als sei er diesen Weg schon einmal gegangen.

»Dicabolo, könnte es sein, dass wir wieder in der Grotte der unterdrückten Emotionen sind? Ich habe die Vermutung, dass unser Gefängnis in dem gleichen unterirdischen Tunnelgeflecht liegt. Ist es nicht sogar möglich, dass wir in ein und demselben Tunnel sind, aus dem wir damals die Schattenvögel befreit haben?«

»Möglich ist es auf jeden Fall. Es gibt schließlich noch viele andere Höhlenarme und Abzweigungen. Umso unwahrscheinlicher war es, dass wir uns überhaupt wieder zusammenfinden konnten, Herr Rücke. Deshalb habe ich auch die Bilder gemalt, für den Fall, dass Sie vielleicht irgendwann hier vorbeikommen und einen Anhaltspunkt brauchen würden.«

»Aber hätten Sie nicht einfach an einer Stelle auf uns warten können?«

»So einfach ist das nicht. Ich glaube, die Kammer der Unverwirklichten Träume zieht einen immer weiter in die Tiefe hinein. Es gibt einen Sog, der einen erfasst. Und je weiter er einen treibt, desto weniger kann man sich an sich selbst erinnern

und desto schwächer wird auch die eigene Willenskraft. Man kann diesem Sog nicht widerstehen. Und irgendwann erreicht man den Abgrund des Vergessens, an dem man sich vollständig auflöst. Dann ist es so, als habe man niemals existiert.«

»Das ist ja schrecklich! Aber warum haben Sie mir dann nicht einfach eine Hilfenachricht zurückgelassen – warum der ganze Aufwand mit den Bildern?«

»Na, hören Sie mal, ich bin schließlich Künstler! Wo käme ich hin, wenn ich das vergessen würde? Das mit den Bildern hat aber mehrere Gründe. Zum einen, um Zeit zu schinden. Ein Bild zu malen, hielt mich weitaus länger beschäftigt als ein paar Worte zu schreiben. Außerdem besteht unser Erinnerungsvermögen auch aus Bildern. Vielleicht hätte ich meine ganze Mission vergessen, wenn ich sie nicht in den Bildern festgehalten hätte. Dieser Ort frisst alle Erinnerungen.«

»Dann hatte jedes Bild eine direkte Botschaft.«

»Aber klar doch – nur kann ich mich leider nicht mehr daran erinnern, was ich gemalt habe. Der Abgrund ist schon zu nahe, und die Bilder liegen zu weit zurück. Sie sind nur noch für die von Belang, die als nächstes vorbeikommen.«

»Aber dann müssen wir dagegen ansteuern!«, rief der Professor. »Wir können dem Abgrund des Vergessens doch nicht mit offenen Armen entgegenrennen! Das wäre wahnsinnig!«

»Da haben Sie wohl recht. Trotzdem möchte ich erst das weinende Wesen finden, dessen Stimme ich hier unten gehört habe.«

»Oh, Dicabolo …«

»Pst, hören Sie das auch?«

Der Professor spitzte seine grauen Ohren und hielt gespannt inne. Wenn er sich ganz genau konzentrierte … Da war ein leises Schluchzen, vermischt mit einer sanften Melodie, die in ihm vage Erinnerungen weckte.

»Dicabolo! Ich höre da mehr als nur ein Weinen! Hören Sie auch diese Melodie?«

»Vielleicht ist das unsere Rettung. Kommen Sie weiter!«

Stolpernd rannten die beiden Männchen, gefolgt von dem Vogel, durch den schmalen Gang, bis sie in eine Sackgasse gerieten. Die Stimme, der sie gefolgt waren, war nun lauter und deutlicher zu hören.

»Es muss hier irgendwo im Dunkeln auf uns warten …«, flüsterte der Künstler.

»Es? Welches ›Es‹? Und warum senken Sie Ihre Stimme? Wir haben doch nichts zu verheimlichen! Reden wir lieber laut genug, dass man uns hören kann!«

»Entschuldigen Sie … Ich war nur durch das Echo in den Höhlenwänden eingeschüchtert.«

Dicabolo und Ration Rücke tasteten hilflos im Dunkeln umher. Es war nicht sonderlich hilfreich, dass ihre Hände einfach durch die Steine hindurch glitten.

»Oh, mir reicht es jetzt!« Der Professor erhob sich und rief mit deutlich hörbarer Stimme: »Hey! Wer auch immer du bist, wir haben deine Stimme gehört! Und wir sind hier, um dir zu helfen! Komm hervor! Du brauchst dich vor uns nicht zu fürchten!«

Dicabolo und der Professor warteten mit angehaltenem Atem, ob sich im Dunkeln etwas rühren würde.

Kapitel 23
Das Innere Kind

Nach einem Moment des Schweigens begann sich im Dunkeln tatsächlich etwas zu regen.

Eine zarte Stimme flüsterte aus den Wänden zu ihnen:

»Wer seid ihr, und was macht ihr hier?«

»Wir sind Ration Rücke und Dicabolo, Kollegen aus der Geistigen Etage der Villa Ego … und im Moment Verbannte. Wir sind hier, um nach einem Ausgang zu suchen. Und du?«

»Ration Rücke und Dicabolo?! Ich werd' verrückt, wartet, ich werde durch die Wände zu euch kommen!«

»Das muss aber schon ein ziemlich stark vorangeschrittener unverwirklichter Traum sein«, raunte Ration Rücke in Dicabolos Ohr und hielt wachsam die Augen offen. »Wenn er sogar schon so durchlässig ist, dass er durch Wände gehen kann, meine ich …«

Da sah er auch schon eine geisterhafte Gestalt aus der Wand herauskommen. Sie war im Dunkeln kaum zu erkennen, aber sie war nicht viel größer als ein Kind. Mit großen Augen schwebte die Gestalt auf sie zu.

»Ich kenne euch!«, rief das fremde Wesen mit aufgeregter Stimme. Dann setzte es traurig hinzu: »Aber als ich euch das letzte Mal gesehen habe, da wart ihr bunt und farbenfroh … Jetzt seid ihr aschfahl wie Staubmänner.«

Ration Rücke und Dicabolo sahen einander an. Dann musterten sie die kleine Gestalt aufmerksam. Es war eindeutig ein Kind, das da aus der Finsternis zu ihnen

getreten war. Es war genauso farblos wie sie selbst. Ration Rücke konnte nicht einmal mit Sicherheit sagen, ob es sich um ein Mädchen oder einen Jungen handelte. Das Kind schien seltsam alterslos und geschlechtslos zu sein. Nur seine Augen leuchteten hell und auffällig. Sie strahlten eine ungewöhnliche Weisheit aus, die so gar nicht zu einem Kind passte. Als Rücke zu dem Urteil kam, dass von dem Kind keinerlei Gefahr ausging, fragte er:

»Was meinst du damit, du hast uns bereits gesehen?«

»Ich habe euch in meinen Träumen gesehen. Viele Male. Darum kenne ich euch sehr gut!«, rief das kleine Wesen aufgeregt.

»In deinen Träumen? Na, hör mal, das …« Ration Rücke versuchte, sich durch das schüttere Haar zu fassen, doch erfolglos, denn seine Hand glitt mitten durch seinen Kopf hindurch.

»Das Innere Kind!«, fuhr Dicabolo abrupt auf. »Du bist bestimmt das Innere Kind!«

Ration Rückes Blick wanderte zwischen Dicabolo und dem kleinen Wesen hin und her.

Das Kind hatte die Augen niedergeschlagen und schaute bedrückt zu Boden.

»Seit ich hier in dieser Höhle bin, bin ich nur noch ein Schatten von dem, was ich einmal war …«, sagte es. »Ich habe Angst. Ich fühle mich wie ein wandelnder Geist. Und wenn ich noch lange hierbleibe, dann … weiß ich nicht, was aus mir wird.«

»Aber Kind, sag so was nicht!«, rief Dicabolo. »Mir ist, als wäre deine Gestalt schon wieder ein bisschen klarer geworden, seit du durch diese Wand zu uns geschwebt bist. Und weißt du, warum? Weil wir dich sehen können!«

Der Professor schaute zuerst den Künstler, dann das Innere Kind prüfend an. Und tatsächlich: Bei Dicabolos Worten schien ein wenig Farbe in ihre ansonsten

schwarz-weißen Gesichter zurückzukehren. Dann blickte der Professor flüchtig auf seine eigenen Hände. Sie schienen in der Dunkelheit farbig aufzuflimmern wie eine schwache Kerzenflamme. Als würde nach und nach ein wenig Leben in seinen Körper zurückkehren.

»Dadurch, dass wir uns gegenseitig sehen und wahrnehmen«, fuhr Dicabolo fort, »werden wir stärker und unsere Gestalten festigen sich wieder ein bisschen. Wir müssen zusammenbleiben. Dann finden wir auch einen Ausweg.‟

Das kleine Wesen sah den Künstler hoffnungsvoll an.

Und Dicabolo fügte noch hinzu: »Vier unverwirklichte Träume vereint sind stärker als nur ein einziger, der allein ist.«

Doch als er dem Kind aufmunternd seine Hand auf die Schulter legen wollte, glitt diese wie eine Rauchwolke durch das Kind hindurch. Ration Rücke war immer noch am Grübeln, was diese Begegnung zu bedeuten hatte.

»Kind?«, fragte er bedächtig. »Sag, was machst du hier in der Kammer der Unverwirklichten Träume? Der Richter kann dich doch nicht ebenfalls an diesen Ort verbannt haben?«

»Ein Richter? Einen Richter habe ich nie geschehen. Es muss eine unsichtbare Hand gewesen sein, die mich hier an diesen Ort gebracht hat. Das war noch, bevor man euch beide vor das Innere Gericht gestellt hat.«

»Du weißt sogar von unserer Anhörung?«

»Ich habe davon geträumt! Wie gesagt, ich habe euch beide viele Male in meinen Träumen gesehen.«

»Aber, wo kommst du ursprünglich her? Wo war dein Zuhause, bevor du hier gelandet bist?«

Der Professor war begierig auf Antworten. Das Innere Kind schien eine Weile zu überlegen, dann

sagte es: »Hör zu, erinnerst du dich, wie du durch eine Himmelsleiter auf die Wolkeninsel hinaufgeklettert bist? Die, auf der du das Buch der Villa Ego gefunden hast?«

»In meinem Gedächtnis verschwimmen alle Erinnerungen allmählich zu einem flüssigen Brei …«, grummelte der Professor. Und eine zynische Stimme in ihm flüsterte: »*Wie kann eine Leiter aus einer Blume wachsen …?!*«

Sein Erinnerungsvermögen hatte sichtlich nachgelassen, seit er diese Kammer betreten hatte. Seine Gedanken schienen nur noch aus Nebel und Rauch zu bestehen, genauso wie er selbst. Angestrengt versuchte er, seine Vergangenheit noch einmal Revue passieren zu lassen, bis er vor seinem inneren Auge die Insel der Zuflucht sah.

»Ich hatte mit einer blauen Blume am Ufer gesessen …«, erinnerte er sich. »Sie hat mir eine schöne Melodie ins Ohr gesungen … Und dann ist aus ihr eine Himmelsleiter emporgewachsen«

Das Gesicht des Kindes hellte sich ein wenig auf. »Genau! Die blaue Blume ist der Anfang. In ihr beginnt auch meine Geschichte«, flüsterte es. »Sie ist nämlich der Eingang zum Tempel des Herzens«

»Was?« Ration Rücke klappte der Mund auf. Mit großen Augen starrte er das Kind an. »Das wird ja immer besser. Die blaue Blume war nicht viel größer als meine beiden Handflächen! Sie setzt wohl wirklich alle physikalischen Gesetze außer Kraft. Nicht nur, dass Leitern aus ihr hervorwachsen, nein, jetzt birgt sie sogar den Eingang zum Tempel des Herzens?!«

»Das Geheimnis liegt darin, dass die Blume groß wird, wenn man selbst klein wird«, sagte das Kind. »Außerdem weißt du doch, wie die Fantasie physikalische Gesetze zum Narren hält. Bist du nicht auch über eine Schublade in diese Höhle geklettert? Das muss eine ziemlich große

Schublade gewesen sein, dass sie so tief nach unten reicht!«

»Wohl wahr. Das kannst du laut sagen.« Der Professor versuchte sich zu kratzen, aber er griff wieder ins Leere. Und im selben Moment fragte er sich, wie er die blaue Blume bloß auf der Insel hatte zurücklassen können. War sie denn immer noch dort, oder hatte sie sich inzwischen selbstständig gemacht?

»Kind, wann hast du die blaue Blume verlassen?«, fragte der Künstler eindringlich.

Bei dieser Frage wurden die Augen des Kindes wieder traurig.

»Ich weiß es nicht mehr. Ich habe sie verloren. Das Nächste, woran ich mich erinnern kann, ist, dass ich hier aufgewacht bin. Ich dachte, ich sei in einem Alptraum gefangen. Nach und nach verschwammen meine Erinnerungen an den Tempel. Nur an meine Träume erinnere ich mich noch. Der letzte war, dass ihr beide euch mit dem Vogel aufmacht, mich zu finden. Und nun wache ich auf, und der Traum ist wahr geworden!«

Dicabolo lächelte mit glänzenden Augen. »Deine Träume haben eine große Macht. Selbst hier, in der Kammer der Unverwirklichten Träume, hast du sie zu Wirklichkeit werden lassen. *Selbst hier!*«

»Ich habe davon geträumt, dass ihr zu unverwirklichten Träumen werdet, um mich zu finden. Aber nun müssen wir dafür sorgen, dass der unverwirklichte Traum zu Wirklichkeit wird«, flüsterte das Kind.

»Wir müssen aufpassen, dass der Innere Richter nicht auf uns aufmerksam wird!«, warnte der Professor.

»Was haben wir vor ihm noch zu befürchten?«, frage Dicabolo forsch.

»Er hat mich und mein Büro unter Beobachtung gestellt. Er wird inzwischen gemerkt haben, dass ich mit dem Vogel ausgebrochen bin! Und dann wird er

vermutlich versuchen, uns zu folgen, um unsere Flucht zu vereiteln.«

»Ich glaube nicht, dass er dazu freiwillig in die Kammer der Unverwirklichten Träume hinabsteigt«, entgegnete Dicabolo. Dann hellte sich sein Gesicht auf. »Und wenn doch, dann glaube ich nicht, dass er dort jemals wieder rauskommt … nicht allein. Er befindet sich in einer Zwickmühle.«

»Ich möchte ihm lieber nicht noch einmal begegnen. Er hat einen festen Griff, auch wenn er unsichtbar ist. Kommt, gehen wir! Es wird Zeit, dass wir hier rauskommen. Ich spüre förmlich, wie ich schwächer werde und meine Umrisse weiter verblassen.«

Ein mächtiger Windstoß kam auf, der die beiden Männchen, das Kind und den Kolibri, tiefer in die Sackgasse hineinblies. Und ehe sie es sich versahen, stießen sie auf eine Höhlenwand und wurden durch diese hindurchgeweht.

»Oh, das ist der Sog des Vergessens, der versucht, uns in die Nähe des Abgrunds zu treiben. Habe ich recht?«, rief der Professor und sah sich panisch um. »Wir sind schon wieder ein Stück näher an den Strudel des Vergessens gerückt!«

»Bleiben Sie wach, Herr Rücke! Was auch immer jetzt geschieht, bleiben Sie wach!«, rief Dicabolo, doch seine Stimme hallte nur wie ein Echo an Rückes Ohren. Als hätte er gar nicht richtig gesprochen.

»Der Sog ist zu stark, wir können ihm nicht entkommen!«, rief das Kind und sah auf den kleinen Vogel, dessen Flügelschläge sich verlangsamten.

Dem Professor wurde bewusst, dass der Kolibri schon lange kein Wort mehr gesprochen hatte. Ob es ihn seine letzte Kraft kostete, bei Bewusstsein zu bleiben?

Bestürzt beobachtete er, wie der aschgraue Vogel flatternd zu Boden stürzte. Man konnte sein kleines Herz unter den Flügeln heftig pulsieren sehen.

»Er ist zu schwach, er kann nicht mehr fliegen«, sagte Dicabolo traurig. Er versuchte, den Vogel vom Boden aufzuheben, aber seine Hände waren nicht fest genug und glitten einfach durch seinen gefiederten Freund hindurch. Dem Professor stieg bei diesem Anblick ein dicker Kloß im Hals auf. Doch das Innere Kind bewegte sich langsam auf Dicabolo zu und kniete sich neben ihn auf den Boden.

»Was, wenn wir versuchen, uns einander anzunähern, ohne nach dem anderen zu greifen?«, fragte das Kind an die beiden Männchen gewandt. »Es ist doch wie mit Ideen, oder? Wenn man versucht, sie zu packen, dann entgleiten sie einem. Aber wenn man sich ihnen ganz vorsichtig annähert, dann werden sie stärker!«

Behutsam streckte es seine Hand nach dem Kolibri aus, ohne diesen jedoch zu berühren. Da begann ein helles Licht zwischen dem Kolibri und der Hand des Kindes aufzuflackern.

Dicabolo und der Professor sahen sich an. Dann folgten sie der Eingebung des Kindes. Vorsichtig näherten sich ihre rauchigen Nebelhände einander an. Ration Rücke spürte sofort eine pulsierende Wärme durch seine Fingerspitzen schießen. Ein leichtes Kribbeln breitete sich von seiner rechten Hand aus, bis hinein in seinen rechten Arm und von dort aus in seinen ganzen Körper. Da streckte er auch seine linke Hand schützend über dem kleinen Vogelkörper aus. Dicabolo führte wiederum seine rechte Hand an die Linke des Kindes heran, um den Kreis zu schließen. Ganz allmählich entstand ein leises Vibrieren in der Luft. Ein geheimnisvolles Netz aus pulsierendem Licht webte sich zwischen den Vieren.

»Ich spüre, dass wir neue Kraft gewinnen!«, rief der Professor.

Dann hörte er wieder die geheimnisvolle, wunderschöne Melodie in der Ferne seines Bewusstseins,

die ihm aus der blauen Blume so viele Male hoffnungsvoll entgegengeklungen war.

Der kleine Kolibri begann zu zirpen und lugte unter Rückes Hand hervor. Dann kitzelte er mit seiner Schnabelspitze seine Handfläche.

»Oh! Das fühlt sich fast wieder fest an!«, rief der Professor strahlend.

Doch während er das sagte, wurden alle vier von einem weiteren Sog erfasst, der sie tiefer in die Höhle hineindrängte. Sie hatten sich wohl zu früh gefreut. Keiner von ihnen konnte sich gegen die unsichtbare Kraft des Soges zur Wehr setzen.

»Pass auf! Der Abgrund!«, rief das Kind von Panik erfüllt. Es hielt sich gerade noch rechtzeitig an einem aufklaffenden, spitzen Stein fest. Um ein Haar wäre es in die Tiefe gestürzt. Ihre gemeinsame Aktion war zumindest in einem Punkt erfolgreich gewesen: Ihre Körper hatten sich so weit gefestigt, dass sie auf den Steinen Halt finden konnten und nicht mehr durch sie hindurchglitten. Sonst wäre das hier ihr Ende gewesen.

Ration Rücke kämpfte mit all seiner Willenskraft gegen den Sog an. Mehrere kleine Felsbrocken kullerten bereits polternd in die Tiefe hinab. Vor ihnen klaffte der riesige Abgrund des Vergessens. Er schluckte alles, das in seine Nähe kam. Der Professor wandte verängstigt den Blick ab.

»Wenn wir da hineinfallen, dann werden wir so schwarz wie dieser Abgrund selbst«, flüsterte er. Ein Schauer lief ihm über den Rücken.

»Sie dürfen nicht wegsehen, Herr Rücke!«, rief Dicabolo schlagartig.

»Aber ich kann dort nicht hineinblicken, Dicabolo! Das kann ich einfach nicht! Wenn ich das tue, so werde ich blind, das weiß ich bestimmt!«

»Auf dem Felsen stehen Worte gemeißelt!«, rief da das Innere Kind. »Ration Rücke, kannst du sie mir vorlesen?«

»Vorlesen? Sehe ich aus, als wäre ich noch zu irgendetwas in der Lage?«, rief der Professor, aber trotzdem klammerte er sich an den Felsen des Kindes. Durch die Schlitze seiner Augen späte er auf eine gemeißelte Inschrift. Er musste sich mächtig anstrengen, um die Buchstaben im Dunkeln zu erkennen.

»Herr Rücke, das ist eindeutig ein Appell an uns!«, rief Dicabolo aufgeregt. »Dieser Abgrund ist nicht nur das Ende. Er ist auch ein Neuanfang! Vielleicht ist das der einzige Weg, um nach draußen zu gelangen!«

»Und was, wenn es eine Falle ist, Dicabolo?! Ein Hinterhalt, damit uns der Richter genau dort hinschickt, wo er uns haben will – ins Niemandsland, wo wir endgültig in Vergessenheit geraten?«

»Aber eine Alternative haben wir nicht! Wir sind bereits zu tief hinabgestiegen! Wir können nicht mehr in die Richtung zurück, aus der wir gekommen sind. Dafür sind wir zu schwach, und der Weg ist zu weit. Wir können nur noch nach vorne gehen!«

»Ich wünschte, Sie würden mir eine andere Möglichkeit in Aussicht stellen, Dicabolo. Aber ich kann Ihnen nichts mehr entgegensetzen. Ich kann nicht allein gegen den Sog ankämpfen …«

Ganz langsam drehte der Professor seinen Kopf Richtung Abgrund. Er blickte mitten in das schwarze, tiefklaffende Loch hinein, das in unvorhersehbare Tiefen mündete. Das Schwarz des Abgrundes verschluckte alles.

Er war blind.

»Stellen Sie sich vor, Sie stünden am Rande eines
10-Meter-Turms, Herr Rücke!«, rief Dicabolo und
dann stürzte er sich mit einem Satz in den Abgrund
hinein. Ohne zu zögern oder sich nur ein einziges Mal
umzudrehen.

Zwischenspiel

»Ist das das Ende? Ich kann nichts sehen!«
*»Ich kann auch nichts sehen. Aber ich kann dich hören. Das
ist also nicht das Ende.«*
»Wer spricht da?«
»Wer antwortet?«

*Die Dunkelheit des Vergessens hatte sich über die Geschichte und
ihre Charaktere gelegt.*

*Tage, Wochen, Monate vergingen, die niemand zählte. Dann
sah Jemand einen glänzenden, smaragdgrünen Lichtpunkt
aufleuchten. Dieser Jemand war Dicabolo, und der smaragdgrüne
Punkt war natürlich der kleine Kolibri. Er hatte als erster seine
alten Farben wiedererlangt.*

»Was passiert hier überhaupt?«
*»Wir träumen. Oder anders gesagt, wir WERDEN
geträumt.«*
»Von wem?«
»Von dem Inneren Kind.«
*»Ich frage mich, wo der Professor schon wieder steckt. Glaubst
du, wir haben ihn im Abgrund verloren?«*
*»Das glaube ich nicht. Dann könnten wir uns nicht an ihn
erinnern.«*
*»Ich würde mir das nicht verzeihen, wenn ihm etwas
passiert... Er ist aus eigenem Antrieb in die Kammer der
Unverwirklichten Träume gestiegen, gemeinsam mit dir, nur
um mich zu retten ...«*

»Warte ab. Erinnerst du dich an die vier Samenkörner, die euch beiden anvertraut wurden?«

»Die Samen des Herzens? Aber ja! Ich habe in der Kammer der Unverwirklichten Träume sogar ein Bild von ihnen gemalt, um sie nicht zu vergessen!«

»Ich glaube, nun bricht die Zeit an, in der wir erfahren, ob die Samen in fruchtbarem Boden gepflanzt worden sind.«

Kapitel 24
Nebel und Rauch

Stimmen verhallten. Irgendwo im Nirgendwo. Die Dunkelheit des Vergessens hatte auch den Professor überwältigt. Wo war er? Wer war er? Er war in einen langen, zeitlosen Schlaf gefallen, und während er schlief, träumte er.

Ration Rücke hatte zwar viele von seinen Erinnerungen verloren, aber nicht seinen unruhigen Geist. Der war ihm erhalten geblieben. Und er trieb ihn unermüdlich an, nach etwas zu suchen. Er wusste nicht genau, was es war … In seinem Traum flog er über nebelverhangene Berge und Wälder hinweg, immerzu auf der Suche nach etwas, das er vergessen hatte. Er ruderte mit den Armen, als würde er durch die Luft schwimmen. Da kam ihm plötzlich aus dem Wolkennebel ein verdichteter Schwarm bunter Seifenblasen entgegengeflogen. Es erinnerte ihn an eine längst vergangene Zeit – und an seinen verrückten, sonderbaren Freund. Dicabolo, wo war er? Vielleicht suchte er ja nach *ihm*?

Der Professor besah sich den Schwarm Seifenblasen, der zielsicher auf ihn zuflog. Und ehe er sich abwenden konnte, war er bereits mitten in den Strom aus Blasen hineingeraten. Er hustete. Doch er konnte die Blasen nicht verscheuchen, weil er seine Hände zum Fliegen brauchte. Eine der Seifenblasen kam direkt vor seinem Gesichtsfeld zum Halt. Der Professor starrte wie gebannt in sie hinein. Ein faszinierender Sog ging von der Blase aus, als wolle sie ihm sagen, *Komm hinein, komm hinein in meine Welt!*

Ein neuer Windstoß erfasste ihn, und diesmal wurde der Professor in das Innere der Blase hineingezogen. Sogleich spürte er ein warmes Kribbeln in seinem Körper …

Als er wieder die Augen öffnete, wusste er sofort, dass er in einem neuen Traum gelandet war. Er stand hinter einem großen Regal voller verstaubter Bücher. Dahinter lag eine große, kahle Wand, die ebenfalls mit Staubflusen und Spinnenwegen behangen war. Durch einen Spalt zwischen den staubigen Buchrücken konnte der Professor in ein beschauliches Zimmer sehen. Auch darin sah es nicht besser aus. Staub bedeckte den gesamten Boden. Staub sammelte sich auch auf den Büchern, die überall verstreut herumlagen. Und auf dem riesigen Schreibtisch, der zwischen ein paar Regale gequetscht und von Zetteln überladen war.

»Himmel, das ist ja mein altes Arbeitszimmer!«, rief Rücke aus, während er sich erinnerte. Ja, er kannte dieses Zimmer. Dieser Schreibtisch hatte ihn einige Jahre seines Lebens begleitet und die Zettel darauf hatten ihm so manche Kopfschmerzen beschert.

»Ich bin doch von diesem Zimmer aus in eine Schublade hineingestiegen … In die Kammer des Vergessens … Wie lange ist das nun her? Wie viel Zeit ist seitdem vergangen? Der Raum sieht so verwahrlost aus, als habe ihn schon seit Ewigkeiten niemand mehr betreten!«

Und warum hatte ihn sein Traum ausgerechnet hierher zurückgeführt?

Der Professor fragte sich, ob er das Regal mit gesammelten Kräften beiseiteschieben konnte. Doch dann wurde ihm mit einem schmerzlichen Stich bewusst, dass er keine feste Gestalt mehr hatte. Er bestand nur noch aus Rauch und Wolken. Wieso hatte ihm dann der Staub etwas anhaben können?

Der Professor gab sich einen Ruck und schwebte wie ein durchsichtiger Geist durch das Regal hindurch. Es war seltsam, als Gespenst in sein altes Arbeitszimmer zurückzukehren. Müde sah er sich um. Er wollte auf seinem Schreibtisch nachsehen, ob er vielleicht ein paar Zettel finden konnte, die ihm weiterhelfen würden. Wenn er schon einmal hier war … Aber dann stoppte er mitten in der Bewegung. Mit Entsetzen starrte er auf das Tischpult. Dahinter saß jemand anderes … Ein unbekanntes, aschfahles Männchen mit einer langen Hakennase und einer großen Brille hatte Ration Rückes Platz hinter dem Schreibtisch eingenommen. Das fremde Männchen war, so wie alle Zettel und Möbelstücke, so sehr mit Staub bedeckt, dass der Professor es erst gar nicht bemerkt hatte. Das fremde Männchen regte sich keinen Millimeter. Für einen Moment glaubte der Professor, dass es sich bei dem Fremdling um eine leblose Puppe handelte. Rücke kniff angestrengt die Augen zusammen. Das Gesicht des Fremden schien immer wieder zu verschwimmen. So, als habe man einen Unschärfe-Filter darübergelegt. Der fremde Eindringling entzog sich einfach Ration Rückes Blick. Doch dann brach er in ein so markerschütterndes Nießen aus, dass der Professor verschreckt einen Satz zurück machte.

»Hey! Sie da! Was machen Sie an meinem Schreibtisch!«, rief Ration Rücke, nachdem er sich ein bisschen gesammelt hatte. Doch der Fremde beachtete ihn nicht im Geringsten. Er zuckte nicht einmal mit der Wimper. Es war, als habe er gar nicht realisiert, dass noch jemand anderes im Raum war, geschweige denn mit ihm gesprochen hatte.

»Der tut so, als sei ich nicht da!«, empörte sich Rücke und lief auf das Männchen zu, bis er direkt vor ihm stand.

»Hallo? Hallo! Können Sie mich hören? Ich will wissen, was hier los ist!«, rief er ungehalten. Der Fremde ließ

sich nicht anmerken, dass er ihn gehört hatte. Allerdings fing er an, wie besessen in ein aufgeschlagenes Buch zu krakeln, das vor ihm auf dem Tischpult lag.

Das besagte Buch war recht dick. Es war ebenfalls über und über mit Staub bedeckt. Bei näherem Hinsehen erkannte der Professor, dass von dem Buch ein bläuliches Licht ausging … Es war kein gewöhnliches Buch. Ration Rücke lief um den Schreibtisch herum und stellte sich hinter das fremde Männchen. Dann legte er den Kopf schief, um die schludrige Schrift zu entziffern. Wie gebannt las er:

Wieder einmal wurde ich von starken geistigen Illusionen heimgesucht. Eine dieser komischen Kopfgeburten, dieser Professor, der zu einem meiner verkorksten Geschichtsentwürfe gehört, stand plötzlich vor mir. Hartnäckig versuchte er, meine Aufmerksamkeit auf sich zu ziehen. Er musste aus einer dieser alten, verstaubten Schubladen gekommen sein. Ich habe die Illusion natürlich sofort durchschaut. Beharrlich widersetze ich mich ihrem Einfluss.

Dem Professor stockte der Atem. »Das Buch!«, flüsterte er wie hypnotisiert. »Es ist die Geschichte der Villa Ego – von Dicabolo und mir! Aber warum schreibt dieser Fremde in unser Buch hinein?!«

Die Geschichte dieses Professors ist längst vorüber. Auch wenn sie, zugegeben, nie zu einem richtigen Ende gekommen ist. Sein Experiment wurde vor langer Zeit in den Sand gesetzt. Vom hohen Richter der Geistigen Etage höchstpersönlich. Der Professor war in die Kammer der Unverwirklichten Träume verbannt worden. Dann war er zusammen mit den anderen Charakteren in den Abgrund des Vergessens gesprungen. Aber irgendetwas musste schiefgegangen sein. Das hartnäckige Männchen kam auf unerklärliche Weise zurück. Nur, um meinem getrübten Geist weiter Sorgen zu bereiten. Aber ich weiß, wie man mit Illusionen

und Täuschungen zu verfahren hat. »Stell dich taub. Lasse dich nicht aus deinem Konzept bringen. Alles wird vorübergehen.«

»Oh nein, das würde dir so passen! Diese Geschichte wird dich *niemals* in Ruhe lassen, dafür sorge ich, für wen auch immer du dich hältst! Ich werde nicht ruhen, bevor die Geschichte nicht zu einem richtigen Ende gekommen ist – einem guten Ende! Ich lasse nicht zu, dass mein Kollege und ich als ein verkorkster Entwurf in deiner Tonne landen – *wir werden nicht als ein paar unverwirklichte Träume enden!* Hörst du? Ja, ich weiß, dass du mich hören kannst! Hör gut hin! Die Fantasie hat mich zu einem Männchen gemacht – und deshalb ist es mir erlaubt, deinem Geist auf die Nerven zu gehen – und zwar so lange, bis diese Geschichte zu Ende geschrieben ist!«

Ration Rücke hatte sich in Rage geredet. Hätte seine Geistergestalt ein wenig Farbe gehabt, so hätte sein Gesicht puterrot geglüht vor Ärger. Doch in seiner misslichen Lage wurde ihm einfach nur heiß.

Das fremde Männchen war währenddessen in eine Art Starre gefallen. Sein Gesicht zeigte keinerlei Regung. Allerdings tropfte aus seiner verschnupften Nase etwas Feuchtes auf das Buch hinunter.

»Oh, du widerlicher Kunstbanause! Nun besudelst du auch noch das Buch mit deinem Schleim! Na, warte, bis ich dir an den Kragen gehe! Du rückst jetzt sofort das Buch raus, oder ich nehme es mir einfach zurück! ARGGH!«

Der Professor verlor vor Wut die Beherrschung. Niemand sollte es wagen, sein Buch anzufassen! Er wollte das fremde Männchen packen und schütteln, aber sein durchlässiger Körper glitt widerstandslos durch den Fremden hindurch.

»Verdammt … Nicht einmal dazu reichen meine Kräfte noch aus. Was soll ich tun? Was soll ich tun?!«

Der Professor taumelte wieder einen Schritt rückwärts, ließ aber das bläuliche Buch nicht aus den Augen. Eine Weile lang schwebte er in dem staubigen Zimmer auf und ab. Das fremde Männchen saß immer noch regungslos da. Es schrieb jetzt nicht mehr in das Buch hinein. Da überkam den Professor eine neue Idee – wie ein kleiner, zarter Hoffnungsschimmer. Er hatte sich gerade daran erinnert, wie das Innere Kind seine Hand über dem kleinen Kolibri ausgestreckt hatte, ohne diesen zu berühren. Dadurch war der kleine Vogel wieder zu Kräften gekommen. Zu viert hatten sie einen Kreis gebildet …

»Was, wenn ich mit diesem Buch ebenfalls so verfahre? Ich werde mein Glück versuchen. Ich habe schließlich nichts mehr zu verlieren.«

Vorsichtig näherte sich der Professor dem aufgeschlagenen Buch und legte seine rauchige Hand über die bläulich schimmernden Seiten. In seinen Fingerspitzen breitete sich ein warmes Kribbeln aus. Sofort fühlte er sich ein bisschen zuversichtlicher. Wenn er eine Weile so stehen bleiben würde, könnte er vielleicht das Buch in die Hand nehmen? Kurz entschlossen streckte er auch seine zweite Hand über den Seiten aus. Sein ganzer Körper füllte sich mit belebender Wärme. Doch dann geschah etwas, womit er nicht gerechnet hatte. Das Buch erhob sich von dem staubigen Schreibtisch. Die Seiten wurden wie von Geisterhand durchgeblättert. Staub wirbelte in alle Himmelsrichtungen und der Professor begann wieder zu husten. Sein rauchiger Körper vermischte sich mit dem Staub und löste sich vor seinen Augen auf.

Kapitel 25
Die vier Samenkörner

Weit abseits des staubigen Arbeitszimmers schwebte eine schillernde Traumblase durch den leeren Raum. In ihrem Innern blühte eine fruchtbare Landschaft voll saftgrüner Gräser, Pilze und Bäume. Ein plätschernder Bach schlängelte sich durch den Wald, und an seinem Ufer blühten Blumen in allen erdenklichen Farben. Inmitten dieser Traumwelt gab es einen Baum, der größer und stämmiger war als alle anderen. Er hatte seit vielen Tausend Jahren dort gestanden und sich zum mächtigsten aller Baumriesen aufgeschwungen. Er war so groß, dass seine Zweige an den oberen Rand der Traumblase stießen. Und seine Wurzeln ragten aus dem unteren Teil der Blase heraus. Am Stamm des gewaltigen Baumes lehnte ein alter Mann mit langem, weißem Haar. In seiner linken Hand hielt er einen hölzernen Stab, und in seiner Rechten eine Pfeife, die er in aller Seelenruhe rauchte. Wenn er an der Pfeife zog und Rauchwölkchen in die Luft paffte, flogen Vögel und Schmetterlinge daraus hervor. Sie wirbelten eine Weile durch die Luft und verflüchtigten sich dann wieder. Die Augen des Schwellenhüters folgten den Rauchvögeln so lange, bis sich ihre Formen in Luft aufgelöst hatten. Nachdenklich sah er in die Ferne, dann nahm er einen weiteren Zug aus der Pfeife und ...

»ARGH! Zu Hilfe! Was geschieht mit mir!« Ein aufgeregtes Krächzen durchbrach die Stille, als die rauchige Nebelgestalt des Professors zusammen mit ein

paar Vögeln und Rauchwölkchen aus der Pfeife gewirbelt wurde. Der Professor zappelte in der Luft, umschwirrt von einem Vogelschwarm und ein paar Schmetterlingen, die sich schnell wieder verflüchtigten. In seinen Händen hielt er ein Buch fest umklammert.

»Zu Hilfe!«

»Nanu!«

Der Alte verschluckte sich vor Überraschung beinahe an seinem Tabak. Im nächsten Moment griff er mit geschickten Händen nach der Nebelgestalt des Professors, um ihn mitten aus der Luft zu fangen.

Als Rauchgestalt war der Professor so klein, dass er gerade in die offene Hand des Schwellenhüters hineinpasste. Unter dessen sicherem Griff verfestigte sich sein Körper. Allmählich nahm er wieder Farbe an. Immer noch hielt er das Buch fest umklammert, als habe er Angst, man könne es ihm wegnehmen. Der Schwellenhüter setzte den Professor samt seinem Buch behutsam vor sich ins Gras, und da wuchs dieser wieder auf seine alte Größe zurück.

»Da habe ich mir aber einen komischen Vogel gefangen!«, rief der Schwellenhüter und schüttelte belustigt den Kopf. »Sie sind wirklich immer für eine Überraschung gut, Ration Rücke!«

»Oh, glauben Sie mir, ich bin bestimmt kein bisschen minder überrascht als Sie!«, keuchte der Professor. Er hatte noch nicht richtig realisiert, dass er seine alte Gestalt zurückgewonnen und wieder festen Boden unter den Füßen hatte. Als er sich mit wackligen Beinen aufrappelte, konnte er nur mit viel Mühe sein Gleichgewicht halten.

»Was ist nur passiert?«, stammelte er.

»Du musst einen langen Weg zurückgelegt haben. Man kommt nicht alle Tage als Traumgestalt durch eine Pfeife geschossen … Und wie ich sehe, hast du sogar dein Buch mitgebracht – alles, was bis zu diesem Zeitpunkt geschehen ist, wurde darin aufgezeichnet.«

Einen Moment lang stand Ration Rücke wie versteinert da, dann ließ er sich wieder zu Boden fallen. Er legte das Buch beiseite und versenkte seine Hände mit verzweifeltem Griff in der Erde. Dort stießen sie auf Widerstand. Sie glitten nicht durch den Boden hindurch. Erst da wurde dem Professor bewusst, dass er jetzt leibhaftig zurück war, kein Phantom mehr war, keine Traumgestalt, sondern greifbar, ein in Materie verkörperter Geist. Er war wieder lebendig. Diese Erkenntnis traf ihn so heftig, dass er unkontrolliert zu zittern und zu schluchzen begann. Die Intensität seiner Emotionen überwältigte ihn, denn er konnte jede einzelne von ihnen in seinem Körper verorten. Und gemeinsam waren sie wie eine mächtige Flutwelle aus Schmerz, Zweifeln und Angst, der er sich nicht gewachsen fühlte. Szenen aus der jüngsten Vergangenheit blitzten vor seinem inneren Auge auf. Der Künstler, wie er nur noch aus Rauch und Nebel bestand. Der kleine Kolibri, der vor Schwäche nicht mehr fliegen konnte. Das Innere Kind, das in einem der Höhlenarme leise weinte. Und der gewaltige, dunkle Abgrund des Vergessens, der vor ihnen aufklaffte und alles verschluckte …

»Ach, Schwellenhüter … Ich weiß wirklich nicht, was aus diesem Buch noch werden soll. Ich habe es wiedergefunden … in meinem alten Zimmer, in dem ich nur noch ein wandelnder Geist war! Ich, ein unverwirklichter Traum, der nur durch einen Fehler im System nicht vom Abgrund des Vergessens vernichtet wurde. Und die anderen, die habe ich verloren. Dicabolo, den Kolibri, das Innere Kind … Das Buch, diese Geschichte …Was soll ich nur damit machen? Was für ein jämmerliches Ende …!«

Er erschrak über sich selbst und seine ungewohnte Verwundbarkeit. Der Schwellenhüter kniete sich zu ihm auf den Waldboden und tätschelte ihm tröstend die Schulter.

»Lass alles raus. Du bist hier in den Gefilden des Herzens. Da darfst du allen Emotionen freien Lauf lassen. Deshalb bist du wohl hergekommen.«

»Wie haben Sie mich zurückgeholt? Vor ein paar Minuten war ich nicht mehr als Rauch und Nebel!«

»Ich sehe täglich viele Traumgestalten aus meiner Pfeife aufsteigen. Aber ich hatte nicht damit gerechnet, *dich* darunter zu finden. Da habe ich dich aus den Traumgefilden zurückgeholt. Nun bestehst du wieder aus festen Formen und Farben.«

Der Professor sah den Alten fragend an.

»Aber Dicabolo … und die anderen beiden … Was ist aus ihnen geworden?«

»Hast du Angst, dass sie im Abgrund des Vergessens verloren gegangen sind?«

»Natürlich habe ich das! Wie könnte ich mir auch keine Sorgen machen?«

»Du scheinst dich noch ganz gut an sie erinnern zu können.«

Der Professor stieß einen Seufzer aus. »Es wäre unmöglich, Dicabolo zu vergessen. Ohne ihn wäre ich schließlich nie hier gelandet!«

»Solange du dich an ihn und die anderen beiden erinnern kannst, sind sie nicht in Vergessenheit geraten. Das heißt, der Abgrund hat auch sie verschont. Verstehst du? Sie müssen irgendwo sein, denn sonst wären sie aus deinem Gedächtnis ausradiert worden.«

»Wirklich?«

»Lass dir gesagt sein, dass deine Freunde in Sicherheit sind. Glaube mir! Ich hüte die Schwelle zwischen Traum und Wirklichkeit. Mir entgeht so schnell nichts, was in diesen Gefilden vor sich geht.«

Der Professor nickte und atmete ein paarmal langsam und tief durch. Endlich begann er, sich wieder zu beruhigen.

»Schwellenhüter … Ich glaube, Sie haben mich aus Rauch und Nebel gerettet, und darum bin ich Ihnen zu Dank verpflichtet.«

»Keine Pflicht, mein Freund, keine Pflicht. Du hast Glück gehabt, dass du die Samen des Herzens zur rechten Zeit gepflanzt hast. Das war deine Rettung.«

»Das müssen Sie mir erklären.«

»Also gut.« Der Schwellenhüter nahm einen tiefen Atemzug und setzte sich neben den Professor ins Gras.

»Das letzte Mal, als du hier vorbeigekommen bist, hast du bei der Hüterin des Waldes zwei kleine Samenkörner an das Bachufer gepflanzt. Und Dicabolo pflanzte die anderen beiden Samen auf einem kleinen Hügel auf der Insel der Zuflucht. Erinnerst du dich?«

»Nur flüchtig. Genau … Die Samenkörner stammten aus den Tiefen des Sees … bei dem Tor der Stille, das die Schattenvögel verwandelt hat.«

»Stimmt. Und diese vier Samenkörner haben euch vor dem Vergessen bewahrt. Ein Samen für jeden von euch. Sie haben euren Traum für euch bewahrt.«

Der Professor ließ die Worte auf sich wirken und dachte nach.

»Die Samenkörner sind der Grund, warum der Abgrund des Vergessens uns nicht verschlungen hat?«, fragte er.

»Ja. Sie sind, gewissermaßen, der *Fehler im System des Richters*. Damit hat er nicht gerechnet. Träume, die im Herzen gepflanzt werden, können nicht so leicht in Vergessenheit geraten. Das Herz vergisst nicht so schnell.«

»Dann ist noch nicht alles verloren …?«, fragte der Professor hoffnungsvoll. »Vielleicht kann ich die anderen drei doch noch finden!«

Der Schwellenhüter lächelte zufrieden.

»Wirst du es wagen, noch einmal an die Stelle zurückzukehren, in der du das Bewusstsein verloren hast?«

»Sie meinen … in den Abgrund?«

»Du und Dicabolo, ihr müsst den unverwirklichten Traum in die Wirklichkeit bringen. Die Brücke ist schon fast fertig. Aber ihr müsst jetzt stärker denn je zusammenarbeiten.«

Der Professor schaute zu Boden und dachte nach. Dabei fiel sein Blick auf das bläulich schimmernde Buch, das er aus seinem letzten Traum mitgenommen hatte.

»Die Geschichte hat die Chance auf ein anderes Ende – ein gutes Ende. Nimm es mit. Es wird dir helfen«, sagte der Schwellenhüter. Er richtete sich wieder vom Boden auf und griff nach seinem hölzernen Stab.

Der Professor konnte nicht leugnen, dass er Angst hatte, wieder in die dunkle Leere des Abgrunds zurückzukehren. Aber er wollte wirklich etwas verändern. Deshalb blieb ihm keine andere Wahl, als sich ein weiteres Mal seinen Ängsten zu stellen.

»Wenn ich Dicabolo, den Kolibri, und das Innere Kind nicht wiederfinde, dann werde ich mir das nie verzeihen … Ich muss sie zurückholen.«

»Du wirst sie finden.«

Der Professor griff nach dem Buch und rappelte sich ebenfalls auf. Er ahnte, dass ihn gleich ein neuer Sog erfassen und an den Ausgangspunkt zurückbringen würde. Die Zeit zum Träumen war vorüber. Nun war die Zeit zum Handeln gekommen.

**Kapitel 26
Ein unverwirklichter
Traum bricht aus**

Aus dem Abgrund des Vergessens drang kein Laut. Alles war stumm und finster. Bis auf … Als der Professor seine Augen wieder öffnete, sah er das Buch in seinen Händen in bläulichem Licht leuchten. Es war noch da! Und es hatte seine Farben nicht eingebüßt. Es war das erste bisschen Farbe, dass er in der Kammer der Unverwirklichten Träume gesehen hatte. Und dabei blieb es nicht. Als er seinen Kopf weiter nach rechts wandte, schimmerte dort ein kleines, smaragdgrünes Licht in der Dunkelheit auf. Und dann ein weiteres, buntes Licht. Der Professor hörte eine leise Stimme flüstern, die ihm nur allzu vertraut vorkam:

»Fantastisch! Nun müssen wir nicht mehr im Dunkeln laufen.«

Der Professor entdeckte Dicabolos Gesicht. Er hatte seinen Pinsel vor sich in die Höhe gehalten und die Spitze auf unerklärliche Weise zum Leuchten gebracht. Das Licht des Pinsels flimmerte in der Dunkelheit wie eine bunte Kerze

»Oh, der Herr Professor ist wieder zu sich gekommen – das ist schön! Dann ist unsere Gruppe vollständig!«

Dicabolo lächelte sein breites Künstlerlächeln, und der Professor konnte nicht umhin, sich davon anstecken zu lassen – obwohl sie sich immer noch im Abgrund des Vergessens befanden.

»Dicabolo, wir hatten vortreffliches Glück!«, sagte er, »Der Abgrund hat uns nichts anhaben können – auf

eine magische Art sind wir nicht ganz in Vergessenheit geraten! Nun wird es aber Zeit, einen Ausweg zu suchen.«

Dicabolos Augen blitzten im Schein des Pinsels auf und er rezitierte:

»*Der, der den Mut hat, die Angst zu überwinden; Der wird durch den Abgrund den Ausweg er-finden* … Erinnern Sie sich an diese Zeilen, Herr Professor? Ich hoffe, wir haben zusammen genügend Mut und Erfindergeist gesammelt, um den Ausweg gemeinsam zu er-finden!«

»Nicht einfach finden … sondern *er-finden* … Ja, das ist es, Dicabolo. Das werden wir!«

»Ich sehe, Sie haben das Buch über die Geschichte der Villa Ego mitgebracht. Wo hat Ihr letzter Traum Sie denn hingeführt?«

»Oh, es waren gleich zwei Träume hintereinander … Zuerst bin ich in mein altes, staubiges Zimmer zurückgekehrt. Dort habe ich ein fremdes Männchen an meinem Tisch sitzen sehen. Es schrieb in das Buch, unsere Geschichte sei längst in Vergessenheit geraten. Aber das Männchen wird sich wundern! Ich habe ihm das Buch aus den Händen gezogen. Und danach kehrte ich an den Ort zurück, an dem ich den Hüter der Schwelle das erste Mal getroffen habe. Er gab mir meine feste Gestalt zurück. Und er sagte zu mir, dass es die Samen des Herzens waren, die uns vor dem Vergessen bewahrt haben. Stellen Sie sich das vor!«

»Das ergänzt sich mit unseren Erlebnissen. Es scheint so, als hätte jeder von uns einen Traum von diesen magischen Samenkörnern gehabt. Mein eigener Traum spielte sich wie folgt ab: Ich sah das Innere Kind in der Dunkelheit nach etwas graben. Irgendwo in der Tiefe hat es dann eines der leuchtenden Samenkörner gefunden. Eine leise Stimme flüsterte aus dem Innern des Samens: »*Ich bin ein schlafender Traum, und bin nun bereit, zu erwachen und mich zu entfalten.*« Daraufhin erhielt das Innere Kind seine feste Gestalt zurück. Dann fand es die drei

anderen Körner, und es gab jedem von uns einen dieser Lichtsamen in die Hände. Auch Ihnen, Herr Professor. Und die Körnchen begannen in unseren Händen zu leuchten, und dann gaben sie uns auf unerklärliche Art unsere Farben und unsere feste Gestalt zurück. Das war mein Traum.«

Der Kolibri knüpfte daran an: »Ich sah mich selbst, umgeben von einer Schale aus Licht. Ich zerbrach die Schale und stieg aus dem Licht heraus – als sei ich soeben frisch aus dem Ei geschlüpft.«

Und das Kind fügte lächelnd hinzu: »Ich habe von einer bunten Wiese geträumt, auf der vier bunte Rosen geblüht haben. Sie haben mich an den Tempel des Herzens erinnert. Da wusste ich wieder, wie es ist, zu Hause zu sein. Und im selben Moment wusste ich auch, dass die Blumen aus den Samen des Herzens gewachsen sind, und dass sie mir meine feste Gestalt wiedergeben würden. Sie sagten zu mir, *»Kehre heim, kehre heim in den blühenden Garten, von dem du ein Teil bist, Kind des Herzens!«*

Der Professor hatte still und andächtig allen Geschichten gelauscht. Nun murmelte er leise: »Alles fügt sich zusammen! Auch, wenn jeder Traum ein bisschen anders ist, haben doch alle etwas gemeinsam – die Samen des Herzens haben uns vor dem Vergessen bewahrt.«

Der Kolibri und Dicabolo sahen sich einen Moment vielsagend an und nickten langsam.

»Unser Traum hat lange darauf gewartet, Wirklichkeit zu werden, Herr Rücke«, sagte Dicabolo. »Der Abgrund des Vergessens trägt jetzt einen neuen Namen. Wir nennen ihn *Die Wiedergeburtsstätte vergessener Träume.* Wir sind nun bereit, diese Kammer zu verlassen. Und Sie haben die Geschichte für uns mitgebracht. Lassen Sie uns einen Kreis bilden und das Buch in unsere Mitte legen.«

Der Professor tat, wie ihm geheißen und legte das bläulich schimmernde Buch behutsam auf den kargen Steinboden. Das Innere Kind kam aus dem Schatten

zu ihnen und fasste Dicabolo und Ration Rücke an den Händen. Sein ganzer Körper leuchtete in einem goldenen Schein. Der Kolibri saß auf Dicabolos Schulter, und Dicabolo und Rücke schlossen den Kreis.

Durch ihre Hände hindurch spannte sich ein leuchtendes Netz aus Lichtfäden, das sie miteinander verband. Das Buch in ihrer Mitte begann dadurch noch heller zu leuchten. Dann wurde es wie von unsichtbarer Hand aufgeschlagen. Zwischen den Seiten lag der rote Faden. Neue Buchstaben erschienen auf dem Papier. Worte, die genau beschrieben, was nun vor ihren Augen geschah.

Nebel und Rauch stiegen aus den Seiten des Buches auf, und in diesem Nebel tanzten Unmengen an wirbelnden Buchstaben umher.

Der Buchstabennebel wurde immer heller und strahlender. Ein warmes Licht strömte von dem Buch aus, während die Buchstaben um die vier Gestalten herumwaberten und einen Kreis um sie schlossen. Sie tanzten spiralförmig um die kleine Gruppe herum, von unten bis oben. Am Ende schlossen sich die Buchstaben über ihren Köpfen zusammen, und berührten einander. Dann verdichteten sie sich zu einer großen, schillernden Seifenblase. Ration Rücke, Dicabolo, das Kind und der Kolibri beobachteten staunend, wie sich die Buchstaben-Blase um sie verdichtete und mit ihnen gemeinsam in die Lüfte hinaufstieg. Langsam schwebte sie nach oben, wie ein gläserner Fahrstuhl.

»Wir fliegen! Wir fliegen!«, rief das Kind und sah mit strahlenden Augen umher.

»Sie zerplatzt nicht! Das ist unglaublich!«, rief Ration Rücke und drückte die Hände seiner Gefährten noch ein bisschen fester.

Und Dicabolo rief mit fröhlich aufgeregter Stimme: »Lieber Traum! Es ist an der Zeit, deine Samen zum Blühen zu bringen. *Wir* sind die Samen, und wir wissen,

dass unsere Zeit gekommen ist. Ein neuer Frühling beginnt!«

Da begann die Blase eine neue Welle an sonniger Wärme auszustrahlen, als wollte sie diese Worte bestätigen. Und aus den geheimnisvollen Tiefen ihres Bewusstseins konnten die Gefährten eine magische Melodie sanft und gefühlvoll in sich aufsteigen hören. Die unterschiedlichsten Emotionen schwangen in dieser Melodie mit. Sie war fröhlich und traurig zugleich, sanft und doch kraftvoll, leise und doch durchdringend, voller Sehnsucht, Liebe und Hoffnung. Jeder Leser wird wohl eine andere, ganz eigene Melodie gehört haben.

Die Traumblase schwebte langsam hin und her, immer weiter nach oben ging die Fahrt. Der Professor konnte die dunkle Höhle der Unverwirklichten Träume nur noch wie durch einen Schleier hindurch erkennen. Je länger die geheimnisvolle Melodie erklang, umso mehr gewann die Traumblase an Farbe. Dicabolos Pinsel wippte bald unruhig hinter seinem Ohr hin und her, als könnte er nicht länger untätig dort liegenbleiben.

»Dicabolo, Ihr Pinsel macht Sprünge, als wolle er Ihnen gleich eins übers Ohr hauen!«, bemerkte der Professor, und im selben Moment wurde er von einem Schwall roter Farbe mitten ins Gesicht getroffen. Der Pinsel hatte ihn gerade angesprüht.

Der Professor hustete und prustete, und das verlieh der Seifenblase neuen Aufwind.

»Nun … jedenfalls zeigt das, dass ich keine durchlässige Rauchgestalt mehr bin«, knurrte der Professor, während er sich die Farbe mit dem Ärmel vom Gesicht wischte.

»Oh … Das tut mir leid, Herr Professor … Aber Sie sehen doch, ich kann nichts tun!«

Der Pinsel war noch nicht fertig mit seinem Treiben. Als nächstes hüpfte er von Dicabolos Ohr und fegte wie ein wildgewordener Besen um ihre Gruppe herum. Dabei sprühten leuchtend bunte Blumen aus seinen

Borstenspitzen. Die Blumen breiteten sich wie ein Feuerwerk aus, bis sich unter ihren Füßen eine üppige Wiese wie ein strahlender, bunter Teppich spannte. Dem Professor verschlug es die Sprache. Er vergaß sogar, dass er den Pinsel eigentlich hatte schelten wollen.

Niemand von ihnen wusste, wo das Ziel ihrer Reise lag. Sie waren nun so weit in die Höhe gestiegen, dass sie um sich herum die Sterne aufblitzen sahen. Die Wolken hatten sich gelichtet. Abertausende von Sternen blinzelten ihnen freundlich zu. Und auch ihre Traumblase war längst nicht mehr die einzige. In allen Himmelrichtungen tauchten weitere Blasen auf, große und kleine, weiße und bunte. Einige zerplatzten vor ihren Augen in tausend Teile, in anderen spiegelten sich glänzende Landschaften mit Bergen, Wiesen, Tälern und riesigen blauen Seen.

»Ein ganzes Universum voller verrückter Träume!«, rief der Professor, der aus dem Staunen gar nicht mehr herauskam.

»Wir sind jedenfalls alles andere als allein hier!«

»Da! Ration Rücke! Dicabolo! Die Blume! Die blaue Blume! Da oben!«

Das Innere Kind hatte plötzlich einen Satz nach vorne gemacht und sich aus ihrem Kreis gelöst. Wie gebannt deutete es mit den Händen nach oben. Dort, zwischen einem weißen Nebel aus Sternen schillerte eine riesige, blaue Rose. Aus ihrem Zentrum stiegen wiederum neue Seifenblasen in die Lüfte. Außerdem stürzte aus dem Blumeninnern ein kleiner Wasserfall herunter, der nicht wirklich aus Wasser, sondern aus einer Vielzahl glitzernder Buchstaben bestand. Der Wasserfall bahnte sich seinen Weg von den Blütenblättern herab in ungeahnte Tiefen, und auf seinem Weg hinterließ er eine Spur aus Sternenstaub.

»Wir haben den Eingang zum Tempel des Herzens gefunden!«, rief Dicabolo aufgeregt. »Kind, wir bringen dich zurück nach Hause!«

Der Professor kam aus dem Staunen gar nicht mehr heraus. Die blaue Blume sah genauso aus wie die blaue Rose, die der Schwellenhüter ihm in einem längst vergangenen Traum einmal als Zeichen mitgegeben hatte. Nur war sie um das Hundertfache gewachsen. Die blaue Blume, die ihn gelehrt hatte, auf die geheime Melodie des Herzens zu lauschen. Jetzt, wo er sie so imposant vor sich leuchten sah, schien plötzlich alles Sinn zu ergeben. Sie waren gerettet. Sie hatten ihrem Traum neues Leben eingehaucht.

»Wir müssen uns einen Weg zu der Blume hinaufbahnen!«, rief der Professor und griff nach dem roten Faden, der noch immer in der Mitte des aufgeschlagenen Buches lag. Und er warf den roten Faden wie ein Lasso auf die blaue Blume zu. Irgendwo schien der Faden neuen Halt zu finden. Dann zogen die beiden Männchen ihre Traumblase mit vereinten Kräften daran entlang wie eine Gondel.

»Das Ende und der Ursprung unseres Seins«, flüsterte er. Dann wurde die Gruppe von einem besonders hellen Lichtstrahl geblendet.

Kapitel 27
Im Tempel der Rose

»Weißes Licht … Das bedeutet der Anfang von etwas Neuem … Oder das Ende von etwas Altem …«

Der Professor tastete verängstigt mit seinen Händen umher. Er spürte etwas Weiches unter sich. Etwas von einer seidenen Konsistenz, die unter seinen Händen nachgab wie weiche Watte. Vor seinen geschlossenen Augen tanzten Kreise in allen möglichen Farben herum. Er konnte komplexe Mandalas sehen, die sich immer wieder zu neuen Mustern zusammensetzten. In der Luft lag ein vibrierender Klang, in dem eine Melodie mitschwang, die schön und traurig zugleich klang. Es war die Melodie des Herzens, die immer wieder neue Strophen und Verse zu ihrem Lied dazu dichtete. Die Lichter vor Rückes Augen schienen dem Takt dieser Melodie zu folgen. Der Professor hörte auch das Tropfen von Wasser, als läge er in der Nähe von einem Bach oder einer Quelle. Ein angenehm blumiger Duft stieg ihm in die Nase, und er sog ihn dankbar in sich auf.

Dann hörte er einen lauten Platscher und wurde von etwas Nassem getroffen. Es fühlte sich kalt an, dann heiß, und da schlug der Professor vor Verwirrung die Augen auf. Das bunte Schauspiel vor seinen Augen fand ein jähes Ende.

Stattdessen sah er nun, wie Dicabolo ausgelassen in einem Teich vor sich hin planschte. Der Teich war gefüllt von Lotusblüten, die auf dem Wasser leuchteten wie bunte Laternen. In der Mitte des Teiches sprudelte eine

Fontäne. Sie spie alle möglichen Formen in die Luft. Zuerst brachen mächtige Pferde aus ihrem Wasserstrahl hervor. Dann verschwanden sie und die Fontäne wurde zu einem riesigen Baum, dessen Zweige sich in alle Himmelsrichtungen erstreckten. Die Fontäne wurde nicht müde, neue Formen zu erschaffen. Rings um sie her stiegen kleine, bunte Seifenblasen in die Lüfte.

»Ist das ein Traum?«, flüsterte der Professor.

Müde rappelte er sich von dem weichen Boden auf. Erst da wurde ihm bewusst, dass er auf einer Unmenge kleiner, roter und weißer Blütenblätter gelegen hatte, die wie ein Blumenbett ausgestreut worden waren. Der Anblick berührte ihn irgendwie. Da begann der Künstler zu lachen und bespritzte ihn mit einem weiteren Schwall Wasser.

»Sind Sie wieder zurück unter den Lebenden?«, fragte er grinsend.

»Leben tue ich bestimmt, ob ich nun wache oder träume … Es ist schön hier!«

»Schön ist überhaupt kein Ausdruck, Herr Rücke! Schön, dass es Ihnen gefällt!«

»Ich fühle mich wie ein Gast in einem Tempel.«

»Und damit liegen Sie gar nicht so falsch. Wollen Sie nicht auch mal ins Wasser springen?«

»Vielleicht später, Dicabolo …«, murmelte der Professor, »Aber erst will ich mich ein wenig umsehen.« Doch er war sich nicht sicher, ob der Künstler ihn überhaupt gehört hatte, denn soeben war er untergetaucht und in den Tiefen des Wassers verschwunden.

Der Professor ließ seinen Blick durch die Gegend schweifen.

Er befand sich mitten im Innern der blauen Blume, dem Tempel des Herzens. Die blauen Blütenblätter, die die Wände dieses Tempels bildeten, schienen von innen heraus zu leuchten. Ration Rücke lief um den kleinen Teich herum, der das Zentrum der blauen Blume bildete.

Sein Blick fiel dabei auf eine besonders eindrucksvolle Lotusblume am Rande des Ufers. Eine Blume in einer Blume. Ein Traum in einem Traum. Der Professor wagte einen Blick in die Lotosblüte hinein, die groß genug war, dass ein Männchen wie er darin Platz gefunden hätte. Was er sah, hellte sein Gesicht auf. In der Blüte lag das Innere Kind und schien tief und friedlich zu schlafen. Es musste einen schönen Traum haben, denn ein leichtes Lächeln umspielte seine Lippen. Der Professor seufzte erleichtert. Das Kind hatte den Weg zurück in seine Heimat gefunden. Da näherte sich das Geräusch von schnellen Flügelschlägen. Der Kolibri kam auf den Professor zugeschwirrt und blieb vor seinem Gesicht in der Luft fliegen.

Leise zirpte er: »Sieh ins Wasser!«

Der Professor sah den kleinen Vogel fragend an.

»Was werde ich sehen?«

»Finde es selbst heraus.«

Der Professor näherte sich der Wasseroberfläche, auf der die Lotusblumen leuchtend umhertrieben. Er erwartete, sein eigenes Spiegelbild im Wasser zu erblicken. Doch stattdessen sah er in ein paar durchdringende, braune Augen hinein. Es waren nicht die Augen des Künstlers. Einen Augenblick war der Professor darüber erschrocken.

Nun bist du also im Tempel des Herzens angekommen, hallte eine tiefe Frauenstimme in sein Ohr. *Nur Freunde finden ihren Weg hinein in unsere Blume. Du brauchst dich nicht zu fürchten.*

Der Professor lächelte erleichtert. Er fühlte sich nun etwas sicherer.

»Ich kenne Ihre Stimme«, flüsterte er dann, denn aus irgendeinem Grund kam sie ihm seltsam vertraut vor.

Wir sind uns bereits einmal in einem Traum begegnet, Ration Rücke. Ich habe dich damals mit dem roten Faden in eine Traumblase hineingezogen. Erinnerst du dich?

»Sind Sie etwa die Waldfrau, die Hüterin der Rose? Ist das wahr?«

Dein Traumgedächtnis hat sich seit unserer letzten Begegnung geschärft. Das bin ich. Der Schwellenhüter hat mir bereits gesagt, dass ihr kommen werdet.

»Oh, hat er das …? Aber wie hat er davon gewusst? Ich meine, ich selbst hätte kaum zu träumen gewagt, dass wir hier ankommen würden. Es war eine ganze Menge Glück, das uns hierhergeführt hat.«

Nein, das war viel mehr als nur Glück, Ration Rücke. Es war eure Bestimmung. Es war von Anfang an euer Ziel, hier einzutreffen.

»Tatsächlich?«, fragte der Professor verwundert. Das musste er erst mal verdauen. Das passte so gar nicht zu dem, was er bisher gehört hatte. Schließlich war die Geschichte keinem vorgefertigten Plan gefolgt.

»Der Künstler sagte mir immer, unsere Reise hat kein Ziel«, sagte er.

Die Frauenstimme lachte leise. Sie klang ziemlich amüsiert, und das verunsicherte den Professor.

»Wollen Sie mir etwa sagen, dass Dicabolo die ganze Zeit davon gewusst hat?«, fragte er ungläubig.

Dicabolo kennt die Geheimnisse des Tempels … Wer zwanghaft versucht, ihn zu finden, der wird ihn nicht erreichen. Wer zwanghaft versucht, ihn zu öffnen, vor dem wird er sich verschließen. Den, der fordert, lässt er nicht zu sich hinein. Nur deshalb hat der Künstler dir nichts davon gesagt.

Der Professor sah nachdenklich auf die Wasseroberfläche.

»Dann hat er es also die ganze Zeit gewusst? Aber … Wieso sind wir dann nicht schon viel früher hierhergekommen? Wir hätten doch sicher einige Möglichkeiten gehabt, den Tempel eher zu finden! Wieso gerade jetzt?«

Ihr seid dem Tempel des Herzens einige Male sehr nahegekommen. Aber da war noch nicht der richtige Zeitpunkt, ihn zu betreten.

»Wer oder was bestimmt denn, wann der richtige Zeitpunkt ist? Ich glaube eher, irgendetwas ist immer schiefgelaufen.«

Nicht immer führt ein direkter Weg zum Ziel. So ist das nun mal. Die Reise zum Herzens-Tempel kann mitunter sehr, sehr lange dauern. Aber kein Tag ist vergebens. Die Reise selbst ist noch viel wichtiger als das Ankommen.

Der Professor überlegte eine Weile.

»Einst standen Dicabolo und ich an dem Ufer der zwei Flüsse, wo sich die Welten schneiden. Hätten wir da den Tempel nicht finden müssen?«

Doch ein paar dunkle Schattenvögel verdunkelten euch den Himmel, und ihr musstet sie erlösen, bevor ihr weiterziehen konntet.

»Wir gelangten in die Tiefe des Sees der Emotionen, wo das Tor der Stille die schwarzen Vögel verwandelte. Auf dem Meeresgrund habe ich die Melodie des Herzens zum ersten Mal gehört! Doch wieso haben wir den Tempel nicht da gefunden?«

Die Samen des Herzens mussten erst noch gepflanzt werden.

»Doch dann ergab sich eine neue Gelegenheit, als wir auf der Insel der Zuflucht landeten. Wir sind eine Himmelsleiter hinauf in die Höhe geklettert. Hätte ich da den Eingang zum Herzens-Tempel nicht finden müssen?«

Damals wurde der Himmel von den Wolken deiner Zweifel überschattet. Du wolltest unbedingt zum Ende dieser Geschichte gelangen. Dieser Wunsch nach einem Ziel hat dich von deiner eigentlichen Bestimmung abgelenkt — dem Herzen selbst.

»Dann konnte ich den Tempel erst finden, als ich das Ziel und alle meine Vorstellungen davon über Bord geworfen habe?«

Ja. Du dachtest, dass bereits alles vorbei war, als dein Freund in die Kammer der Unverwirklichten Träume verbannt wurde. Doch du hast dich dafür entschieden, ihn zu retten, und das war der Schlüssel. Du bist dem Künstler in die Kammer der

Unverwirklichten Träume gefolgt. Du hast auf die Stimme des Herzens gehört. Und das hat dich schließlich hierhergeführt.

»Und Dicabolo wusste das alles?«

Der Professor wusste nicht recht, ob er über diese neue Erkenntnis lachen, weinen oder sogar wütend sein wollte. Die Waldfrau antwortete ihm beschwichtigend:

Verstehst du nicht? Nur so konnte er dich hierherführen und dir all das zeigen.

»Aber … ich verstehe das alles nicht! Ich meine … Wie konnte Dicabolo das tun? Hat er sich dabei nicht selbst in Gefahr gebracht? Er konnte schließlich nicht wissen, ob ich ihm wirklich helfen würde. Ganz zu schweigen davon, ob wir es schaffen würden, heil aus der Sache herauszukommen! Das war ein gewaltiges Risiko!«

Aber er hat an dich geglaubt. Trotz allen Schwierigkeiten und seinen eigenen Zweifeln hat er doch immer an dich geglaubt.

Dem Professor waren unbewusst Tränen in die Augen gestiegen.

»Dann war das alles eine Prüfung …«, flüsterte er. »Die ganze Reise war eine Prüfung.«

Und sie wurde aufgeschrieben, in einem Buch, das nun zu einem guten Ende kommt.

Die Augen der Waldfrau auf der Wasseroberfläche verschwammen, und stattdessen erschien darauf ein Bild von dem bläulich schimmernden Buch der Villa Ego.

»Dann ist dieser Traum nun beinahe zu Ende geträumt …«, flüsterte der Professor.

Es fehlt nur noch ein winzig kleiner Schritt, hallte die Stimme der Hüterin aus dem Wasser.

»Und der wäre?«

Tragt die Geschichte hinüber in die äußere Welt, sodass euer Buch nicht nur von innen, sondern auch von außen gelesen werden kann. Du und Dicabolo, ihr beide könnt es schaffen.

»Das werden wir …«, flüsterte der Professor in leisem, aber entschlossenem Tonfall.

Und sei dir bewusst: Weder du noch Dicabolo, keiner von euch wäre allein jemals so weit gekommen. Aber zu zweit habt ihr geschafft, was einer allein nicht geschafft hätte. So ist es meistens. Gemeinsam kann man verwirklichen, was einer allein nicht vermag.

»In der Tat …«

Der Professor nickte versonnen, während das Bild des Buches sich vor seinen Augen auflöste.

Geht mit meinen besten Wünschen, ihr beiden, hallte die tiefe Stimme der Waldfrau in seinen Ohren. Der Professor faltete zum Dank die Hände zum Gruß und blickte stumm auf die Wasseroberfläche.

Erst ein großer Platscher riss ihn wieder aus seinen Gedanken. Es war Dicabolo, der durch die Wasseroberfläche zu ihm aufgestoßen war.

»Nun ist es also soweit«, sagte er, bevor der Professor auch nur den Mund aufgemacht hatte. »Sind Sie bereit, den Rückweg anzutreten?«

Ration Rücke sah ihn mit fragendem Blick an und überlegte eine ganze Weile. Dann sagte er zögerlich:

»Wenn Sie »zurück« sagen, dann meinen Sie, zurück in die Geistige Etage der Villa Ego?«

»Ich verspreche Ihnen, Sie werden Ihr Büro nicht mehr wiedererkennen – es ist wie neu!«

»Keine alten, verstaubten Männchen, die mich im Innern überraschen werden?«, fragte der Professor mit forschem Blick.

»Und keine Richter und keine vollgestopften Schubladen, die Sie attackieren – was Sie nicht mehr brauchen, das werfen wir über Bord.«

»Ich würde zu gerne wissen, was aus dem Inneren Gericht geworden ist … glauben Sie, das alles wird noch ein böses Nachspiel geben?«

»Nicht, solange das Licht dieser Blume uns schützen wird«, sagte Dicabolo. Dann zog er sich aus dem Wasser heraus.

»Das Wichtigste ist«, sagte er dann mit einem zufriedenen Lächeln »dass wir das Innere Kind in die Wiege des Herzens zurückgebracht haben. Ohne das Kind wäre die Rose leer und traurig.«

»Hat das Kind seit Anbeginn der Zeit hier gelebt?«, fragte Rücke neugierig.

»Es hat immer schon in der Rose gelebt und wird es auch immer tun, wenn es nicht von falschen Richtern verstoßen wird. Ohne das Kind hätte die Villa vielleicht keine richtigen Träume.«

»Es scheint also einen besonderen Platz in der Villa einzunehmen.«

Dicabolo nickte verträumt.

»Oh ja … Wo wären wir nur ohne das Kind? Ich meine … Wir beide – in dieser Gestalt, in der wir jetzt sind … auch das entstammt einem Traum des Kindes.«

»Das Kind hat also unseren Traum ins Leben gerufen … Faszinierend. Das erklärt so einiges. Jetzt wundert mich unsere merkwürdige Erscheinung nicht mehr. Es stammt alles aus der Fantasie eines Kindes.« Und Ration Rücke kam noch ein anderer Gedanke:

»Was geschieht nun mit dem Kolibri? Was ist seine Aufgabe an diesem Wendepunkt?«

»Er ist und war schon immer ein Himmelsbote und Blumenwächter der Rose. Sein Platz ist hier.«

Der Professor nickte langsam. Irgendwie erfüllte ihn diese Einsicht auch mit Traurigkeit. Nun, wo es so weit war, wollte er den Kolibri, das Innere Kind und ihre ganze magische Welt gar nicht mehr verlassen.

»Wir verlassen sie nicht wirklich, Ration Rücke. Wir gehen nur weiter und tragen ihre Geschichte in die Außenwelt. Der Kolibri ist ein gerissener Himmelsbote. Ich kenne keinen besseren Geschichtenerzähler. Er wird sicher schon bald wieder auf meinem Dachboden vorbeischauen, um uns zu besuchen. Mal sehen, was er uns das nächste Mal vorbeibringen wird.«

»Nun denn …«, sagte der Professor und räusperte sich förmlich. »Wo verläuft der Weg zurück?«

Da gab der Künstler dem Professor einen festen Stoß auf den Rücken, sodass sie beide mitten im Lotusteich landeten. Blasen sprudelten aus dem Wasser auf. Eine davon erfasste die beiden Männchen und umhüllte sie. Sie wurden in das Zentrum der Wasserfontäne getrieben, die mit einem kräftigen Strahl in die Höhe schoss. Diesmal hatte sie die Form eines riesigen Vogels angenommen. Mit den beiden Männchen auf dem Rücken stieg der Vogel in die Lüfte empor und flog davon.

Kapitel 28
Der letzte Akt

Als der Professor aufwachte, hörte er um sich herum lebendiges Vogelgezwitscher. Er blinzelte mit verschwommenem Blick durch die Augenlider. Jemand träufelte ihm kühles Wasser auf die Stirn.

»Bin ich … Wo bin ich …? Das hört sich so nach einem Garten an …«

Ration Rücke machte langsam die Augen auf und sah in das Gesicht des Künstlers. Dann ließ er seinen Blick weiter umherschweifen. Er war wieder zurück in seinem alten Arbeitszimmer. Aber etwas hatte sich verändert. Wenn er es sich so recht betrachtete, war alles viel größer, als er es in Erinnerung hatte. Und hell! Warme, gleißende Sonnenstrahlen fielen durch ein riesiges Fenster über seinem Schreibtisch. Dem Professor klappte vor Erstaunen die Kinnlade herunter und seine Augen begannen unverhofft zu leuchten.

»Das war vorher aber nicht da!«, flüsterte er.

»Herr Rücke, dieses Fenster war schon immer da. Nur war es von den vielen Regalen und Schränken Ihrer Gedanken ganz verdeckt. Jetzt haben wir es wieder freigeräumt, damit Sie einen besseren Blick haben. Sehen Sie mal nach draußen!«

Der Professor ließ sich das nicht zweimal sagen. Er reckte seinen Kopf aus dem geöffneten Fenster hinaus, und blickte in einen strahlenden, türkisblauen Himmel. Ein Lächeln huschte über sein Gesicht.

»Wo ist die Rose?«, fragte er dann unvermittelt.

»Werden wir sie von diesem Fenster sehen können?«

»Bestimmt. Wenn nachts der Mond am Himmel scheint, bin ich mir sogar sicher, dass wir sie sehen können. Sie ist nicht von uns getrennt. Niemals.«

Der Professor sah einen Moment gedankenversunken aus dem Fenster. Er konnte weite Wiesen und Wälder vor seinen Augen sehen. Zwei lange Flüsse schlängelten sich durch die Landschaft und trafen an einem sprudelnden Wasserfall zusammen. Am Horizont erstreckte sich ein riesiges, blaues Meer.

Alles kam dem Professor sehr bekannt vor. Er war dort gewesen. All das war Teil seiner Reise gewesen, auf der ihn der Künstler begleitet hatte.

»Haben wir unsere Aufgabe erfüllt, Dicabolo?«, fragte er vorsichtig.

Dicabolo zog das bläulich schimmernde Buch hinter seinem Rücken hervor. Liebevoll strich er über den Einband, um den eine rote Schnur gebunden war. Dann überreichte er es breit lächelnd dem Professor.

Ration Rücke löste aufgeregt die rote Schnur um den Einband und betrachtete das Cover. Es zeigte eine mystische Landschaft, durch die sich ein gewundener Pfad schlängelte. Er war umrankt von verschlungenen Pflanzen und erinnerte den Professor an den inneren Garten, den ihm die Waldfrau einst in einem Traum gezeigt hatte. Alles auf diesem Cover war von einem warmen Licht erfüllt. Die Miene des Professors hellte sich auf, als er einen kleinen, leuchtenden Kolibri inmitten des Blätterwaldes entdeckte. Der kleine Vogel hatte ihn, genau wie der rote Faden, kontinuierlich durch die Geschichte begleitet und war unweigerlich ein Teil davon geworden.

»Bereuen Sie es, dass Sie mir damals auf die Reise gefolgt sind?«, fragte Dicabolo grinsend.

Der Professor lächelte zurück. »Es war die beste Entscheidung meines Lebens, Herr … äh … Kollege.

249

Auch wenn ... ich meine ... obwohl ich dabei wohl verrückt geworden bin.«

»Das Beste, was Ihnen je passiert ist. Wir könnten unsere Geschichte danach benennen.«

»In der Tat! Ein passender Titel ist das Einzige, was uns noch fehlt. Also, wie wäre es mit *Ver-rückt – Die Geschichte der Villa Ego?*«

Der Professor hatte seinen Satz kaum beendet, da erschienen die Worte bereits auf dem Cover des Buches.

Dicabolo nahm es in die Hände und betrachtete es zufrieden.

»Vortrefflich!«, sagte er.

Doch in diesem Moment erschütterte ein kleines Beben die Villa Ego. Der Boden unter ihren Füßen begann bedrohlich zu wackeln, und ein dröhnendes Geräusch von brechendem Holz zerriss die Stille. Dicabolo ließ vor Schreck das Buch auf den Boden fallen. Der Professor zog ihn hastig beiseite und ging mit ihm unter seinem Schreibtisch in Deckung. Staub und Holzspäne rieselten von der Decke auf das fertiggestellte Buch. Und dann geschah etwas, womit keiner von ihnen gerechnet hatte. Ein Farbeimer stürzte von Dicabolos Dachboden und seine Farbe schwappte in alle Richtungen – auch über den Einband des Buches.

»Was passiert hier?!«, keuchte der Professor, während er sich an seinem Schreibtisch festklammerte. »Oh nein, das Buch! Das Buch! Die Farbe hat das Cover zunichte gemacht!«

»Ich weiß auch nicht, wie das passieren konnte, Herr Kollege!«, rief der Künstler.

Dann, so plötzlich, wie das Beben begonnen hatte, hörte es auch wieder auf. Es dauerte eine Weile, bis die beiden Männchen vorsichtig unter dem Schreibtisch hervorkrochen.

Der Professor blickte bestürzt auf das Chaos vor seinen Füßen. Das Cover bestand nur noch aus

Farbflecken. Enttäuscht wandte er seinen Blick ab. Er wollte es nicht mehr sehen. Stattdessen besah er sich ausgiebig den Dachschaden an seiner Zimmerdecke. Dort klaffte nun ein dickes Loch. Direkt darüber lag Dicabolos Dachboden. Der Dachboden, der eigentlich keiner war, weil er keine Zimmerdecke hatte. Dort oben tanzten weiße, fluffige Wolken über den Himmel.

Dicabolo trat behutsam einen Schritt auf den Professor zu.

»Es tut mir leid, dass Sie nun einen Dachschaden haben, Herr Rücke«, sagte er und legte ihm beschwichtigend die Hand auf die Schulter. »Und mir tut es leid, dass ich das Buch nicht rechtzeitig in Sicherheit gebracht habe. Das Cover hat beträchtlich darunter gelitten. Ich kann den Titel nicht mehr erkennen.«

Doch der Professor hörte ihn kaum. Er blickte weiterhin unentwegt durch das Loch in der Decke. Dort sah er, für einen kurzen Moment einen glänzenden, grünen Schimmer vorbeitanzen. Wahrscheinlich ein kleiner Vogel, der in die Ferne davonflog.

Der Professor atmete tief ein, eher er sich wieder seinem Kollegen zuwandte.

»Wissen Sie, Dicabolo … Es ist seltsam. Früher hätte mir das vermutlich etwas ausgemacht. Aber jetzt denke ich, vielleicht musste das alles so kommen. Vielleicht bedeutet das, dass das Buch einen anderen Titel verdient hat. Und dass wir, mit ein wenig Einfallsreichtum, sogar noch einen besseren finden werden. Und was das Loch in meiner Zimmerdecke betrifft, so muss ich sagen … Das bereitet mir sogar eine gewisse Freude, irgendwie gefällt es mir. Denn wenn ich mir das Loch so anschaue, denke ich, vom Dachboden kann man den Himmel besser sehen.«

Vom Dachboden kann man den Himmel besser sehen.
Die Worte schienen ein seltsames Vibrieren in der

Luft zu hinterlassen. Die beiden Männchen sahen sich vielsagend an. Dann wanderte ihr Blick zurück auf das Buch vor ihren Füßen. Die Farbflecke verschwanden, die mystische Landschaft bildete sich von Neuem, doch anstelle von »Ver-rückt«, prangte nun ein neuer Titel auf dem Bild.

Vom Dachboden kann man den Himmel besser sehen.

»Das ist es …!«, flüsterte der Professor.

»Ja …!«, hauchte Dicabolo, »Nun ergibt alles Sinn.«

Und er hob das Buch vom Boden auf und überreichte es feierlich dem Professor. »Ich gratuliere Ihnen … Ich meine, ich gratuliere uns!«

Der Professor besah sich prüfend das Cover, dann breitete sich ein zufriedenes Lächeln in seinem Gesicht aus.

»Alle Achtung, Dicabolo! Am Anfang dieser Geschichte hätte ich mir in meinen kühnsten Träumen nicht vorstellen können, dass wir ein Team bilden und gemeinsam die innere Welt bereisen würden.«

»Als ich Sie damals kennengelernt habe, musste ich auch sehr viel Fantasie aufbringen, um mir das vorzustellen …«, entgegnete Dicabolo, »… aber zum Glück ist die Fantasie unbegrenzt. Sie macht auch das Unmögliche möglich.«

»Ja, ein Hoch auf die Fantasie! Ich hoffe, dass dieses Buch ein Fenster sein wird, durch das noch viele andere diese Reise miterleben können – und natürlich selbst auf die Reise gehen! Nun, es scheint so, als seien wir tatsächlich an ein Ende gelangt.«

»Ja, in der Tat …« Der Künstler blickte verträumt in die Ferne und der Professor trat verlegen von einem Bein aufs andere, ehe er fortfuhr: »Es ist verrückt. So lange habe ich auf diesen Augenblick gewartet, so lange … Und nun, da es soweit ist, weiß ich nicht, was ich sagen

soll. Dicabolo, sollten wir jetzt nicht ein Schlusswort finden? Ein paar letzte Zeilen, die das Ganze abrunden?«

»Aber wieso ein Abschluss?«

»Nun, ich dachte, dass das hier das Ende ist … Ein gutes Ende, ein besseres hätten wir uns nicht wünschen können! Aber was wäre die Geschichte denn ohne ein paar abschließende Worte?«

»Herr Professor, eigentlich glaube ich, brauchen wir das nicht.«

»Wie? Jetzt fangen Sie bitte nicht schon wieder an wie damals am Anfang, der keiner war! Ich dachte, es sei nun Zeit für uns zu gehen? Die Bühne der Aufmerksamkeit zu räumen, sozusagen. Oder etwa nicht?«

»Ich glaube, dass unsere Geschichte hinter den Seiten noch lange weitergehen wird. Ich meine … wer weiß! Vielleicht war das alles nur der Anfang der Reise, und unsere Geschichte hat gerade erst begonnen!«

»Meinen Sie wirklich? Wenn das so ist … wohin wird diese Reise dann führen? Wohin gehen wir, wenn wir von den Seiten verschwunden sind …?«

»Das weiß ich nicht, Herr Rücke. Aber lassen Sie es uns gemeinsam herausfinden.«

Danksagung

Juli 2023

Liebe Leserin, lieber Leser,

wir hoffen, Du hast Dicabolo und Ration Rücke genauso gern auf ihrer Reise begleitet wie wir.

Dieses Buch ist in einer wunderbaren Zusammenarbeit entstanden. Wir — Autorin Verena Wild, die Verlegerinnen Stami und Sarah sowie all die lieben Menschen, die unser Crowdfunding-Projekt unterstützt hatten — haben großartig zusammengearbeitet, um dieses Buch zu realisieren.

Der Gedankenkunst Verlag ist aus Leidenschaft entstanden. Aus der Begeisterung für gute Bücher und der Freude daran, wenn Träume wahr werden. Doch ohne eure Hilfe würde es „Vom Dachboden kann man den Himmel besser sehen" vielleicht nicht geben. Ihr habt euer Geld in etwas investiert, das als eine Idee begann. Ihr habt uns vertraut und an uns geglaubt. Und ihr unterstützt damit nicht nur dieses Buchprojekt, sondern den gesamten Verlag. Dank euch, können wir auch in Zukunft weitere spannende Projekte umsetzen und Träume Wirklichkeit werden lassen.

Ein ganz großes Dankeschön auch an alle, die uns immer wieder bestärkt haben, indem ihr für unser Projekt geworben oder uns einfach eure guten Wünsche und positiven Gedanken geschickt habt.

Wir möchten auch ein riesiges Dankeschön an jede(n) einzelne(n) unserer Unterstützer*innen senden. Vor allem Henrik, der uns über ein Sponsoring unterstützt und dem Crowdfunding damit einen großen Sprung nach vorne ermöglicht hat. Außerdem: Christian, 360Cinema, Lars, Doris, Peter, Wolfgang, Jörg, Ilias, Pati, Katja, Jutta, Kat und Rusanna.

Auch unabhängig von unserer Crowdfunding-Aktion sind wir unglaublich dankbar, für die großartige Arbeit, die unsere Lektorin Anja immer wieder leistet. Sie kümmert sich mit Leidenschaft um die Texte, agiert als wunderbare Beraterin und tut immer so viel mehr, als sie eigentlich müsste. Sie gehört zum Herz des Verlags.
In diesem Zuge vielen herzlichen Dank auch an Ryvie Fux für ihre Hilfsbereitschaft beim Buchsatz.

Last but not least möchten wir unserem Mentor Franz danken, der uns als erfahrener Verleger stets mit Rat und Tat zur Seite steht sowie all den herzlichen Buchblogger*innen auf Instagram, die unsere Beiträge teilen sowie unseren Freunden und Familien, die uns jeden Tag Mut und Kraft geben.

Herzliche Grüße,
Verena, Stami und Sarah

Ein spannender Roman, von der mutigen Verlegerin und Autorin
Rose Daniels, im Rose Red Verlag erschienen:

**Du bestimmst, wie hoch dein Wert ist,
doch SIE entscheiden, wie viel du wert bist.**

**Der dystopische Zweiteiler über den Wert des Menschen,
die Grenzen der Freiheit und die Utopie des Friedens.**

HANDLUNG:
Amalia Thomson lebt in einer Welt ohne Grenzen, dafür jedoch der ständigen
Überwachung. Mit drei Jobs auf drei Kontinenten verstreut, versucht sie, ihren
sozialen Wert hoch genug zu halten, um sich und ihre kranke Mutter über
die Runden zu bringen. Denn Geld existiert in Amalias Realität nicht mehr.
Der Social Value des Menschen ist die neue Währung, die Gerechtigkeit und
Frieden für alle verspricht. Wer für die Gesellschaft jedoch „wertlos" wird,
oder gegen die Regeln verstößt, muss seinen Platz auf der Erde räumen. Wer
noch brauchbar ist, landet hingegen im Human Recycling Center und wird als
Keeper der Neuen Welt zur Marionette der Regierung ausgebildet.
Amalias trister Alltag wird schon bald durch eine zufällige Begegnung mit der
Vergangenheit völlig auf den Kopf gestellt. Die Gegenwart führt sie zu der
Liebe ihres Lebens, doch das Schicksal hat andere Pläne mit ihrer Zukunft.
Ihr liebster Mensch wird plötzlich wertlos, während ihr Wert sich rasant
verhundertfacht. Aber das hat seinen Preis, und den ist Amalia nicht bereit
zu zahlen.

eBook [ISBN 978-3-910729-10-0]
Taschenbuch [ISBN 978-3-910729-01-8]
Hardcover [ISBN 978-3-910729-00-1]

www.rosered-verlag.de
info@rosered-verlag.de

Der Gedankenkunst Verlag ist Dein Verlag rund um Persönlichkeitsentwicklung und Fantasy-Literatur.

Gemeinsam kreieren wir großartige Werke. Und erschaffen Bücher, die Menschen etwas bedeuten. Uns ist es wichtig, wertschätzend und loyal zu sein.
Wir? Das sind Stami und Sarah, die beiden Gründerinnen des Gedankenkunst Verlags.
Du möchtest mehr über uns, unsere Bücher und unsere Vision erfahren?

Dann folge uns auf Instagram und werde Teil unserer Bewegung aus lesbarer Gedankenkunst, voll besonderer Bücher und Geschichten mit Bedeutung.

Wir freuen uns schon sehr auf Dich!

@ gedankenkunstverlag
# seiDeinEigenerHeld